文學研究叢書·現代詩學叢刊

林深音廣·煥彩明彰

林煥彰詩與藝術之旅

Resonant Sound from a Dense Forest

Glittering Glaze of Radiant Hues

Lin Huan Zhang's Journey of Poetry and Arts

蕭蕭·卡夫　主編

目次

《林深音廣‧煥彩明彰》序言

彰化　蕭蕭

　　林煥彰，一九三九年八月十六日出生於宜蘭礁溪，六歲以前是在日本統治下的臺灣東北部（蘭陽）成長，但也因為這六年他遠處荒僻之地，所以不像早他出生的臺灣前輩詩人，對於日本文化、文學接觸多，交雜夾揉的愛與恨也大。即使他曾自敘：三歲時，父親因為販賣日本政府管制的民生物品（如米、油、鹽等），遭到逮捕坐牢，生母出走，由大媽扶養長大，日本似乎未在他心中形成陰影，反而像一般正常成長的臺灣孩子，儒家教養才是他大宗的養分所在。

　　煥彰自稱他所撰的文學年表為〈林煥彰「做中學」文學年表初編〉，因為他的基礎學歷只有礁溪國小畢業，其後都從「做中學」而有所獲得，不斷地參加各類型函授學校，不斷地請教能請教的文學前輩，所以，他參加的文學社團、藝文雜誌，舉不勝舉：葡萄園、笠詩社、《龍族》詩社、「布穀鳥」兒童詩學季刊（創辦人），中華民國兒童文學學會（發起人、首任總幹事），大陸兒童文學研究會（會長），《兒童文學家》雜誌（創辦人），中國海峽兩岸兒童文學研究會（理事長），世界華文兒童文學資料館（館長），《亞洲華文作家雜誌》（主編），楊喚兒童文學紀念獎委員會（主任委員）等等。正是充滿熱情、理想的實踐者，一輩子都在「做中學」、「學中做」，一輩子都是小學生、中學生、大學生、銀髮族、退休人「終身學習」、「永不懈

怠」的模範。

　　因此，不能拘限林煥彰是一個新詩人、繪畫家，或者兒童文學創作者、推廣者、演說家，他也可能是駐校藝術家、校園書香巡迴講座。他已出版的著作一百一十多種，部分作品譯成英、日、泰、韓、德、意、俄、印尼、蒙古、馬來等各國語文，出版中、英、韓、泰文對照版詩集和圖畫書多種。童詩、小品文收入新加坡、臺灣、香港、澳門、大陸中小學課本，成為教材、讀本、學測考題。孔子周遊列國仍然只在大陸繞，頂多五湖四海，林煥彰則繞出臺灣海峽、東海、南海、巴士海峽、太平洋及其所親近的港灣、陸塊。

　　林煥彰，我曾說他是臺灣自發性的詩人，沒有高學位，沒有好經歷，甚至不避諱自己沒有高理想、高抱負，不依賴艱深學識，不應用艱深語言，他應該是警覺到那些艱深的學識、艱深的語言，將人的詩性逼到更艱更深的微眾地區。所以，他拿著一張悠遊卡（香港的八達通），穿梭於城鄉小鎮、市井閭巷，他是詩壇的背包客，在詩的王國隨意坐臥，悠然自得，不懼高山峻嶺擋道，不畏海角天涯阻隔，不怕千里萬里路遙，有時興來獨往，有時呼朋引伴。不論是坐著社區巴士、高鐵、捷運，搭乘飛機、船艦，超峽越洋，升空入海，他都能寫出詩來；不論是 Line、WeChat、Facebook 的族群，每天睜眼就會讀到他新寫的一首詩，新勾勒的人生板塊；不論是新摘的火龍果、路過的灰鴿子、沉思的夜鷺、不言不語的市街招牌、一陣不喜不憂的小雨，都會被他寫進詩來，跟不相類屬、毫無關係的動物植物器物礦物景物相互比帥。

　　煥彰，臺灣自發性的詩人。隨時在你我警覺的現實裡，做著自己的夢，飛著自己的另一種現實。

〈我在夢裡飛〉

「我在夢裡飛，有一種／陌生的聲音，／它問我，什麼可以
飛？／我好像回答它／有生命的就可以飛。／它又問我，沒生
命的呢？／風箏也可以飛。／還有呢？／有翅膀的，可以飛。
／可是你沒有翅膀呀！」「是呀！／它，把我嚇醒了！我怎麼
回答它／我沒有翅膀，我怎麼能飛？……」

（林煥彰‧2019年5月4日9:45‧研究苑）

何妨，我們也學著林煥彰──小學六年級的基礎學歷，我們也在自己
的夢裡飛自己的飛，飛過新詩的一百年、五四的一百年（也不過是一
百年），飛過這個窄海峽、那個寬海域（也不過是一個海），飛過這個
大星球、那個小星球（也不過是一個星球），飛過這個小王子或者那
個在自己的星球上每天把自己的椅子稍微挪一點點看幾十次日落的小
王子……

二○一九，五四百年之立夏日

林煥彰的詩題趣談

臺北　向明

　　題目在其他文類裡都很重要也很重視，但是在詩裡面，詩人對題目的處理，似乎另有一套，而且五花八門，為了證實我的觀察所得，我把它分類介紹出來，也許能引起大家的興趣。首先要介紹的就是「沒有題目的詩」。所謂「沒有題目的詩」又可分成三類來檢視：

　　第一類沒有題目的詩，就是我們最常見的古典詩中的所謂「無題」、「失題」、「闕題」、「不題」等詩。第二類沒有題目的詩是「根本沒有題目」。有一年音樂家梁在平教授介紹我認識一位年輕的女詩人，她拿一些詩作給我看，發現其中有些詩只有詩行，沒標題目，她說那些詩是從她日記中抄下來的，所以沒法安一個題目。自此以後，我特別注意是否還有詩沒有題目的例子，結果居然發現荷馬的史詩〈奧德賽〉與〈依利亞特〉在早期就沒有名字，這兩個標題是後人加上去的。第三類沒有題目的詩事實上它還是有題目，但是有也等於無，我們根本無法從詩題一窺詩中的玄機，其題目是「隨機取樣」而來，只把它當作一個識別符號、了無深意。

　　且說一個有趣的例子，詩人林煥彰有一本詩集《斑鳩與陷阱》，是在民國五十八年出版。詩集共分六卷，其中卷四部分共有六首詩，題目分別是「○海」、「○藏」、「一芥」、「二河」、「七鹹」與「九荒」。我收到這本詩集後，一再讀這六首詩，不但題目解釋不通，題

目與內容更是不搭調，終於有一天，林煥彰到我家來玩，我就趁機問他，這幾首詩的題目是怎麼取的，好像與詩本身沒有關聯。他笑了一笑對我說：「我自己也不知這些詩題的文字意義到底是什麼？如果真要追究，要去問臺北市公路局。」他這一說就更令人糊塗，經我再追問，他才說他年輕時在臺肥公司南港廠當工人，寫這些詩的時候，太太在臺肥南港廠前代理公路局一座售票亭，兼賣報紙、香煙、汽水、口香糖之類，賺取蠅頭小利，他下班就要去接替太太的工作，賣車票，車票每一扎一百張，都會有一張牛皮紙封面，這些什麼「○海」、「一芥」、「九荒」都是印在上面的編號，他就從上面去找關係，得到一些寫詩的發想，利用這些編號作題目寫詩。我問他利用這種對他毫無意義的編號來作詩題，是否與詩的內容扯得上關係，還是望題而生義？他又笑笑說，談不上什麼關係，當然還是會很用心的思索去找出一些關係，同時也用以紀念他那一段守票亭的艱苦日子而已。

附記

　　本文摘取自拙著《詩中天地寬》輯三：「詩題趣談」的第一章〈沒有題目的詩〉（商務出版），用以祝賀煥彰老弟的八十嵩壽。

詩鳥
──賀煥彰八秩

浙江　韋葦

沒有哪一地，
沒有哪一天，
林煥彰不能下詩蛋。
詩鴿子飛飛，
詩雀兒飛飛。
陽光，
把詩鳥的叫聲
鍍得亮亮。

二〇一九年元月寫成於浙江師範大學

貓詩人在小紅樓的日子

泰國　曾心

　　二○○三年，我在住家旁邊買了一塊地皮，約四百平方米。我用自己的腦子和雙手，實現了我一生建造盆景園之夢。園的右側，建了一座小巧玲瓏的二層小樓，通體用紅磚砌築。北京來了一位教授，也許聯想到北大紅樓，給它取名「小紅樓」。

　　此樓令我「稱心」之處，則是彎曲的樓梯繞著一棵三叉芒果大樹盤旋而上，由於樓下是個半敞開的空間，使整座小樓宛如藏在半樹上的鳥巢。它既連「地氣」，又接「天氣」，似一座想像中的詩意棲居地。著名學者劉再復為之題了橫幅：「神瑛之園」。

　　二○○六年七月一日，林煥彰和我在小紅樓共同策劃和發起建立類似詩社的「小詩磨坊」，以嘗試六行內小詩的一種新形式。除我倆發起外，還有嶺南人、博夫、今石、楊玲、苦覺、莫凡，因林煥彰遠在臺灣，其他的都居住泰國，故稱「7＋1」。故此，吹起了小詩詩人集結號。繼之，詩磨不停，詩香遍地，小紅樓便成為「小詩磨坊」同仁聚首處。後來又先後增加晶瑩、曉雲、蛋蛋、梵君、楊棹等，成為「12＋1」，還相續出版了十二本《小詩磨坊》詩集。

　　十二年來，兩岸四地和東南亞華文作家、詩人、教授、學者，如張九桓（大使）、劉再復、洛夫、曉雪、呂進、楊匡漢、龍彼德、陳慧瑛、舒婷、陳仲義、凌鼎年、劉登翰、楊際嵐、朱壽桐、喻大翔、

袁勇麟、沈奇、莊鐘慶、蕭蕭、白靈、周甯，夏馬等造訪了小紅樓，留下許多美好的文字。

中國著名散文家陳慧瑛二〇一〇年造訪了小紅樓，回去她寫了〈不能不愛薰衣草〉，文中的開頭說：「近年來，在湄南河畔，在作家、詩人曾心先生清新雅致、古色古香的小紅樓，八位詩人不計名利默默耕耘，孕育了一片美麗的詩歌世界，誕生了數千首膾炙人口的小詩，桃李不言，下自成蹊，影響所及，遍及東南亞，那是華文文壇的奇跡。」著名學者劉再復為《小詩磨坊》（2013）寫的〈序〉，題為〈「無目的」的詩人詩社最可愛〉中說：「〈小詩磨坊〉的詩人們為寫詩而寫詩，不求詩外之物，不謀詩外之功，卻給自身的生命價值作證，給身內的美好心靈與身外的天地宇宙作證。」

前幾年林煥彰來泰，幾乎都住在這裡，成為小紅樓的「常客」。

每天天還沒亮，他就穿著白短褲，像小孩一樣去「玩」跑步。本來可在庭園漫步「玩玩」，但他嫌天地太小，玩不出汗水來。後來他找到附近海軍運動場，每天要跑五公里，才覺得過癮。他忘了自己已是古稀之年，相信自己的腳力和硬朗的體魄，天天都要痛痛快快「跑」一趟。

二〇〇八年，在擁有二百多盆樹椿盆景園裡，又建了一座六角涼亭，我請林煥彰為「小詩磨坊亭」題字。他樂意答應了，並從臺灣寄來幾張不同字體的墨寶，要我挑選；我覺得最能表現他個性的，是那張脫盡時習，斜而不倒，富有「動感」的橫幅。我寫信告訴他，並說擬請苦覺雕刻，他很贊同。同年七月上旬他來泰，乘的飛機晚點，到達機場是深夜兩點多，而到達小紅樓，已是黎明前的黑暗。他沒放下行李，迫不及待先走到涼亭去「鑒賞」。他見到其墨蹟鏤刻在一塊精製紅木版上，懸於梁中央。他讚賞：雕刻精緻，用深綠色字，顯得大方古樸。於是，他得意地瞇起眼睛笑了。

在留言簿裡，一般「外來客」，只留下一句話或一首詩，而林煥彰也許有特別的感情和特殊的感悟，留下了兩首小詩。一首是二〇〇六年五月十二日寫的：「一棵樹，一首詩；一個盆栽，一幅畫；一座庭園，一本詩集；滿園詩畫，滿心喜歡。」另一首是二〇〇八年二月五日寫的〈磨工〉：「磨穀子磨麥／磨米磨麵粉／／磨文磨字／磨心磨詩／／磨日磨月／磨時間磨生命」。這兩首小詩不論從那個角度寫，意象如何不同，但都離不開「詩畫」，離不開「磨詩」。看來，「詩畫」、「磨詩」就是他的日月，就是他的人生，就是他的整個生命。

向來詩有「載道」之言，和「為人生而藝術」之說。我的詩多屬「載道」之類，林煥彰在〈六行，天地寬廣──序曾心小詩集《涼亭》〉中曾向我建言：「曾心已成就了他的「載道」的任務；下個階段的發展，我想有必要多向「不載道」的方向探索；仍以六行以內的「小詩」作為一種「自我挑戰」的形式，繼續攀登「語言藝術」的更高峰。」

由此看來，林煥彰是傾向詩「不載道」的一派，即「為藝術而藝術」。我最早聽到「玩詩」這個詞語，就是從他的口說出來的。

二〇〇六年，我與他磋商在泰國成立一個類似沙龍詩社時，關於名稱，他提出叫「小詩魔方」，希望寫詩不要一成不變，要像「玩魔方」那樣多變。當時他提出「玩魔方」的字眼，尤其那個「玩」字，我思想一時轉不過彎來，為了避免人們「異議」和「誤解」，我建議把「魔方」改為「磨坊」，即「小詩磨坊」稱謂。他「遷就」了我，欣然同意了。

二〇一〇年，我委託他在臺灣居中聯絡秀威資訊公司出版我的一本由西南大學呂進教授點評的小詩集：《曾心小詩點評》。不久，林煥彰從臺灣給我打長途電話，要求重新考慮書名。我接到電話後，考慮到上次他的「建言」，和「遷就」了我，把「魔方」改為「磨坊」。這

次我思想上想「遷就」他一下，用了詩集中的一首〈玩詩〉為書名（1），便說就叫《玩詩》吧。從聲音中聽出他有些驚詫，似信非信地反問：「是玩詩嗎？」我答：「是」。於是，他發出「中意」的心聲。出書時，書名《玩詩，玩小詩──曾心小詩點評》。原來我只說「玩詩」，他可能覺得「玩詩」不夠分量，還不夠「過癮」，便再加了「玩小詩」三個字，突出了「雙玩」，善哉！

　　圍繞著「玩詩」之外，他還「玩」甚麼呢？在小紅樓裡，他每當坐下來，就喜歡畫畫，隨意用圓珠筆或鉛筆作畫，畫的多數是小動物，尤其是畫貓。畫中的情趣，總讓你童趣由生。

　　戊子夏天，他贈我一幅墨畫：即兩隻貓互相擁抱。畫上方有四個半圓形，表示耳朵，角下各有四個圓點，表示眼睛，兩點之間又一點，表示鼻子，鼻下五根長短不一的鬍，暗示著嘴巴；畫下方，只見一條貓的盤腿。右旁是苦覺的題字，寫得歪歪斜斜的一條長長的怪字，像是貓的梁脊，書寫的是嶺南人的一首小詩：〈貓話〉：「天臺上／月光下／談情說愛／喵喵喵」。此三人合璧的「貓畫」很傳神，如今懸掛在小紅樓牆上。

　　林煥彰還有一「絕」，在小紅樓裡，他沒一刻閑得住，見到有宣傳畫厚色紙，就撕撕貼貼，拼湊成一幅幅的「畫」，貼好後，隨時送人。他曾送我好幾幅，我也曾在貼畫上寫了「玩詩」。

　　這些「貼畫」初看繚亂得不成什麼東西，細看卻發現有「玩」的樂趣。他最喜歡拼湊的是貓和魚，兩者往往不是一元的，而是二元的，甚至多元的，讓你的腦子迷迷糊糊，眼裡模模糊糊，看似貓吃魚，又似魚吃貓，繼之又似乎貓魚在玩，在談情說愛，在相吻做愛，或在互相「吃」。可以說「表現出來的感情是矛盾的、複雜的、也是模糊的」。他有一首小詩〈貓想‧魚想〉：「貓想吃魚，魚也想吃貓；我們大家一起吃；貓和魚同時說。」這首詩的詮釋，我想最好用劉再

復的一句話：「文學傳達的經常是概念講不清楚、講不明白的東西，連作家藝術家自己也講不明白，他就是有某種東西，感受、感想、感觸、感情等想講，於是作品就出來了，你問他到底他想講什麼，他不一定明確，如果他非常明確，那作品常常就是敗筆。」

還有一「怪」：小紅樓的圍牆較高，初建時，鄰居的家貓經常跳下來拉屎拉尿，又髒又臭，我很討厭，總要追打牠。於是，貓一見我，就如老鼠見到了貓，跑得特別快。平時小紅樓沒住人，靜悄悄，是一處心靈「推磨」的淨地。林煥彰一來，立即喧鬧起來，電話應接不暇，文友詩友，尤其是「小詩磨坊」同仁都嘻嘻哈哈趕來相會，樹上的小鳥嘰嘰喳喳，芒果樹上的松鼠跳上跳下，鄰居的小貓小狗，也許立即聞到同類味道，又跳又叫，紛遝而來，像趕集那番迅速，那番喧鬧。

尤其那些貓兒們，見到林煥彰坐在石椅，石桌上擺著菜肴吃飯時，貓兒們圍著他、蹭著他的大腿喵喵地叫，好像在稱道，「大師兄長，大師兄短」，嗨，叫得可親熱呢！但林煥彰也像爺爺對待自己的孫子那樣，時不時挾著「美羹」給他們吃。此時貓兒們開心極了，翹起歡樂的尾巴，頻頻表示「謝謝」！

林煥彰在這種「貓人和諧」的氛圍中，也儼然是一隻貓：蓬鬆的白髮，如貓的毛，嘴邊的痣毛，像貓鬚，尤其笑起來的那一霎那，嘴邊的鬚毛靈性地顫動，顯現出那惟妙惟肖的貓相。此時令我想起相書所說：「愛貓長期的心和修煉在臉上的投影」，不禁暗自笑在心裡。

有人小聲對我說，您看林煥彰先生像不像貓詩人？我怕對他不敬，只莞爾一笑。

後來，我看到他有一首小詩〈我是貓〉：「我是貓，我不是你的朋友，但也可以是你的朋友；因為，我是貓，我有不理你的美，也有可以理你的美；我想進入你，心的洞穴裡。」我想：既然，他自己說「我是貓」，那麼我們叫他「貓詩人」，也不會至於失禮了吧！

　　曉雲有一首小詩〈魚說〉:「明知道／貓詩人來了／或許帶著貓／我還是斗膽游出來／只為／我也想成為懂詩的魚」。此詩寫在留言簿裡，每當我看到此詩，總覺得她表達了泰華小詩磨坊同仁敬慕林煥彰先生的愛心:我們愛貓詩人，「因為／我也想成為懂詩的人」。

　　正值林煥彰先生今年八十誕辰，我寫了一首小詩贈送他，題為〈雲遊詩人──贈林煥彰〉:

　　　撚斷白鬚
　　　　　背著籮筐雲遊天下

　　　八十個春夏秋冬
　　　回眸一笑

　　　滿籮滿筐
　　　　　皆是貓聲、孩子聲、繆斯聲

詩外:

　　林煥彰先生與我有緣，共創「小詩磨坊」;他與小朋友有緣，寫了幾十本兒童書;他與貓也有緣，寫了許多惟妙惟肖的「貓詩」，我們都親切叫他「貓詩人」。

附注:

　　引自《玩詩，玩小詩──曾心小詩點評》一書中的〈玩詩〉:「尋覓生活中／零散的星星／／一個個吞進肚子／連夢帶血／嘔成／有規則有情感而成行的星星」，(2010年1月，臺北秀威資訊科技股份有限公司出版。)

你是那貓？

──致貓詩人煥彰兄

高雄　林仙龍

趴著站著走著跳著跑著
那貓，回首甩尾，叫著
你發現牠

你發現牠，不知多久了
而牠，只是一頭貓？

牠
不是童年那個天真的你？
不是少年那個漂泊的小跟班？
不是後來夢裡的紅粉？
不是畫裡斑斕漂移的光影？
不是筆尖蹦出的字句？

在萬呎高空華航的機翼上
在公車擁擠雜遝的乘客腳邊
在曬著暖陽的流理臺畔

在偶宿的異鄉客棧鏡子裡
在九份望海的落地窗前

總是不期然的相遇
或是早有預謀
紛至沓來的重逢便一再交疊
成了一套熟悉的老故事
你是主角

牠呢？
牠，是老朋友
影子般的另一個你
現在，你開始對牠喃喃自語
開始趴著站著走著
跳著跑著或回首著，看牠

涼夜深了，歲月老了
在自己的影子裡，你思索
你是那貓？還是那貓是你？

林煥彰老師圓我「作家夢」

越南　心水（黃玉液）

　　半個多世紀前正當兵燹方熾的南越、在日夜的槍炮呼嘯聲中，大後方的華埠堤岸城（現改為胡志明市）；我們一班愛好文藝的青年們無視於時局緊張，仍醉心於閱讀與學習撰作現代詩。而我卻在十六歲初中畢業後，因是長子要繼承父業從事咖啡豆的生意，竟在輟學後立志要當作家。

　　作品投去當地報社發表，後來郵寄去香港與臺灣，我們這班不知天高地厚的詩友包括了藍斯、異軍、李志成、黎啟鏗、秋夢、荷野與我；由於軍役法令頒佈後，我因右手脫臼獲得免役，不必當軍又有行動自由，便成了詩友們的聯絡人。

　　我義不容辭的充當了流動圖書館的功能，將彼此的藏書或新收到臺灣寄來的詩集，帶給為免上戰場而躲藏在家的詩友，去得最多的是藍斯的四樓頂小書房以及秋夢兄的木屋。

　　忘了是那位詩友最先接獲林煥彰編輯的親筆來函？然後我們便分別收到《龍族》、《大地》、《笠》等詩刊，自然這些詩刊也都成了我們投稿的園地。可惜，世事無常，美麗的魚米之鄉南越竟然淪陷了，一九七五年四月三十日，南越被北越共軍美其名謂「統一」的侵吞。南方人民原先擁有的自由生活，亦隨著「金星紅旗」張牙舞爪般的血色湮沒了。

　　華埠首當其衝的是十份中文日報、晚報即時停刊，改為唯一的《解放日報》中文版；幾十家華校包括小學、中學及高中全被越共接管，變成只能教越文的「政府公學」。文藝青年們投稿園地剎那間化為烏有，我的「作家夢」自然是煙消雲散啦！

　　南越淪陷後，我們也即時與海外包括東南亞與臺、港、澳等地的親友斷絕了音訊。當時絕沒有想到的是遠在臺灣的詩人林煥彰先生，對我們這班素未謀面的文藝青年們，擔心記掛兼憂慮！

　　一九七七年南中國海上開始發現了「投奔怒海」的小漁船，翌歲中秋節前我也攜婦將雛，帶了五位未成年的兒女到汪洋上「賭命」；在海上飄流十三天後淪落荒島十七日，才被救到印尼丹容比娜難民營。

　　一九七九年三月十五日愚夫婦與四個兒女（十三歲的長女隨外公去加州定居），被澳洲政府人道收容，派澳航專機從耶加達接載到了墨爾本。從地獄般的荒島及橡園內到了有「人間淨土」之稱的墨爾本，真不知是幾世修到的厚福呵！

　　印支三邦的難民們，為了報答澳洲政府與人民的收容，初來乍到新鄉時即被安排學習六週英文及會話；幾個月後幾乎都去尋覓工作自力更生，以免增加澳洲社會福利部的負擔。我在一家汽車零件工廠當操作機器的工人，內子比我幸運被福利部安排到養老院服務。

　　一九八一年墨爾本成立了「維省印支華人相濟會」，我被選為中文秘書，翌年發行會刊，副會長游啟慶是原居地的舊識，知我當年是「文藝青年」經常投稿，因而起哄非要我為特刊撰稿不可，早歲的「作家夢」猶若冬眠已久的「怪獸」被吵醒了，停筆整整八年，唯有硬起頭皮應付。

　　特刊印了幾千本，寄到世界各地區的印支僑團。沒想到的是各地區的印支華裔難民們生活安定後，紛紛立會結社並辦雜誌、報章及會刊。我居然沒有更改筆名，仍用了「心水」署名，收到特刊的各地僑

團及報社，紛紛來信邀稿。

從此在週末或假期，又開始了筆耕，凡是印支故舊們所辦的雜誌、特刊或週報，向我約稿幾乎是來者不拒，念想著的是同飲湄公河水，文化事業無利可圖，有無稿酬都不計較也不在乎。

到墨爾本的華僑文教中心借書，竟然如獲至寶的發現了臺灣空郵的中央日報海外版，宏觀週報、光華雜誌、聯合報等。再次興起了投稿到臺灣，想來是與煥彰兄的緣份未盡，拙文居然投到了他當編輯的美國世界日報。記得當年收到煥彰兄的回信，主要問我：是不是南越的「心水」？我們文緣未斷又開始續緣啦！

由於操作機器，右手肌肉患上了「過度疲勞損傷」症，醫生知道我除了正職外，還經常筆耕，因而鄭重告誡不能再拿筆。難道我的「作家夢」無法圓夢了？專醫說我的右手是「肌肉內有魔鬼作祟」。心有不甘，反正操舭時痛，不拿筆也照樣痛。為了圓夢還是忍「痛」創作，首部長篇小說《沉城驚夢》就在與「痛」同在時花了一年業餘時光完成。

一九九一年撰完的第二冊長篇小說《怒海驚魂》後，影印了一份寄去給煥彰兄。我並不知道煥彰兄當老編的報社副刊，當年是不刊發長篇著作。可能是照顧我或者是關懷、愛惜等等因素，投去的著作被安排在泰國的世界日報副刊連載了。

澳洲首次有華文作家獲邀到海外參加文壇的活動，是參加泰國華文作家協會的會議，當年我與黃惠元兄到達曼谷時已是深夜十一時半，煥彰兄竟獨在酒店大堂等待我，見面像是老朋友重逢時充滿著無比的喜悅。翌晨早餐後，煥彰兄拉我到他的房間，將藏著新臺幣的大信封交給我，說是為我代領代保存的稿費。那筆錢對我真是如「天降橫財」般解了我「捉襟見肘」的困境。（去泰國的機票總算有著落了，在零件廠當操作機器工，收入微薄，幾無餘資可花費。）

　　為了幫我撰代序，二〇一一年三月一日，煥彰兄花了兩天時間讀完了我的第二本詩集《三月騷動》，寫下了〈萬里外失群的孤雁〉這篇大作，讓我的詩集增光生色不少呢！在拙詩集的自序最後一段：「我在文學途上得煥彰兄一路扶持，始能堅持至今，感恩無盡。」

　　忘了為何一直稱呼「煥彰兄」，其實、臺灣著名詩人林煥彰先生，我早該尊稱為老師了，我之能圓了「作家夢」，林煥彰老師是我的貴人。林老師八十大壽不能前往拜壽，唯有衷心遙祝林老師壽誕快樂、身體安康、萬事如意、幸福圓滿。

　　　　　　二〇一九年二月四日星期一、農曆戊戌除夕於墨爾本

知遇

金門　許水富

　　許是因緣。在某個巧合場景認識了林煥彰老師。那年。已是三四十年前的時空幻影。起初他是百姓。而後是聯合報副刊編輯。而後是詩人。其實他已是有很多年的詩人角色。

　　他致力於兒童文學創作為主。關懷弱勢和現實生活。以生活為主要創作元素。表現真善美人性的真誠。並獲獎無數。活躍在亞洲各國的文學活動裡。

　　擅長寫純真稚樸的童詩。像他的人一樣。心中無塵埃。溫和喜樂的裡外表情。最適合活在無欲無求的現實生活裡。他懂得人世溫吞和怎樣生活的人。他回答自己的是單純的一種感動。一幕夕日。一棵枯樹。一趟車程。甚至是一種剝奪。他都能雲淡風輕。剪輯成美麗的一朵朵詩篇。扛著偏癱的俗世。他活出自己的聲音。

　　這些年來。煥彰老師不但寫詩也常出手描畫。把他從各地撿來的廢紙。立馬就可以砌墨揮筆成一張張的骨肉作品。他把自己摺疊得很小很小。謙懷。大器。慈悲。在苟活的世界。他已忘記年歲日月。磨成晶瑩的緯度亮光。繼續孵著自己的詩和畫。而我們相遇。是你手握的一縷照亮。在黑夜的部首。讓我有幸看到我的名字。

天空和海

杭州　孫建江

　　煥彰八十壽辰，蕭蕭邀大家寫寫壽星。

　　不知怎麼，我腦子裡一下子就蹦出了兩個詞：天空和海──大風大雨後一望無際湛藍的天空，波濤翻湧後回歸寧靜的海。

　　當然，天空和海只是一種感覺。

　　我想說的是，煥彰進入古稀之年後，愈來愈灑脫，愈來愈純粹，愈來愈活出自己的精氣神了。

　　與煥彰認識快三十年了，最初聯絡多通過書信來往，這是傳統的聯絡方式，加之兩岸的特殊關係郵件在路上走個半月一月是常有的事。後來，互聯網興起，我們主要通過電子郵件聯絡，這比原來的郵寄信件快多了，立刻能收到。再後來，煥彰開始使用微信，我們又改用微信聯絡，採用微信不僅快，還可及時互動，需要時隨時語音留言、通話，十分方便。

　　自從我們改用微信聯絡後，我幾乎天天收到他的短信。這些短信，絕大多數是他剛剛寫就的詩或畫好的畫。在研究苑他寫詩發我，外出旅行他寫詩發我，演講空隙他寫詩發我，等捷運他寫詩發我，晚上睡前他寫詩發我。

　　有時，一天甚至能收到他新寫的數首詩。

　　譬如，二〇一九年二月十八日這天，他發了三首當日寫的詩給

我。第一首〈春問‧花開〉，落款「二○一九年二月十八／八點四分社巴下山進城途中」，第二首〈春天的葉子〉（隨後又更名〈早春的葉子〉），落款「二○一九年二月十八／十三點九分在永和路上」，第三首〈公園裡的白石頭羊〉，落款「二○一九年二月十八／十四點二十八在舊莊等社巴回山區的家」。僅從這三首詩的落款就能看出，只要有空他就在寫詩。正所謂，煥彰和詩，不在寫詩的案頭，就是寫詩的途中。

　　讀煥彰頻頻發來的詩作，我有時不免會想，倘煥彰離開寫詩，他會怎樣？哈，說是不免會想，其實不用想也知道，對煥彰來說，寫詩畫畫早就與吃飯喝水睡覺同等重要了，他實在是須臾離不開詩畫的人。

　　我一直喜歡煥彰的詩。讀煥彰的詩，是一種享受。他晚近詩作的靈感，幾乎完全取自身邊的瑣事。而讓人佩服的是，這些身邊瑣事，經他的藝術點化、提煉和昇華，又每每超越具象，促人思考和遐想。其實，我相信，煥彰或許根本就沒有專門來「寫詩」，不過是信手拈來隨意記取而已。然而，這恰恰見出煥彰作為一位真正的詩人功力。天空不留痕跡，鳥兒早已飛過。

　　可以說，煥彰的日常生活就是「詩」和「畫」的，他用「詩」和「畫」的思維方式來看取生活，用寫詩和畫畫來與這個世界進行對話。因此，在他那裡，再平凡，再普通的生活，也是詩也是畫。煥彰把尋常生活變成形而上的詩畫，讓形而上的詩畫融入尋常的生活。享生活的藝術，過詩畫的日子。很奢侈，很高貴，又很平民百姓。

　　煥彰晚近的詩作中，有一種難得的遊戲性。好玩，童趣，釋懷，放開，無拘無束。

　　對待生活，煥彰看得很透。但他又沒有遁入空門，看得透，又是入世的。他清楚絢爛之後是平淡，繁華之後是素樸。沒有大悲大喜，

只有雲淡風輕。該來的來，該去的去，心在身在，念茲在茲，生活即念想，念想即生活。這種人生的境界，不是任何人都能抵達的。

　　煥彰不久前寫了一首詩發我，詩叫做〈老無老矣〉。這首詩披露了他當下的心境——

　　　　老，吾老
　　　　老，無老
　　　　我們都樂於面對老；

　　　　白髮，白眉，白鬚
　　　　無一不白，
　　　　包括心中一片
　　　　雪白——

　　　　雪白冰潔，毫無塵埃
　　　　無須罣礙，
　　　　哪要呼東喚西？

　　　　自由來去，來去自如
　　　　沒有翅膀，
　　　　照樣行雲如水，照樣
　　　　無邊無際

　　　　鳥，有鳥事
　　　　魚，有魚事
　　　　風，有風事

　　雲，有雲事

　　天空和海無事，
　　我如是想想，如是
　　如是無事……
　　（2019年1月21日14:33・研究苑）

這首詩寫得真是好。

　　詩名〈老無老矣〉，開篇「老，吾老／老，無老」，巧借孟夫子「老吾老以及人之老」、「吾老」諧音，又帶點頑童心態，一下子勾起了讀者的閱讀欲望。接下來一句「我們都樂於面對老」，很坦然，又很樂觀。「樂於」不是被動等待，而是積極面對。再由「白髮，白眉，白鬚」，老人的三白，引出「雪白冰潔」、「無須罣礙」，又引出「自由來去，來去自如」。既然「自由來去，來去自如」，那必定與「鳥」、「魚」、「風」、「雲」有關，「鳥」、「魚」、「風」、「雲」是自由自在的，它們都有各自的事。然而，臨到結尾，忽又來了個轉折：「天空和海無事」。從「有事」到「無事」，從鳥魚風雲，到天空和海，不同訴求隨不同主體物件的變化而變化。仔細想想，可不是麼。鳥魚風雲，自由來去，來去自如，各有各的事。它們背後的天空和海不著急，氣定神閑，篤篤定定，穩穩當當，就在那裡：無事。於是，「我如是想想，如是／如是無事……」請注意，結尾的「如是」、「無事」諧音，又呼應了開篇的「吾老」、「無老」諧音。妙不可言。

　　全詩行雲流水，文氣暢達，邏輯嚴密，渾然天成，一氣呵成。似乎是在玩詩的繞口令，而實際上卻是在探討人生哲理，探討老年人的生存境況、人生態度以及能夠抵達的思考深度。收放自如，舉重若輕。

煥彰不愧是大詩人。

不過，我最想說的還是——

天空和海無事，不正是老年煥彰自己的真實寫照嗎？

祝福煥彰。

（2019年3月2日・杭州柳營）

我心目中的貓詩人林煥彰

霧峰　小熊老師（林德俊）

　　林煥彰，是臺灣文壇代表性的童詩作家，我很幸運地成為他的「年輕」朋友，偶爾可以跟他聊幾句詩，聊些詩的夢想，甚至，我還受邀到他九份山上的「半半樓」坐坐，打開窗，風景就這樣爬進室內，有幾片風景直接爬到他的稿紙上窩著不動，最後成了詩人的作品。

　　林煥彰是我的「老」朋友，年紀有點大，大我三十八歲，我剛認識他的時候他的頭頂覆上了一點霜雪，隨著這位老朋友愈來愈老，他頭頂上的霜雪蔓延成一整片，但大多時候，我留意的是他那頂把霜雪覆蓋掉的帽子。印象中畫家都愛戴帽子，所以我經常不自覺地跟他聊起色彩啦造型啦這些跟畫家比較有得聊的話題，而我們一樣聊得十分起勁。

　　事實上，他也是一名畫家，但不是傳統典型的那種。他的畫風十分寫意，隨興之所至，愛怎麼畫就怎麼畫，像是靈感被壓抑了許久，突然就噴發出來。你也可以說這是塗鴉之一種，畫家的手彷彿要跟上靈感暴衝的速度，他的畫當然是一種速寫。不但速寫，而且拼貼，林煥彰把生活中即將被丟棄的廣告傳單，直接拿來當作稿紙，或者撕成不規則形的片段，成為「有字的色塊」，再重新組合起來，他作畫的成果，常常是：手繪＋手寫＋現成物拼貼，每回都是玩心大發的結果，有點任性，卻也任性得有理。你若不夠任性，又如何創造出個性

呢？我相信那些即將成為廢紙的文宣品，全都打從心底感謝林煥彰，經過他的巧手，大家立刻改頭換面，重生了一回。

　　林煥彰，就像他給自己曾經窩居的小屋所取的名字「半半樓」，是個一半一半的人，一半老人、一半兒童，一半詩人、一半畫家，一半和藹、一半叛逆，這一半一半，真是令人羨慕的「剛剛好」狀態呀！

　　讀了許多林煥彰的詩，我常在想，究竟他的另一半是誰？有個答案應該不錯：貓。詩人的另一半是貓，就住在他的心裡。林煥彰曾養過活生生的貓，但那是很久以前的事。後來，他把貓養在他的詩裡頭，還結集出一本全都是寫貓的詩集《貓，有不理你的美》。其中有幾首，我一定要讀給朋友聽，尤其是那些愛貓的朋友。

〈貓，面對孤獨〉

貓，在客廳
孤獨和客廳一樣高大；
牠走進臥房，孤獨變小了些；
牠走進書房，孤獨又變小了；
牠走進廚房，孤獨又變得更小了……

貓，在廚房
找到一條塑膠魚，牠和塑膠魚玩；
牠在書房，找到一隻布老鼠，
牠和布老鼠玩；
牠在臥房，找到自己的影子，
牠和自己的影子玩……

主人不在家，貓，擁有一屋子的孤獨；

天暗以前，牠已經習慣坐在客廳的窗臺上，

牠要面對比客廳

更高更大的，另一個孤獨。

〈貓，面對孤獨〉這首，進入了貓的心境，形式上有著重複句型營造的和諧韻律，朗讀起來十分順口。首段，孤獨被轉化成一種無形但具體的存在，好像可隨實際空間放大縮小，不管空間有多大，孤獨都能填滿它。孤獨伴隨著貓，貓走到哪兒孤獨就跟到哪兒。第二段末尾：「牠在臥房，找到自己的影子，／牠和自己的影子玩……」寫到此，生發了對孤獨的探討——一隻貓是孤獨的，但是跟自己玩，卻是一種樂在孤獨的享受，這樣的孤獨其實並不孤獨，又或者可以這麼說：孤獨其實不是件壞事，孤獨會幫助我們建立自我陪伴的能力。末段：「牠要面對比客廳／更高更大的，另一個孤獨」，主人不在家，貓望向窗外，貓眼所及便是孤獨，所以這時的孤獨是整個窗外的世界那麼大。那更高更大的孤獨，乍看是因思念主人而生，但換個角度想，把「貓」代換成「詩人」、「主人」代換成「靈感」，句子變成「靈感不在家，詩人，擁有一屋子的孤獨」，如此藉由貓暗喻自己，可又是另一層言外之意？

　　詩人愛貓，寫貓，讓貓跳進詩裡。光是看著貓，觀察貓的姿態，你便可以有所學習。貓咪動起來的時候十分熱烈，躍上撲下，真是活潑！但大多時候牠不動如山，有時睡癱了，有時只是閉目養神，有時則是端坐著注視某個地方，這時候牠像個陷入沉思的哲學家，好有學問的樣子。林煥彰寫下這首〈貓當哲學家〉，有點警世的意味，似乎在暗示：有些人說得很多，彷彿一肚子學問，但是聽聽他的談話，實在內容貧瘠；反觀有些人雖不多話，卻擅長聆聽，能聽進去別人的發

表，還認真思考著。哲學家，自己一個人的時候，一定不會無聊，他忙著在腦海中搬演萬事萬物運行的邏輯，他的外表安靜，但內心世界可不然。所以，如果想當哲學家，就要先學會保持安靜。這是人類可以向貓學習的，當你真正安靜下來，你的觀察力會更銳利，你會把世界看得更清楚。

〈貓當哲學家〉

貓想當哲學家，並不難；
我的貓說：
只要你不說話
靜靜的坐著──
就這麼簡單。

詩人寫貓，觀察貓，有時看得太入戲了，難免會自作多情，以為閉上眼睛的貓在想主人或人類朋友。無論如何，可以確定的是，這時候一定是「你在想牠」，你想著牠是不是在想著你，觀察貓的人這麼專注地看著貓，這貓咪簡直就是前世的愛人哪。

〈前世的愛人〉

一隻貓，沒有事
牠只坐在那裡，
甚至閉上眼睛，坐著
你以為牠在想你，
其實，是你在想牠
牠是你前世的愛人。

閱讀林煥彰的貓詩，彷彿重新認識了貓。讀了貓詩再來看貓，貓變得更好看了！讀了貓詩再來想想自己，自己也變得更有趣更豐富更立體，彷彿重新認識了一回自己。

〈我的貓和我的夢〉最後三行：

我的貓的夢裡，應該會有魚
我也希望我的夢裡，會有一條魚——
魚是生命中，應該有的生命。

人看貓，看著看著，人也想變成貓，貓的夢裡應該會有貓喜愛的魚，所以人也想夢到一條魚。詩的最後一行，把讀者帶進一個「魚是什麼？」的思考，詩中的這條魚，彷彿化為「被追求的事物」，對貓而言或許只是一條魚，對人而言，魚究竟象徵著什麼呢？詩的最後一行給了我們答案：就是你的生命中，應該有的生命啊！看似廢話，其實不然，並非每個人都活成他生命中該有的樣子，並非每個人都朝著自己的夢想前行。這首詩，其實是要我們思考：我們是否活成自己生命中應該有的樣子？

　林煥彰的每一首貓詩，都富有哲理，趣味橫生。愛貓成癡的他，被詩友戲稱為一天不畫十隻貓就會失眠的畫家、不寫貓也要想像貓在身旁才有靈感的詩人。他簡直是貓咪的心理學家，他太懂貓了，才能把貓的形象描繪得如此生動。他筆下的貓，彷彿也展示了某種人類的樣態，詩人借用貓的形象來透露人類的秘密，貓咪，成了映照你我的一面鏡子。

詩人與大愛手

新加坡　尤今

在臺北，與睽違多年的詩人林煥彰晤面時，我調侃地問：「你有帶剪刀來嗎？」他一聽，便會意地笑了起來，說：「沒帶剪刀，但是，給你帶來了這個。」說著，把手裡一塊精緻而又別緻的陶片遞給我。薄薄的陶片，是長方形的，寬約十寸，莊重的灰色，上面燒鑄著林煥彰以書法呈現的幾句哲理詩：「鳥，飛過──／天空／　還在。」是個性突顯的紀念品，我愛不釋手。

被譽為臺灣國寶級兒童文學家的林煥彰，創作了許多膾炙人口的童詩。比如說，〈蟬〉這首詩，活脫脫就像是一幅淡雅雋永的水墨畫：

蟬的歌兒很好聽／可是要到夏天才唱／牠們喜歡讚美／金色的陽光／／蟬的歌兒很好聽／可是牠們只愛在樹上唱／所以，一到了夏天／樹都變成了／會唱歌的傘。

另外一首〈妹妹的圍巾〉，則是一幅色彩斑斕的油畫：

雨停了，／妹妹拉著我，／一直往外跑／手指著遠遠的一棵樹／樹上掛著的彩虹／她說：那是我的圍巾／從我窗口飄出去的。

他的想像力，長著輕盈的翅膀，翩躚起舞，他的童詩因此充滿了讓人擊節歡賞的新奇想像和趣味。

林煥彰一直留著很有「藝術感」的髮型，長及於肩，直而亮，不羈而灑脫。有一回，我打趣地追問他：「噯，誰是你的髮型師？」他微笑地說：

「頭髮，都是我自己修剪的，從不假手他人。你若喜歡，下回你到臺北來，我幫你剪。」這是一個美麗的承諾，然而，當他說「下回你到臺北來，我幫你剪」這話時，彼此都沒有想到，他口裡的「下回」，竟是二十多年後的今日！

倥傯歲月，流逝如水。此刻，站在眼前的他，髮型依舊，但卻染了歲月的滄桑。

他已退休，然而，過著的卻是「退而不休」的生活。埋首創作之餘，他參加各種文藝活動，也到學校去，當駐校作家，讓文藝的薪火能源源地傳承下去。

原本以為是充實忙碌的生活使他看起來精神奕奕，沒有想到，他卻歸功於一種名為「大愛手」的氣功。

他示範給我看，先把手放在自己心房處，全神貫注地把「心法」念一遍，使心安靜，血行通，氣與宇宙相接，之後，把手放在朋友的肩膀和背部發功、發氣，使對方血液通暢，改善健康情況。

他解釋著說：

「一般人的精力，來自身體儲集的能量；但是，許多負面的情緒，如抑鬱、不滿、憤怒、積怨、不快等等，都會使經脈淤積，影響體內能量，人也因此而變得萎靡不堪。大愛手就借助宇宙的能量，幫助對方打通經脈，使體內各種負面情緒傾瀉出來。有些人，在接受大愛手發功發氣時，會情緒失控，哭得難以遏制；然而，哭過之後，全身血脈通行，不論身體或是精神，都變得截然不同。」

　　問他是不是得到高人指點而修成「大愛手」的？沒有想到，他竟搖頭說道：

　　「不是的。有一回，我女兒生病，我到醫院陪她，看到護士們都在練；練成後，都以此幫助病人康復，我大受啟示，於是，便跟著學習……」

　　我注意到「大愛手」主要是藉助發功和發氣惠及他人，這對自己的能量和元氣，是不是一種長期的耗損呢？對此，林煥彰搖頭說道：

　　「宇宙的能量，源源不絕，當你把能量輸給對方時，你也同時在運氣以自助。你知道嗎，付出愈多，得回愈多。」

　　啊，付出愈多，得回愈多。神清氣爽的林煥彰，以極佳的健康情況，為自己的話作了最好的詮釋。

　　　　　　　　　　　（依2010年5月19日新加坡《四方八面》尤今專欄

　　　　　　　　　　　　「閑雲舒卷」修正）

寫猴即寫我
──詩人畫家林煥彰

彰化　李桂媚

　　第一次見到林煥彰老師是在二〇一六年，那年六月詩人節，臺灣詩學吹鼓吹詩論壇假臺中文學館舉辦「讀畫詩──詩與畫的交響曲」活動，邀請多位詩人畫家現場朗讀，共同彈響詩與畫的旋律。還記得那天大雨滂沱，所幸詩的熱情絲毫不受天氣影響，節目還沒開演，現場早已座無虛席。

　　從臺北南下趕來的林煥彰老師，特別帶來了他手繪的千猴圖，長長的畫軸從臺前繞過觀眾席，一路緩緩展開，畫布上的猴子千變萬化，每一隻樣貌都不同，猴子靈活的體態就像自由揮灑的草書，優美而流暢，深深吸引眾人目光，與會來賓都不禁驚呼連連。

　　林煥彰老師表示，他從好幾年開始畫生肖畫，二〇一五年羊年更是出版了一本《吉羊・真心・祝福：林煥彰詩畫集》，二〇一六年適逢猴年，他打算畫一千隻猴子，他的藝術創作常常從「玩」出發，他認為猴子具有靈巧的特質，並且沒有包袱，因此用水墨畫成的千猴都非常隨興，每隻猴子都是隨手畫的成果。另一方面，他在畫畫的同時，詩的靈感不斷湧現，於是他想像自己就是猴子，用猴子的視角，為牠們寫詩。

　　節目單上共有〈猴子不穿衣服〉、〈換衣服，換心情〉、〈窮，不是

什麼都沒有〉、〈我不要當人〉四首詩，林煥彰老師自言他很羨慕猴子的不受侷限，他寫詩也強調不要有任何拘束，他的朗誦從詩作〈猴子不穿衣服〉開始：

> 猴子不穿衣服，已經習慣
> 也不害臊；五千多年了——
>
> 當然更久，不可考也
> 也不必知道，究竟有多久
>
> 作為十二生肖的一員，我們今年
> 又可以大鬧一場……

人要衣裝，但猴子不用，「猴子不穿衣服」陳述的是不足為奇的事實，但詩人卻從中洞見了弦外之音，猴子不必穿衣服也能如此自在，反觀人類，受限於禮俗的制式化，久而久之大家都變得一模一樣。此外，有句成語叫「沐猴而冠」，戴上帽子的猴子雖然外貌很像人，但本質上依然不是人，服裝作為身分的表徵，是不是只要換上服裝，就能變成另外一個身分？

人可以藉由換衣服來改變心情，但沒有穿的猴子要怎麼轉換心情呢？林煥彰老師的〈換衣服，換心情〉，針對這個問題進一步提出他的思考：

> 換衣服，就是換心情。
> 猴子不換衣服；
> 其實，牠們不穿衣服
> 怎麼換心情？

我的衣服也不常換，

這樣不好，既不衛生

又不能換心情；我是不是

該向猴子學習？

牠們永遠不換衣服，卻可以

不斷變換好心情。

仔細看千猴圖上的猴子猴孫，每一隻都笑臉迎人，顯見林煥彰老師眼
中的猴子總是擁有好心情，因此詩中的猴子不用換衣服也能維持好心
情。衣服其實是外物的象徵，情緒來到谷底時，有人靠購物平復煩躁
的心，也有人用美食安慰受傷的心，然而，這些不是需要而是想要的
慾望，終究只能帶來一時的愉悅，我們要向猴子學習的，不單是懷抱
著好心情，還有對現狀的知足與惜福。

另一首猴子詩作〈窮，不是什麼都沒有〉：

我們猴子喜歡吃香蕉，

這是天下人都知道的，也應該都要知道；

但有一樣，你也許不知道

我們猴子出去玩，一定要自備兩大串芭蕉，

提在手上；這是媽媽交代的

不是拿來吃，是給人家看

表示我們：窮，不是什麼都沒有

也不是我們只看別人吃。

有，很重要

我心裡這樣想，

我們手上就要永遠都有

兩大串……

手掌的外觀類似香蕉，我們形容兩手空空去拜訪別人是只帶兩串蕉，
詩人在這首詩中翻轉了兩串蕉的形象，猴子手上的兩大串芭蕉，以及
被看見的訴求，突顯了窮的自卑和志氣，倘若把詩中的兩串蕉視為實
體的水果，那麼，自備芭蕉給人看就是貧窮的自卑，如果將兩串蕉解
讀作本領，那麼，手上永遠都要有的就是實力，改變命運的力量。

最後林煥彰老師朗讀〈我不要當人〉作結：

綠色的，我們居住的家園；

為什麼我們要搬家？

你說，我們可以住高樓大廈

而且可以搭電梯：可是，

沒有樹，當然不能爬樹

我們的尾巴還能有用嗎？

媽媽說；如果沒有尾巴，

我們還能叫作猴子嗎？

爸爸曾經跟我說，尾巴很重要

可以掛在樹枝上，盪鞦韆；

如果沒有尾巴，我們就進化了

變成人，

那我才不要！

面對鄉村與城市的抉擇，多數人會選擇生活機能便利的城市，但居住在城市就一定比較好、比較文明嗎？以猴子來說，猴子嚮往自由，少了可以恣意奔跑的田野，就好像被豢養在家裡的寵物，隨著都市發展的擴張，綠地越來越少，現代人有時也跟被困在籠子裡的動物一樣，詩末林煥彰老師特別點出猴子並不想變成人，提醒大家別把自己無限的可能框住了。

　　林煥彰老師的童詩觀是要有「兒童觀、教育觀和藝術觀」，一系列從猴子的角度出發，透過猴子行為反思生活的作品正是最好的例證，寫猴子其實就是在寫自己，以猴的口吻來傾訴個人的價值觀，不僅反映了詩人耕耘一甲子的詩心，更蘊含了最真摯的童心。

開拓文學世界的林煥彰先生

馬來西亞　冰谷

一　生命與兒童文學的融合體

　　華夏素有「詩之國」的美譽，華族最早的經典文學《詩經》，今天仍然成為研究界的熱門詩題。「關關雎鳩，在河之洲；窈窕淑女，君子好逑。」很多學生都能朗朗上口，因此流傳了幾千年而能歷久不衰，是有原因的。

　　過去幾年，我有幸被選做各項徵文比賽的評審，從中發現詩稿件的份量比小說、散文為多，證明大家都很愛寫詩和讀詩。這是好現象。教育局早在多年前就已經把朗誦詩和寫詩納入教育課程。可見國家對詩歌非常重視，希望從學生時代開始，人人都能讀詩、寫詩、瞭解詩。

　　詩歌能成為文學的首選，是件可喜的事。臺灣著名的文學家林煥彰先生，他不但常常寫詩，天天寫詩，尤其愛寫給小朋友讀的詩；同時他也愛畫畫，畫簡單的魚、蟲、貓、狗、蟲、蝶，讓小朋友們也看得懂。林煥彰先生寫的詩，被很多國家選入為教育課本；被翻譯成英、德、日、韓、法、泰、荷蘭、印尼、蒙古等國語文，在國際上享有極高聲譽。

　　這樣著名的詩人，大家都認定他受過高深教育吧！非也，林煥彰

先生自小家境貧苦，小學畢業後便輟學了，被迫去做工賺錢，當過牧童、學徒、工廠工人。那時他只是十五歲的少年。因為在工作時經常受盡委屈，不禁暗自神傷流淚，這時候他不止懊惱，也開始感到求學的重要性，卻又沒有能力進入學校，唯一的辦法是靠自修，另一方面攻讀函授學校，選修先修班、法律、政治等課程。

　　林煥彰先生聰明刻苦、意志堅定、鍥而不捨，一年後考進工廠做原物料檢驗，提升了工作氣候。這時期他結交了一批寫作的朋友，接觸到現代詩。

　　為求得更高學歷，他轉入「中華文藝函授班」，啟開了新詩寫作之旅。1964年，他進一步參加了詩歌組研習班，增強寫詩的知識與能力。他發表的第一首詩〈雲〉，只有短短的四行，卻成為他生命中和創作上的轉捩點，也同時讓他步向漫長而燦爛的文學之旅，影響著他的一生。

　　林煥彰先生初期熱衷現代詩，一九六七年他以「牧雲」一名出版了處女詩集《牧雲初集》。幾十年來他孜孜不倦寫詩，尤其是兒童詩。中國《百年經典》選自五四新文化運動至當代，兩岸三地最優秀的兒童文學家作品共100位，入選的精品體現出中華民族的多元特色，一百部作品涉及到兒童文學各種文體，兒童詩、兒童小說、兒童散文、寓言、童話等等，可譽為兒童文學精品總匯。林煥彰先生的兒童詩集《妹妹的紅雨鞋》列入「百大」，證明了他的兒童詩的世界性地位，可喜可賀！

　　林煥彰先生的詩作曾獲得無數國內外文學獎，例如臺灣著名的「洪建全兒童文學創作獎」、「臺灣兒童文學一百選」、「中華兒童叢書金書獎」、「中山文藝獎」（兒童文學類），文藝評論界給予他極崇高的評價，足見他的作品普遍受到重視，成就已獲得文壇肯定。林煥彰先生著作豐富，迄今已出版了超過百部創作，包括現代詩、評論、童

話、兒童散文、史料及畫冊等。詩集除了先前提過的《牧雲初集》，尚有《斑鳩與陷阱》、《歷程》、《公路邊的樹》、《現實的告白》、《無心論》、《愛情的流浪及其他》、《林煥彰詩選》（中韓文版）、《孤獨的時刻》（中英泰韓文版）、《孤獨‧分享》、《詩六十》、《臺灣，我的血點》、《翅膀的煩惱》等；至於寫給兒童閱讀的作品，更加亮麗多彩，計有《童年的夢》、《妹妹的紅雨鞋》、《鵝媽媽的寶寶》、《回去看童年》、《我愛青蛙呱呱呱》、《小貓走路沒聲音》、《拿什麼給下一代》、《愛的童詩》、《嘰嘰喳喳的早晨》、《小貓，有好玩的權利》、《家是我放心的地方》、《大自然的心聲》及《童詩二十五講》等，單數兒童文學作品，便已近一百部。

他有很多兒童詩和兒童散文被編入新加坡、臺灣、港澳及中國大陸中小學教育課本，或輔導讀物，備受賞識。他的《童詩二十五講》成為兒童詩理論的經典。這位年輕時代提倡現代詩，且建立了聲望的詩人，緣何改變初衷去寫多樣化的兒童文學呢？他在一篇談寫詩給兒童的文章提到：「成人為什麼要為兒童寫詩呢？我想，這是一種愛的表現，因為詩可以給人慰藉，給人優美的感受，使人見了有所領悟，而感到身心愉快，因此，成人為兒童寫詩，就是要讓兒童也擁有適合他們閱讀的詩，讓他們透過有形象，有韻味的語言，體會人生的真、善、美和智慧……」（〈給孩子們一對想像的翅膀〉）

林煥彰先生對他創作的轉向，做了這麼一個注腳。果然，在他結束了與詩友合創的現代詩刊《龍族詩刊》，就開始專意為兒童寫詩。其他同仁完成了「回歸民族，回歸本土與關懷現實」的主張之後，大多告別了詩壇；而林煥彰先生繼續上路，與詩人舒蘭、薛林等另創《布穀鳥兒童詩學季刊》，由他出任總編輯，數年後又獨力創辦《兒童文學家雜誌》的出版。

甚至我們可以這麼說，臺灣的兒童文學能有今天的強大陣容，有

各種類的兒童期刊、書籍流傳市場,為千萬臺海兒童提供豐富的精神食糧,林煥彰先生不斷努力推廣、興辦兒童刊物,加上他本身創作不輟而達致的。目前臺灣的兒童文學,不只帶動了東南亞各地的華文兒童文學,同時也與中國內地的兒童文學接軌,相互爭輝!

另外更重要的,中國與臺灣在一九八八年九月建立兩岸關係後,林煥彰先生立即聯合了臺灣其他兒童文學家,組織了「大陸兒童文學研究會」,他德高望重被選為會長;並於次年組織兒童文學訪問團,在合肥、上海、北京各地與中國兒童文學界近一百位作家,互相交流。過後,他再次領團出席在中國長沙舉行的首屆「世界華文兒童文學筆會」。他為了推動文學,先後到過南韓、香港、菲律賓、泰國、新加坡和馬來西亞,舉辦講座與對話,促進交流,提升創作。所以,林煥彰先生對文學的貢獻實際上跨出了臺灣本土,尤其在兒童文學領域,扮演著積極的領航角色。為進一步加強與推廣兒童文學,他主催兩岸成立「世界華文兒童文學資料館」,他受委為館長,總部設在臺灣,專門收集世界各地以華文書寫的兒童文學書籍,還有兒童文學作家的生平檔案與資料,方便世界人士研究。

一九三九年林煥彰先生出生于臺灣宜蘭縣礁溪一個叫桂竹林的農鄉,童年時代有過許多磨難,因此長大後產生了對兒童特別的熱愛與關切。他把這些累積的熱愛沉澱為關懷,以流利、淺白、舒坦的文字,誠懇、憐憫、關愛的心,藉筆端化為童詩、散文、童話故事⋯⋯,凝聚成一股緩緩的暖流,融入小朋友的心中,淨化他們的心靈。他曾說過:

「我想儘量的把『最好的』拿出來送給小朋友。當然,我的能力是有限的;我的知識,我的智慧,都是有限的;但我的善意,我的愛心,感謝是無限的⋯⋯」

他的誠意與用心,多麼值得我們尊敬和效仿。

　　林煥彰先生曾任臺灣第一大報《聯合報》文藝版「副刊組」編輯長達三十年，兼任泰國《世界日報》副刊「湄南河」主編，兩個文藝版每日出版一大版各類文藝作品。八十年代「亞洲華文作家協會」成立，林煥彰先生出席多屆會議，該會自第五屆起推舉他為秘書長，兼任《亞洲華文雜誌》總編輯。

　　林煥彰先生在任「湄南河」編輯時，推廣六行小詩，其後收集成《小詩磨坊》，先後在泰國、新加坡、馬來西亞等國出版；泰國目前已出版了十二卷，成績斐然。林煥彰先生忠於文學，面向童詩，熱愛童詩。也可以說他把生命交給了文學。

　　我與煥彰先生初識於一九八〇年的臺北，也即籌辦「亞洲華文作家會議」那年。過後因常期供稿由他主編的《亞洲華文作家雜誌》，書信往返頻繁而建立了更深的文學因緣。因受煥彰先生的鼓勵與督促，閒暇之餘也學習兒童詩寫作，並獲得他推薦給臺灣《兒童日報》和《兒童文學雜誌》發表。後來我把習作累彙成《水翁樹上的蝴蝶》，交給臺北秀威資訊科技股份有限公司出版兼行銷；林煥彰先生除了寫序還自動以他的撕貼畫做插圖，擦亮了這本兒童詩集。

　　自《聯合報》退休之後，林煥彰先生便以講學身份邀遊世界，講詩歌創作與兒童文學。他曾多次到馬來西亞，我安排過兩次在雙溪大年城；一次在母校江沙崇華中學，獲得熱烈的反應。二〇〇七年他在帶領孫兒來旅遊，由朵拉帶領來到大年城，我們一起拜訪畫家張培業先生，煥彰當場展示他的撕貼畫，讓我們眼界大開；簡單幾劃素描，配以撕裂的圖案，再以筆鉤勒，魚、貓、星、月、人、手、腿、爪……，逐一浮現，而且蠢蠢欲動呢！

　　二〇一八年十二月二十二日我們夫妻旅遊臺北，落腳士林區某度假屋，恰逢煥彰先生隔日將飛往緬甸出席亞細安文學營大會，他於行色悾惚中特地提前趕到我們所訂的旅店，送來新著《林煥彰截句》、

《活著，在這一年》中英對照詩集。書中夾一短函，寫著：「冰谷兄
嫂晚安：歡迎你們來臺北旅遊，但恰好，正忙於準備出國，明天又有
評審會議……十二月二日晚才返臺，無法接待，至感歉疚。P.S. 兩本
新書是這兩天才拿到的。請指正。」日期誌明十二月二十一日八點四
十分，與我們抵達臺北僅隔一日，時間分配得如此巧妙！

二　探索林煥彰詩裡的孤獨世界──解讀《分享‧孤獨》

　　如果說林煥彰是漢語文壇界的忙人，深信很多人都認同，他不但
在兩岸三地的文藝聚會裡頻頻現形，他多類文體的作品也與他的身影
同步，在兩岸三地的出版界席捲千秋，成為眾多讀者期待的熱門作品。

　　在漢語世界裡，林煥彰是提倡兒童文學的急先鋒，同時帶著臺灣
的兒童文學跨越海峽，融入中國內地、香港，包括世界各地有漢語的
地方，讓兒童享受到閱讀的愉悅。林煥彰不只自己創造了數目可觀的
童詩、兒童散文，更寫過不少兒童詩論，編兒童文學刊物。就因為他
的兒童文學家形象過於突顯，往往讓人忽略了他在其他藝術上的成績。

　　譬如他的詩，譬如他的畫。這裡抖開他的畫，只談他的詩──近
期的短詩《分享‧孤獨》（臺北唐山出版，2007）。林煥彰童年家境清
寒，是個靠刻苦修煉成功的詩人，這一年進入六十八高齡，他二十歲
才開始寫詩作畫，幾十年來創作不輟，作品源源出版。他在詩藝的試
鍊中不斷推陳創新、從現代到自由體、從繁到簡，都有令人驚嘆之
作，展示他不凡的才藝，和永不言倦、鍥而不捨的追求繆斯的激情與
決心！

　　詩人林煥彰的詩，風格變化，不同時期給讀者帶來不同感覺，無
論從詩作的含蘊、詩句的排列等等技巧的運用，每隔一時期就出現一
種變化。他不斷在詩歌道路上跨越和成長，也同時鼓動一般愛詩的

人，與他共同創作、奮發，一起浸泳在詩歌的新世界。

他在《分享‧孤獨》中說「詩越寫越短，畫也越畫越簡單」，似乎在暗示讀者，他在新詩路上又來一次轉向。一個藝術家在創作旅程上，如果踟躕不前、一成不變，藝術的成就即受到侷限，甚至逐漸走進暗淡。林煥彰俱備了才情，加上後天的努力鑽研，他的作品常給讀者不同的感覺，每隔一段時期說是一種新體驗、新面貌！

越短的詩越難寫得好，寫得好的短詩，必比長詩受歡迎，如林煥彰的第一本短詩集《孤獨的時刻》，先後被翻譯成英、德、泰、韓、俄、蒙、印尼和馬來文，同時在臺北、首爾出版了多種語文對照本，所激起的回聲和影響，令人側目。

這本詩集比《孤》詩的精簡有更進一步提升，每首均在六行以內，四行三行的俯拾即是；在字數上，也壓縮在三十個字。真的達到了行、字俱簡的技巧。至於詩行的排列變化，也展示了詩人林煥彰的多才多藝，他靈活地運用了三三、一五、五一、二四、四二的形式，以表達一首詩的段落分隔、思想跳躍，的確是個高難度的詩創作試驗。林煥彰自詡近年「玩文字‧玩寫詩」，可他玩的非用字生澀、賣弄技巧而內容空泛的蒼白詩，而是內含豐富、充滿張力的佳構。行數少、詩句短、用字淺、含義深、內容廣，幾乎是林煥彰「玩」詩的方向和現階段對詩的新嘗試。

林煥彰說：「寫詩，必須承受孤獨；詩寫好了，必須跟人家分享。」我想這是他對創作詩一路來的經歷和感受，有孤獨有悲涼；詩成後有機會與愛詩的人賞析、一起分享，是詩人煉丹後激發的心靈愉悅，也可看作是詩人所持的創作理念。說到詩分享，林煥彰亮出更實際的一項措舉，他在泰國、印尼發行的兩個《世界日報》，由他主持的一個文藝副刊上推出《刊頭詩三六五》專欄，專門發表六行以內的精緻作品，蔚成風氣。

　　這裡列舉數首他的短詩，分享這位詩人飄逸多彩的詩風：

〈我的一生〉

每天晚上，我向自己說：
再見！
每天早晨，我向自己說：
早安！

一生，在悲喜之間
擺盪！

〈O〉

死，是一種圓滿；

出生時，一切都是
父母、天地給的；
包括生命、智慧和人情

人生，是負債的；
走時，感恩！感恩！

以上兩帖短詩，足以窺視詩人的文字功力，淺白而句短，行句的跳躍
靈活、節奏明快，全然擺脫了讀詩是沉悶的感覺；同時詩又融匯了多
重內涵的意義。雖則主線同樣是思索人生，但一個是「悲喜擺盪的人
生」，另一個是負債也得「感恩」的人生。

　　林煥彰在《分享・孤獨》中容納了七十三首作品，全書最精簡玲瓏的一首詩，會令人意想不到，只有一目了然的七個字，而更使人驚訝不已的是，在這「七字詩」刊出的時候，即迷惑了眾多愛詩人士，其中印華文壇文友竟舉辦一次討論會，花了七千多字篇幅解讀這首三行詩，發表在棉蘭《印廣日報》副刊，在海外文壇傳為佳話！

　　看看這首〈空〉：

　　鳥，飛過──
　　天空

　　還在。

我想，這首行數少得不能再少、字數縮的不能再縮的小詩，它蘊藏著一個無限深邃、極其寬廣的空間，必須以禪心慧眼、宏觀角度去發覺、去體悟、去摩挲，才能從靜寂平凡中見到詩裡的起伏波瀾、迴旋激盪。也許，在研讀這首詩之前，應該暫離群眾，在一棵菩提樹下孤獨、靜思。如此，心境澄潔，必有所頓悟。

　　　　　　　　　（2019年2月24增修於馬來西亞雙溪大年寒舍）

三支筆

──致煥彰老師

臺北　靈歌

某些雲
不下雨不蒸發
凝固童年的時間
飄過的陽光四處尋找
傳說中的豹
只有毛皮是最終的家

有些梅花
不枯萎不落下
香著雪一般純潔的歌
等一隻鹿過
用角摘下
以身體拓印

他第一支筆
將雲豹畫進孩提的夢裡
隨梅花鹿奔跑童稚的眼睛

第二支筆
將純真搭建成人的世界
撢淨人世的煙塵
窗透亮，大人們都走出門外

看他以第三支筆
將詩寫成童話
將童話彩繪
驅逐黑暗的世界

鶴髮童顏

──林煥彰印象素描

馬來西亞　蘇清強

你袖風飄灑
踏實的健步
走　　　　過
一地是鮮潤的花
一路是芳香的草

看你抬頭
一天的雲翳湧現
聽你呼喚
一樹的鳥語正鬧

你的帽子披上
一襲童顏鶴髮
映照著來
我眨眼驚見
雨中撐著花傘
腳著紅鞋的純真

你細心地舔嘗

一盤魚香溢辣的早點

我看到怎麼是

一頭瞇眼香腮的馴貓

專情地玩味著

四季的佳釀

你開口吟朗

人生一闋闋詩謠

我聞著竟是

逍遙蕩逸的童音

穿越　　時　　　　空

推開了胸臆滿滿的舒坦

（2019年春季・馬來西亞）

眠床前的月娘

宜蘭　林明進

　　文人的浪漫世界，總是離不開青春永駐與愛情永生兩件事。許青春永駐的願並不高明，上蒼也從來不曾應允過；期待愛情永生的人並不落空，靠的正是兩對眼神的承諾，絲繫一生的懸念。

　　月光下的世界，朦朦朧朧，最容易讓離別兩地的情人惹相思。兩地相思，一言難盡，洵非虛辭。海上生明月，天涯共此時，這是唐人的辛酸；此時相望不相聞，願逐月華流照君，這仍然是詩人的盼望。最可憐見的是天上辛苦的月娘，一年到頭，流流轉轉，匆匆促促，一夜才圓滿如環，卻得夕夕都虧缺如玦。

　　月娘圓滿的美，雖然一月只有一回，比起遲暮之苦，月可以有夢，美可以再來，這麼說來美人是十分卑弱的。月滿之美，自然就成了沉浮人生的雪泥鴻爪。多少騷人總要在昂仰皓月之餘，讓苦悶緩緩發出，以浩嘆凝成怨文黻句。人生的淒美，詩人抓得住，總是以鋪天蓋地的離騷，勇敢地醞釀。

　　詩國多少一無所有的詩人，他還會變化皎月為日夜想念的愛人，想像她成照拂的月輝貼緊著他，那是最廉價的滿足。可是還有一種特別熱情的文士，他還妄想以一身微軀的熱血，不辭千里去親炙那冷冷的月。

　　奈何天梯難攀，一個天上，一個人間，遐想總會隨著煙消隨著雲

散；依舊江山阻隔，一處胡山，一處越水，剩下的大多是深沉的追懷。是誰說的：問君何事輕離別，一年能幾團圓月，這個話讀起來有點兒埋怨。又是誰說的：銜恨願為天上月，年年獨得向郎圓，哪個雅士的心不受到強烈的撞擊？

人生中曉風楊柳的姿影，古木參天的蒼松，奮翼出谷的新鶯，鳴歌曼妙的雲雀。有的很短暫，來不及贊嘆，一溜煙，好景就過了；有的很老成，來不及賦歌，一轉瞬，詩人就老了。

跟時間有關的幸運物──燕鳥，往往也是懶得遙望天際的另一類文人的好搭擋，在文字的工程中，雙燕總是要很多情的。當小燕子以輕盈嬌小的靈巧之身，出現在閨中少婦的簾鉤之上時，旖旎柔情的夢想來了，時光錯置的感喟來了，孤枕暗夜的寂寞來了，獨倚危樓的哀怨來了，情感上該有的日深積怨統統都來了。

燕飛對語，呢呢喃喃似絮語似情話，它們慣說什麼？並不重要。可是，當斷垣殘牆，人去樓空，雙燕依然時，詩人就受不了了；當物是人亡，遺跡獨存，醉燕交頸時，閨婦就忍不下了。千百年來燕鳥可能以帶來喜訊而沾沾自喜，但是多情自然多怨，雙雙對對的美滿，不是人間的真相。燕鳥有知，豈肯輕易南飛？

文人最怕的還有蝴蝶雙飛，清初有個貴冑公子這麼說：唱罷秋墳愁未歇，春叢認取雙棲蝶。他三兩年的婚姻歲月，美滿隨意，卻抵不過上蒼的作弄，老不成傷老的老邁，就急急忙忙地悼他的亡妻了。他是不甘心如此一路悽悽惻惻的，在最愛的墳前吟罷蒿里，唱盡輓歌，哭妻哭不到盡哀，悲情悲不成解脫。

所以，他給自己的恨離墳塋許了一個願：希望明年春天，再來好好的辨認辨認，那盛開的豔春花叢中，可有棲香正沉的一對夢舞春風的雙蝶呢！這樣表面看似美麗的期盼，不如說是內心有一念低吟的哀願：淚已盡，悲已歌，不如化為蝶，擺脫人世的淒苦，永遠依依偎

偎，請旁人來認取。

　　教人驚豔的雙飛蝴蝶，有形的生命並不永，永生的是牠們翩翩起舞的儷影雙雙；讓人羨煞的銜泥雙燕，簷霤的香巢並不永，永世的是牠們鶼鰈情深的雙棲雙飛。活著有永愛，永生永世才有不離不沉的情話，信手拈來都會是有情人的軌範。至於那不曾真正墜沉的月仙，我們看到的月華只是月華，不要有太多的戀棧與寄託。因為，昇華是愛情的事，月娘不懂。

　　宜蘭人有情有義，這是可能的心事，如果不是就當成一種典故。期待煥彰大兄以靦覥而婉約的宜蘭腔，在我們家鄉的老榕樹下，說一段您愛情的詩話，我猜想的傳奇不奇。

林煥彰的童詩世界

臺北　余崇生

前言

談到童詩就會讓人想起小時候讀過的一些有趣的兒童詩歌，如王玉川「大白貓，喵喵喵！坐著倒比站著高」，或「小白兔兒，尾巴短，滿地跑，沒人管。小白兔兒，耳朵長，怕狗咬，洞裡藏。小白兔兒，眼睛紅，不上眼藥也不疼」，文字淺白，又押韻，十分有趣。只要唸一遍，便能琅琅上口，即便到現在都還記憶猶新。

漸漸地這些所謂的歌形式的詩歌有了轉變，童詩與兒歌、童謠劃分得更為明顯，形成不同的範式書寫和表達，雖然如此，但仍然離不開趣味、情感、淺白文字和節奏性語言，將個人的意念予以形象化，創造出特殊的意境。

兒童文學的受重視，在臺灣多在國小教學，而開設學習則在師範系統的國語科系中，國語課文中也選錄了童詩，以啟發學生對語文的興趣及詩韻的陶冶，培養溫雅的人生特質。

一　臺灣的兒童文學

臺灣光復後，兒童寫詩與教學，應該是在民國五十九年，黃基博

老師在屏東仙吉國小指導學生創作童詩開始，再加上各師範院校也開設了課程，於是漸漸推展開來遍及了全臺各縣市。

　　在這樣的情形之下，由於學習的蓬勃發展，接著兒童園地或刊物也相繼創立出版，於是國語日報有了兒童園地，兒童刊物則有《月光光》、《大雨》、《風箏》、《布穀鳥》等的創刊，專門提供兒童作品的發表園地，多彩多姿，十分熱鬧。

　　然而，除了閱讀童書（詩）之外，也有不少有關童詩創作研究方面的論著及童詩選集的刊行，例如：

　　（一）蘇振明及黃基博指導編選的《童詩畫選》上下冊，六十年由將軍出版。

　　（二）趙天儀編選的《時鐘之歌》，六十八年由牧童出版。

　　（三）陳千武編選的《小學生詩集》，六十八年由學人出版。

　　（四）林煥彰編選的《童詩百首》，六十九年由爾雅出版。

　　（五）林煥彰編選的《兒童詩選讀》，七十年由爾雅出版。

　　（六）林煥彰編選的《臺灣兒童詩選》，七十五年由全榮出版。

　　由此可見兒童文學，尤其是童詩創作及閱讀受到廣泛的重視和歡迎的情形了。

二　林煥彰對童詩的推廣及貢獻

　　從前文我們大致瞭解了臺灣兒童文學的發展，接著下來就讓我們來介紹林煥彰在臺灣兒童詩這塊園地的耕耘和貢獻，林先生除創作童詩外，更編選童詩選集及主持詩刊編務工作，投入了相當大的精神和心力，而臺灣童詩風氣能如此的興盛，他的努力和付出是大家有目共睹的。

在童詩選集的編輯出版方面，我想列舉以下三種和大家分享。

（一）

《童詩百首》，這是林先生在民國六十九年編選的，由臺北爾雅出版社出版。全書分為：第一輯　兒童寫的詩，第二輯　公雞、小鳥和蟋蟀，第三輯　春天、雪花和月亮，第四輯　學習、遊戲和生活，第五輯　巢、搖籃和故鄉，第六輯　童話、故事及其他，第七輯　適合兒童欣賞的詩。書後附錄：一、作者簡介，二、兒童詩、翻譯、理論集書目，三、兒童詩刊及有關刊物。選集共選了百首童詩，每首都附有詩作者及刊登的期刊名稱、期數時間，相當詳細，方便讀者翻查。

然而，選集的重點是甚麼呢？編者在代序〈談我們的兒童詩〉中，說明了我們兒童詩的興起，由楊喚在三十年前留下來的火種，到後來兒童月刊、國語日報、洪建全教育文化基金會的設立和推展，而有了後來豐碩的成果，同時也論及了成人為兒童寫詩，是明了兒童詩，希望它是「詩」，更希望它是屬於「兒童的」，當然不可或缺的「質素」，既然是「兒童的」，那麼就考慮從兒童的心理意識的觀點來對待所有事物。從這些重點中可以了解，林先生對於童詩的主張和取向。

（二）

《兒童詩選讀》，第二年，民國七十年，由臺北爾雅出版社出版。全書分為：第一輯　春天到了、第二輯　和小鼓對話、第三輯奶奶的話、第四輯　小提琴、第五輯　火車、第六輯　梅花鹿等六輯，選錄童詩百首。

每首童詩都有作者的介紹及詩作的分析，詩的意象、表達技巧、詩語的修辭特色，有助更深刻體會詩作的內涵。林先生在代序中提

到，讀到小朋友寫得好詩，就像自己完成了一首好作品一樣，很想讓
更多的人也知道這是一首好詩，這種心情，也是編者做這項工作的理
由。同時他也強調小朋友寫作童詩，應以能獨立思考，發揮自己的想
像（潛能）來寫作，這樣才是最重要，最可貴的地方。

（三）

　　《臺灣兒童詩選》，這本詩選是林先生七十五年十月十日編選出
版的。全書分為：學前作品、一年級作品、二年級作品、三年級作
品、四年級作品、五年級作品、六年級作品共七卷，選錄了一百三十
二首童詩。附錄有編者的〈試論早期兒童寫作的詩〉及〈本書編選資
料來源〉。編者強調選詩的標準是真純、有創意、有思考性、讀後令
人回味的作品。

　　林先生對童詩資料蒐集極為詳盡，比對爬梳整理，審核詩中的童
趣，特色技巧，想像和優美的質素，之後再進行選錄工作，細心客
觀，由此可見林先生對童詩花費心思的地方，當然這也是他對臺灣兒
童文學的偉大貢獻！

三　林煥彰的童詩觀及作品舉例

　　林煥彰長詩間對兒童文學的推展，且努力創作童詩及編輯詩選輯
輔導教學活動，建立童詩觀念及寫作方法技巧。

（一）詩觀方面，他說：

　　「兒童的詩作，大多以純真自然的直覺來表現，不事雕琢，也不
懂得雕琢，常常是一種即興而發，妙語天成……兒童詩作的可貴，就
在於他們具有天真無邪的心境，和異想天開的想像，以及稚拙的言語

所產生的情趣」[1]，

又：

「兒童寫詩，既不依靠技巧，豐富的想像自然就成為他們得天獨厚的『本錢』之一」[2]

再如：

「率真的表白，是兒童的天性之一，『童言童語』之所以會引人哈哈大笑，就在於兒童純真的言語流露出內心的感受，使別人能夠領會到人生真實的一面而感到格外親切，……在兒童的詩作裡，稚拙率真的表白，自然也成為一種特色」[3]

然而至於成人寫作的童詩，他認為：

「成人為兒童寫詩，是有一特定的對象，首先要考慮兒童能否接受的問題」[4]

再而至於兒童詩的類型方面，他也提出看法，他說：

「至於兒童詩的類型，成人寫作的，約略可分為：抒情、敘事、寓言、童話、故事等多種，……但要想兒童詩能有更繁富多采的表現，那麼合於現代精神的新的寓言、童話、故事形式的兒童詩，是極為需要的，值得我們用心開拓」[5]

以上所舉列各點，可以明確看出林煥彰對童詩寫作及理論的看法和主張。

（二）詩作舉例說明

林煥彰個人童詩創作無數，大家熟知的如：

---

1 參考《認識兒童文學》，中華民國兒童文學學會出版，1985年12月，頁47。
2 參考《認識兒童文學》，中華民國兒童文學學會出版，1985年12月，頁49。
3 參考同前註2，頁49。
4 參考《童詩百首》〈代序〉（臺北市，爾雅出版社出版，1980年3月），頁5-6。
5 參考《童詩百首》〈代序〉（臺北市，爾雅出版社出版，1980年3月），頁6。

　　《童年的夢》、《妹妹的紅雨鞋》、《小河有一首歌》、《花和蝴蝶》、《回去看童年》、《童詩動物遊樂園》、《童詩剪紙玩圈圈》等（含大陸版有52種）。林先生是一位多產、認真努力推廣童詩創作、閱讀與寫作的詩人之一。以下就讓我們列舉數首他的童詩作品和大家分享。

1　蟬兒們的工作最賣力

夏天，蟬兒們最忙碌，
鋸鋸鋸，鋸鋸鋸……
好像要把整座森林，
一口氣，通通鋸下來，
鋸鋸鋸，鋸鋸鋸……
天還沒亮，
牠們都已經上了山，
開動了電鋸
鋸鋸鋸的鋸個不停。

如果你不睜開眼睛的話，
你一定會誤以為：
牠們真的已經把整座森林
都鋸光了！
鋸鋸鋸，鋸鋸鋸……
蜜蜂們也飛過來，又飛過去，
蝴蝶們也飛過來，又過飛去，
牠們說：
「夏天，太陽大，
只有蟬兒們最賣力！」
（選自《借一百隻綿羊》）

這首童詩作者以淺白的文字，描述了蟬兒夏天在森林裡快樂歡唱的情景，詩中以鋸鋸鋸摹寫蟬兒的鳴聲，自然生動。夏天蜜蜂、蝴蝶的飛舞，穿插了熱鬧的氛圍，但當太陽漸漸昇高了，蟬兒也跟著賣力的鋸鋸鋸……鳴聲將整座森林都淹滿了。

2　若蘭山莊的霧

霧來了，瀰漫了
整個山澗。
還來不及脫下鞋子，
他們就成群結隊，投入谷底
睡著了。

第二天，才三四點鐘
他們又和我們一樣　──
踢亂了一床床的
又潮又濕的舊棉被
一翻身，就走了
（選自《回去看童年》）

若蘭山莊靠近阿里山，是臺灣渡假、避暑勝地，作者描寫雲霧飄來，迷漫的山景，成群的年輕遊客朋友們在山莊渡假熱鬧的情形，可是時間真的太短暫了，詩意活潑，率真不雕琢。

3　流浪的中秋

小時候，第一次過中秋節
母親在我心上

畫了一個大大的圓圈圈
從此，中秋的月亮
在我心中就是圓圓滿滿的

長大之後，我離開你
我心裡帶走的月亮
卻總是缺了個什麼——
不是上弦，就是下弦

彎彎勾勾的月亮
吊在空中，常常一不小心
就刺得我心裡好痛好痛
為什麼，人在漂泊
月亮也老跟著流浪？
（選自《回去看童年》）

寫小時候歡樂過中秋的意象，畫了個大大圓圓的圈，小小心中有多高
興？可是長大離家後，就不一樣了，圓圓的變成了彎彎勾勾的月亮，
真教人感到好痛好痛，一種生活上的變化和壓力，詩人深刻的感嘆，
人在漂泊，月亮也要跟著流浪嗎？

4　曬衣服

媽媽洗好的衣服，
都曬在陽光底下，
我印有地球的
那件球衣，

正好夾在爸爸媽媽中間，
也在陽光底下。
而我，仰著頭
呆呆的看著；
看著我的衣服，
看著整個地球。
只是，想不透
為什麼？
代表我們國家的
那塊土地，
會有那麼多眼淚，
一滴一滴
往我臉上滴下！
（選自《回去看童年》）

媽媽在曬衣服，此刻作者正好仰首看著那件印有地球的球衣時，引來
想不透的疑惑，「代表我們國家的／那塊土地／會有那麼多眼淚／一
滴一滴／往我臉上滴下」淺白誠摯的詩語、詩意、感人至深。

5　海鷗的心聲

在海上飛翔，是我每天的工作
其實也是我的遊戲：
遊戲和工作結合在一起，
是最好的，最快樂的。

海是遼闊的，

波浪是浩瀚的，

我的視野和心胸，都和它們一樣

遼闊和浩瀚，我的一生

就充滿了希望，希望

和大家分享。

（選自《童詩動物遊樂園》）

十行童詩，描寫了海鷗在遼闊、浩瀚的海上飛翔，其實是一種快樂遊戲工作，更是一種充滿希望，活潑輕鬆的詩意，視野寬廣遼闊，全詩詩語淺明，然寓意卻十分深邃。

結語

閱讀童詩是一種快樂，感受到那種天真無邪的情趣，還有遼闊的想像空間，細讀以上列舉林煥彰的童詩，相信都會有如此的一種感覺，這樣的感覺或許應該是詩人一直堅持的主張想法。林先生長期寫詩，編選童詩選集，提供大家閱讀，或到各校演講輔導，不遺餘力，功不可沒。

適逢詩人八十大壽，在此祝福他快樂像海鷗一樣，懷抱著理想和希望，遨遊在多彩遼闊的兒童文學天地裡，歡欣快樂。

心中永遠住著一個不老頑童的詩人
──林煥彰

臺北　牧也

　　初春的午後，在綠意盎然的古亭國中校園中，我們與久仰的詩壇前輩林煥彰老師見面了！

　　「老師好！」我和太太走進會場，興奮地向他打招呼時，他戴著的那頂瑪瑙黑的帽子下，一對泛著雪色的雙眉，微微揚起，儘管和我們不熟識，他老人家卻熱情地伸出了他的手，驅向前來與我握手，一如多年不見的老朋友。

　　我與煥彰老師在這之前只曾經彼此見過兩次面，一次是在我獲獎的場合，他是會場嘉賓；另一次則是在他的新書發表會的會場，他是主角，我只能上前與他寒暄幾句。儘管只是幾面之緣，但見到他，之所以會有一見如故之感的原因，大概與我的兩個孩子幼年時期，我和太太總是捧著煥彰老師的大作《妹妹的紅雨鞋》、《花和蝴蝶》、《牽著春天的手》等童詩集，在床邊反覆吟誦當中的童詩作品給孩子聽的緣故吧！

　　「影子在前／影子在後／影子是一隻小黑狗／常常跟著我」，我的孩子清朗高亢的童音，在反覆誦念〈影子〉一詩時的情態，不知不覺中浮現在我的腦海裡。就這樣，在參與這場由我大兒子就讀的古亭國中舉辦的「與作家有約」活動中，一種莫名的感動，就這樣在我的

心中盤旋著。

　　詩，一如帶著魔力的花瓣，當它墜入每一個人的心中，總是會激起不同層次的漣漪。

　　演講會場中，煥彰老師娓娓談論起他的經典作品──〈影子〉，這首詩，除了在我們臺灣，許多人都曾經讀過之外，在大陸地區，因為十幾年前他們的教科書中便收錄了〈影子〉這首作品，一直到如今，最大的「小讀者」恐怕有些都已經大學畢業、成家立業，甚至都當了爸爸、媽媽了！煥彰老師自己算了算，讀過他的〈影子〉的人，應該有幾億人了吧！

　　煥彰老師這樣分享時，言談中完全沒有炫耀之意，而是充分表達出「詩」這門藝術令人嘆為觀止的魔力。

　　煥彰老師的詩，無論是寫給成人的，或者是寫給兒童，總是不經意流露出一種極為特殊的趣味，他那充滿跳動的思維，讓人在讀他的詩時，總是充滿著驚異與期待的心情──這一句，他帶著你飛翔，下一句，他便帶著你隱匿得無影無蹤呢！例如他在會場中分享他寫過的作品中，字數最少的一首詩──〈空〉：

　　鳥，飛過──
　　天空

　　還在。

煥彰老師用極為淺顯、極為短少的字，表達了極為深沉的人生意境。閱讀這首詩時，我腦中浮現的，不只是李白的詩句：「眾鳥高飛盡，孤雲獨去閒」的悠然景象，畢竟李白「相看兩不厭，只有敬亭山」的詩句，儘管表達出宦海浮沉後的豁達，但總還隱約透著詩人不為君王

重用的微歎；也不單是「留得青山在，不怕沒柴燒」的「自我策勵」；更不僅僅如楊慎〈臨江仙〉中所言：「青山依舊在，幾度夕陽紅」中，對「是非成敗轉頭空」的大澈大悟；「天空還在」，更將詩人「不求聞達」、「不論成敗」、「不計得失」的豁達心境表露無遺，我認為：壓根兒，詩人便是徹頭徹尾、無可救藥的「樂觀主義」者，世事的紛擾與顛仆不定都無法讓詩人的心中蒙塵，因為，「天空還在」，所以，明天還在，未來還在。而若是自己不在了，世界還在，詩人的「詩」還在！

　　「活著，認真寫詩；死了，讓詩活著。」煥彰詩人在會場中說的這句話，很能彰顯他生命的哲學觀，與他會場中分享的〈空〉這首詩中的意境，可以說是彼此呼應的。某種程度上，我認為煥彰老師的詩觀或人生哲學，與泰戈爾《流螢集》中的名句：「天空不曾留下鳥的痕跡，但我已飛過」所表現的思想是略有不同的。泰戈爾的這個詩句，表現出「一往無前」的瀟灑，不知民初的詩人徐志摩，〈再別康橋〉中的名句：「悄悄的我走了，正如我悄悄的來；我揮一揮衣袖，不帶走一片雲彩。」是否受到他所景仰的泰戈爾詩人的影響？抑或是詩人的心，都有著某種程度上的靈犀，以至於不經意間，在詩句中便同指向了「存在的意義」這個命題上了！

　　我無意論斷哪一個詩人的生命境界孰高、孰低，畢竟在後現代主義觀念盛行的年代，類似的論辯似乎沒有多大的意義。我只能說：從以上不同詩人的詩句中，我看到了詩人們展現了「存在意義」的不同面向，他們各自頭角崢嶸，流露出各自的真與美善，令人欽羨。就以煥彰老師〈空〉這首詩而言，我看到他「盡其在我」的生命態度，是以，在會場中，他一再強調：面對創作，他是不迷信靈感，也不依靠靈感的。因此，儘管高齡八十，他仍每天創作不輟。他勉勵古亭國中的學子說：「要多多的寫，好的作品就會在裡面；多多的寫，好的作

品有可能就會在後面。」

　　說到底，煥彰老師徹底將人生當成了上天給他的一個舞臺——天空；身為鳥的他，飛過，終究會如泰戈爾所說的「天空不曾留下鳥的痕跡」，即使「天空還在」，但總有一天你我都將消失在這個舞臺上。然而，詩人並不甘於如此，在有限的生命歷程中，詩人的心，因著曾經所領略的世界與生命的美好，他熱切的希望自己可以無限的散播他對生命與愛的熱情，無怪乎他會說：「活著，認真寫詩；死了，讓詩活著。」這樣，永遠活著的詩，便可以像鳥一樣，從依舊存在的「天空」的舞臺「飛過」。

　　這真是一種生命的永恆追求；而煥彰老師，竟追求得這麼熱切、這麼認真；卻又那麼不經意、那麼不矯揉做作、那麼自自然然、那麼簡簡單單；一如返老還童的赤子，在他的談吐、生活與詩作中，體現了他反璞歸真的性情。

　　孔子在《論語‧為政篇》中有句話說：「小子何莫學夫詩？詩，可以興，可以觀，可以群，可以怨。」從煥彰老師的詩中，我們看到了孔子對於「詩」所論定的這些價值；而若是問我，讀了煥彰老師的詩，自己有些什麼樣的感受？我想，這時孔子必然「上身」的說：「一言以蔽之，曰『思無邪』。」

　　沒錯！因為「思無邪」的頑童住在他的心裡，所以，煥彰老師便可以成天拍著他「愛與真誠」的翅膀，繼續在詩的天空中翱翔……

　　而同是從事詩的創作的我，在與煥彰老師握手道別之後，我想說：那在煥彰老師心中永遠住著的那個不老的頑童啊！你是否也飛到我的心中，永遠住下來吧！

初衷

──致林煥彰老師

桃園　寧靜海

於是，你尋聲而至
我仍坐在咖啡杯裡
整理自己

筆尖愛撫著紙張
墨跡紛飛如春櫻的俳句
字，一筆一劃茁壯起來
把黑夜寫亮，太陽溫柔跳舞
詩裡住著童話，日不落的青春
我是孵夢的孩子

（夢裡不知身是客）
閱過一座山，讀過一片海
一條無人的石子路
影子忽左又忽右
轉後轉後，飛進畫裡
你是畫外之人

（蝴蝶選擇驚蟄破繭）

我走過你走過的路
詩的園林，一陣風就這麼
這麼輕輕跨過了中年
跨過覆雪的髮際線
四季循環著我們
種子發芽，靜靜聽
就做一株火紅的花朵吧
孤挺，繼續向天

註：夢裡不知身是客——出自：南唐李煜〈浪淘沙令〉

九條命
——賀林煥彰八十大壽

泰國　苦覺

九條命的命啊

穿開襠褲時的男孩

早就知道

自己的下巴有個天生的黑痣

過早地讀社會大學的時候

五六根的鬍子

開始在黑痣上登陸了

命理先生說

那是貓的鬍子

九條命的富貴人

一點點長長的鬍子

讓母親停止了催眠曲的哼唱

一點點長長的鬍子

在苦難的歲月中

招風喚雨

九條命的詩啊

太陽變了

白天很熱很長

月亮變了

夜晚很黑很長

不怕火的貓啊

不怕黑的貓啊

把長長的夢

藏在發綠光的眼睛裡

把眼睛到過的世界

寫成詩

把詩寄給太陽寄給月亮

陽光和月光

把詩傳出去很遠很遠

九條命的畫啊

雲朵有時白有時黑

有時又有彩色

這些都是天空的安排

貓開始用顏料和筆

去改變雲的命運

讓風有風度

讓雨有雨樣

抽象的線條

隨貓眼變換季節

抽象的畫圖

隨貓長出九條命

九條命的貓

九條命的詩

九條命的貓
日子安穩了
沒有失去媽媽的老鼠
變好了
它們專門在夜裡活動
專門撕咬嚴嚴實實的黑幕
讓曙光
提前從破洞中冒出來

二〇一九年四月九日定稿於泰京聽雨草堂

行走的白雲

──小記林煥彰先生

湖南　龐敏

人說有些事情要回過頭來看，回過頭來想，才看得清楚，想得明白；特別是人和事。經歷了一番想和看，一番沙裡淘金，留在手心裡的，是佛陀舍利，是明月清風。

三十年前，在南洞庭湖的一個小村裡，穿著綠色制服的郵遞員，在一株芙蓉花樹下拼命按自行車車鈴，對著樹後的大門伸長脖子喊：「來信了！來信了！」

大門口衝出一個紮著兩條長辮子的丫頭，雙眼放亮地盯著郵遞員手裡的信。原來，是長沙市東風二村的《小溪流》雜誌，邀請這個丫頭，去南嶽參加「世界華文兒童文學筆會」。其時，這個丫頭雖已二十出頭，所經歷的最大場面，卻不過是到距此二十里地的鎮電影院、看過一場人頭攢動的電影。

現在回想起來，我當時並不知道，自己一生的很多珍貴情感，都將從這份邀請出發；一些至純至美的朋友，也從這份邀請裡走來。林煥彰先生便是這其中的一位。

那一天午後，南嶽磨鏡臺賓館的大坪裡，參加筆會的作家們不捨得去午休，都聚在一起，享受這珍貴的自由交流時間。三十年前，兩岸三地，還有美國、新加坡等地的華人作家，交流還很稀罕很神秘；

沒有電子郵件，沒有微信，沒有短視頻，只有書信和洗印的照片。神交已久的文友從書信裡走出來，從呆板的照片裡走出來，生動親切，從容美好。大家的交流，或者宏觀，或者細緻，都想把積在平時的話語，這次都傾訴出來。而我，都插不上話。我是筆會裡年紀最輕的作者，對這些只在書報雜誌裡見過的大咖，我滿是敬畏，滿是好奇，在這裡聽聽，那裡看看，與心中的印象做著比較、注解。

此時，陽光正好。濃蔭茂密的磨鏡臺，把上午和下午的陽光條分縷析，在一棵一棵大樹之間，只有正午的陽光直直的、從頭頂的稀疏的樹葉間漏下來，落在這群年齡不小、但童心滿滿的作家身上。我發現一個五十開外、灰白頭髮留到耳下的作家，總被這群人喊過來，又被那群人喊過去，而他，總是笑容滿面，總是精力充沛，享受著在所有人中間的周旋。

無疑，他是最忙的，我是最閑的。然而，不管多忙，他的藝術家的長髮總是整整齊齊的，立領白襯衣紮在灰色褲子裡，中式而又現代。其時，我穿著鄰居何裁縫給我做的花布衣、花裙子，梳著兩條小長辮；現在回想，我的打扮，雖然也是中式，卻是中式鄉土。只是當時我並不知情，還揚著臉問身邊的老師：「他是誰呀！」

老師說：「他是臺灣聯合報副刊的編輯、詩人林煥彰先生，是大陸兒童文學研究會會長。」

正如近期，我讀到林煥彰先生的詩歌〈優雅地活著〉，詩中表述到：

　　我喜歡優雅，喜歡穿白衣
　　我是天生的講究優雅
　　白白的白鷺鷥，
　　優雅的形象很重要，

優雅就是我的

活著的最高標準

我想，這次筆會，固然林先生是最引人注目的人物之一，但是他讓我總追隨著他的身影；首先，是先生具有區別於其他人的優雅的風範。

一年後，我背著幾件換洗衣服，揣著親友湊給我的五百多元人民幣，一張火車站票，到了千里之外的天津南開大學；來天津之前，我給凡是約過稿的編輯老師都寫了信，告訴了我的新地址。我雖是第一次到大城市，但我信心滿滿，要靠自己的稿費，體面地完成學業。

第一個給我回信的，居然是交流不多的林煥彰先生。他在信中鼓勵我好好讀書，勤奮寫作。他說，你的散文很美很特別，適合在我們副刊發表。如果可以，不妨寄給我一些。

我搜羅整理了幾篇，寄給了他。

陸陸續續的，我收到了聯合報副刊、美國世界日報、泰國世界日報等等樣報，上面都刊登了我的文章。我看著豎排的、正（繁）體的文字，仔仔細細看著上面的每一篇文章。當時我想，林先生只是聯合報的編輯，怎麼我的稿子發表到了這麼多報紙上？

林先生說，他同時也兼編了這些報紙副刊，就把我的文章也做了選刊。

陸陸續續的，我也收到了這些報紙寄來的稿費，都是美元，需從中國銀行去取，同時兌換成人民幣。我發現，基本上每月我都能從中國銀行兌取到兩百多元人民幣的稿費。有一次，我買了幾本書，預計中的稿費又沒有如期寄來，眼看飯菜票就沒有了，跟室友借了幾張，又去老鄉那裡蹭了幾頓，總算盼來了稿費單。

那一天，我從中國銀行出來，坐在銀行外面的臺階上，看著來來往往的人群；這裡的每個人我都不認識，他們也不知道這個鄉下女孩

為什麼會坐在中國銀行門口。我想這和我們村裡不同，我餓了，到誰家都可以吃得到飯的。想想，不免有些恐懼。

　　我工作以後，經歷了很多，也咂摸到人生的許多滋味。我常常會想，在那次筆會中，林先生和我沒有多少交流，也談不上交情，更沒有利益，他盡心盡意幫助我，完全源自他的善良和真誠，源自他的信念和信仰。林先生在〈或許，不一定〉詩中說：

　　　　我剛吃過早餐
　　　　不過是一杯咖啡，一條地瓜
　　　　十顆腰果，或許
　　　　他們都跟農民有關

　　　　我是農家出身
　　　　土地養我
　　　　農人養我
　　　　我想到它和他們
　　　　……

　　　　感恩感激，不難
　　　　你想過的
　　　　你做得到的
　　　　就這麼簡單
　　　　就應該要這樣
　　　　應該一定要這樣

有沒有從事過耕種，對鄉村的愛是不一樣的，對農民的感情是不一樣

的。每個人都會經歷、或者感受人生的大劫小難，有沒有堅定而純潔的愛心，對待劫難的方式也是不一樣的。也許，在林先生心裡，我和他的姊妹的姊妹，和他的鄰居的鄰居是一樣的。每想一次，我的心就會溫暖一分。在最艱難的時候，我都會自信地安慰自己：從前那麼難，你不都過來了麼？甚至在遭遇背叛和算計的時候，我仍然能理解並且原諒──我曾得到過這世上最無私的幫助，而他們也許沒有。自覺和不自覺間，我會盡可能像林先生一樣，把誠摯和溫暖，給予需要的人。我也盡可能要求自己，無論境遇怎樣，都要優雅地活著。

書信往來中，我告訴林先生，我找到了自己熱愛的工作，考上了湖南經濟廣播電臺的編輯記者。林先生真誠地為我高興，還給我寄來了臺灣的《廣播》雜誌，給我學習參考。我知道，林先生此時正在辦一份《兒童文學家》雜誌，他每期寄給我，卻沒有要求我再投稿。在《廣播》和《兒童文學家》之間，我愉快地閱讀《兒童文學家》，閱讀林先生和老師們的詩歌。同時，卻花了大量的時間研究《廣播》，特別是雜誌裡面介紹的娛樂節目，給了我和同事們很大的啟發，只是非常遺憾，不能親耳聽到這些節目。

某一天，我收到林先生寄來的一個包裹，裡面是一臺「愛華牌」隨身聽，精緻、小巧，可播放磁帶，可錄音、可收聽節目。同事說，這可能要花大幾千。我那時的月工資大概是九百多元，大幾千對我來說是個天文數字。我拿著隨身聽，默坐良久，心裡既感動，又沉重；我知道林先生希望我能更好地學習和工作，但我不能讓林先生為我如此破費。最後我決定，每月從工資中拿出一百元寄給林先生，直到完成這大幾千的數字。

一個只和鄰居借過米和油的鄉村女孩，一個只和同學借過飯菜票的窮學生，驟然得到厚贈，自卑、自尊以及倔強、好強等等，七上八下，碾壓著那顆小心臟。

　　林先生回信說，收到了你的百元大鈔。但是在信中夾帶現金不安全，以後不要寄了。隨身聽送給你，是希望幫到你，有用就好。

　　「愛華牌」隨身聽，我一直隨身攜帶。從電臺、電視臺，後來到機關單位；從少女、妻子，到母親，角色不斷轉換，禮尚往來逐漸增多，但是，這部隨身聽一直在我心裡最重要的位置。三十年來，我雖然很少再發表文章，但是我一直關注兒童文學界，關注兩岸兒童文學交流，關注林先生的足跡。

　　二〇一八年八月，亞洲兒童文學大會在長沙召開。其時，我正在外地休假，從朋友圈知道林先生參加了這次會議，立刻提前結束休假回到長沙，請求會議主辦單位允許我參加後面的活動。

　　當三十年後的林先生出現在我面前，當年芙蓉花樹下紮兩隻辮子的女孩，正好是林先生與她初見的年紀，而林先生此時已經八十歲。他還是那白襯衣，紮在深色褲子裡，留到耳下的頭髮，已然花白；他還是笑容滿面，還是精力充沛，似乎聲音更嘹亮，舉手投足更灑脫，他在近期新作中吟誦：

　　　老，吾老
　　　老，無老
　　　我們都樂於面對老；

　　　白髮，白眉，白鬢
　　　無一不白，
　　　包括心中一片
　　　雪白——

　　　自由來去，來去自如

沒有翅膀，

照樣行雲如水，照樣

無邊無際

會議期間，我說起前面過往，種種，林先生笑意盈盈聽著，點著頭，卻說：「是嗎？是這樣嗎？我怎麼都不記得了。」我也笑笑，心裡說：我記得就好。

華文兒童文學筆會，世界的、亞洲的，或者其他範圍的，據說，交流已經比較頻繁，內容也很豐富和生動，大家聚在一起，就像一個大家庭一樣。我離開這個「家」已經有相當時候了，儘管我不喜歡熱鬧，但是不妨礙我離開他，卻想念他。

因為您還在，兒童與文學都還在。

從〈空〉說開去

印尼　鍾逸

一　一首極短的詩

　　二十多年前，臺灣名詩人林煥彰，在印尼版的《世界日報》梭羅河副刊，發表了一首極短詩，題目叫〈空〉，詩只有三行，七個字：

　　鳥，飛過——
　　天空

　　　還在

這首詩引起很大的迴響，印尼和泰國的詩作者都有專文談論這首詩。有人稱讚這首詩的意境，簡單七個字就托出了一個大大的空字；但有人批評說，這麼七個字也算詩麼？

　　在印尼棉蘭，寫詩的朋友們也沒有閑著，大家蒙《印廣日報》總編輯吳奕光邀請，到他在雪梨冷街的住宅享用吳太太精心製作的潮州糜（粥），同時展開有關〈空〉詩的討論，後來演變成同意和不同意的正負兩方辯論會。出席那天雅集的，除了東道主吳奕光伉儷之外，還有雨村、鍾逸、江恭忱、吳祖安、張國峰、曉星、雙飛燕、白溪

水、鍾覺林、梁瑞嬌、秋月、李藍、曾君蘋和郭添桂等等。雖然大家
沒有達成共識，但總算對開始流行的微型詩有所粗識。

　　林煥彰自己對他這首詩情有獨鍾，他甚至跟朋友說，如果他走
了，請親人或朋友把這首詩刻在他墓碑上。

　　對於別人的批評，林煥彰好整以暇，沒有多加反應。他跟朋友講
了一個故事：有一天，他到朋友家裡，朋友一個還在念小學的孩子走
來對他說：「伯伯，我也會寫詩，像您寫的那樣，你看：

　　船

　　開過

　　海還在

伯伯，你看是不是像您寫的？」

　　聽過林煥彰講的這個小故事，我們真不敢談論，何況是批評，更
別說模仿他的微型詩了，擔心自己也變成那個自以為是的小學生。

　　作為報館編輯，我也常常收到只有三言兩語的文字，投稿者說是
詩歌，但是才學膚淺的編者我橫看豎看都沒看出詩的樣子，左聞右聞
也沒聞出詩的味道。後來，在一本談詩的書上看到一篇關於微型詩的
文章（sorry，忘了作者名字和文章題目）欣喜欲狂，連忙用電腦打
字，摘錄出來，和愛詩的朋友們分享。原文如下：

　　　微型詩，首先是詩，具有一般詩歌的特性和要求，具備意境這
　　一構成詩歌的必要條件。另外，微型詩可以是古體詩（古詩和
　　格律詩），也可以是新詩（格律體新詩、自律體新詩、自由體
　　新詩）。但無論作為哪一種詩歌形式出現，微型詩還有一個統
　　一的要求，就是篇幅做了限制。為區別於四行以上的小詩和短

詩，微型詩要求除題目外，每首一般最多不超過三行，字數控制在三十字以內。這就決定了微型詩短小精悍的特點。

短是短了，卻要精。首先要在立意的深度和敏銳度上下功夫，在創設意境上精益求精；也就是說，微型詩創作在意境的要求方面，更高於其它樣式的詩歌。

立意，是確立作品思想與感情的指向，即作品所反映的是什麼思想或感情。寫作詩文講究立意，立意精美，創設意境才有章可循，規範思路，激發靈感，先聲奪人。

微型詩立意不可落入俗套。你想，別人都知道，都想到的東西你寫出來，誰還稀罕？

林煥彰的〈空〉沒有曲折的構思，沒有華麗的辭藻，只是用平靜的陳述語氣敘述著一個看似不經意的平常行為、孵出來的三行文字。短短七個即使是小學一、二年級的學生，也都認識的漢字，竟然一石激起千層浪，至少讓東南亞（我不知道其他國家的華文詩作者有沒有討論這首詩）寫詩、學詩的朋友，為這七個字抓狂，甚至分裂成辯論會的正負兩方。

當時，我說，讀了這七個字，真有空蕩蕩的感覺。腦海裡出現一個沒有玻璃的視窗，嵌著灰白的天空，沒有烏雲、沒有白雲、什麼都沒有，叫我感到什麼都無所謂，就像聖經《訓道篇》裡寫的：虛而又虛，萬事皆虛。在太陽下所發生的一切，都是空虛，都是追風。

我不知道林煥彰為什麼要用〈空〉來寫詩。這個「空」字很不尋常，也很可怕。我剛才引述的《訓道篇》裡還寫道：人在太陽下辛勤勞作，為人究有何益？一代過去，一代又來，大地仍然常在。太陽升起，太陽落下，匆匆趕回原處，重新再升……我心裡自語說：「看，我獲得了又大又多的智慧，勝過了所有在我以前住在耶路撒冷的人，

我的心獲得了許多智慧和學問。」我再專心研究智慧和學問，愚昧和狂妄，我才發覺，連這項工作也是追風。因為智慧愈多，煩惱愈多；學問越廣，憂慮越深。（摘自《聖經・訓道篇》第一章）。

請看，從「空」這個字演繹出來的含義，是不是很可怕？

很多朋友都說林煥彰的詩「很禪味」，也許釋家「菩提本無樹，明鏡亦非臺，本來無一物，何處惹塵埃」的禪意，影響著他寫詩的細胞，泛出「色即是空」的靈感，不知道他這首〈空〉是不是進入老莊「無為」境界的投石問路。

二〇〇九年，拜讀了林煥彰的《分享・孤獨》詩集，發現他的詩飛出了塵囂，很哲學，很道風，很禪味，便寫了一首〈讀詩偶感——致林煥彰〉：

　　把詩的馬車趕入空靈
　　載著莊子的逍遙　和
　　氤氳的禪味

　　被你卸下的離騷　和
　　杜甫的秋風茅屋
　　蜷縮在九份一個孩子的夢裡

　　　　注：九份，臺灣地名，據悉是林煥彰的工作室。

詩的格式正是林煥彰致力推廣的六行。

二 六行詩之路

　　除了這首引發爭議的〈空〉，林煥彰還有一個「註冊商標」，那就是六行詩。朋友們都知道，林煥彰一直致力於推廣最多不超過六行的短詩。我自己向來比較喜歡寫十六行、十四行和十二行或最短八行的詩，認為六行太簡練，很難施展，會有意猶未盡的遺憾，一直沒有放手去寫。

　　二〇〇七年杪，林煥彰和爪哇島文友石秀（林義彪）來我居住的城市——棉蘭探望曾經在他主編的印尼《世界日報》副刊投稿的文友。在二三十位文友出席的歡迎會上，介紹六行詩的趨向，形式和作法。

　　那時，先室江恭忱逝世不久，林煥彰在演講中竟然朗誦我追悼先室的十四行詩——〈心事〉，強調寫詩貴在情動於衷，情見乎辭。

　　煥彰兄告訴我，寫詩可以療傷，能幫助我走出情感低谷。他鼓勵我多寫詩，尤其是六行詩。我自己也覺得，六行詩介乎近體詩的四行的絕句和八行的律詩之間，隱含近體詩起承轉收的框框，如果多下功夫，琢磨句子，添加韻味，大可蔚成詩國一族。煥彰兄推廣的六行詩，顯然不是新鮮事物，因為早在唐代已有之；像李白的〈子夜秋歌〉：「長安一片月，萬戶擣衣聲；秋風吹不盡，總是玉關情；何日平胡虜？良人罷遠征。」還有，李商隱也寫過：「世間花葉不相倫，花入金盆葉作塵；唯有綠荷紅菡萏，舒卷開合任天真；此花此葉長相映，翠減紅衰愁殺人。」便是二首膾炙人口的六行詩。最令我喜愛的是，這樣的六行古詩，省下了為第三、四行，第五、六行構思對仗的搔頭撚鬢。

　　煥彰兄又說：六行詩是很值得經營的詩體，尤其在今天大家都營營碌碌的時代，時間不足分配，冗長詩文常被忽略一邊，短小精悍的

文字倒成了首選。因此，在哀傷失落的愁雲慘霧中，我強迫自己執筆，把對先室滿腔思念，流瀉成心靈的音符，一顆一顆的植成電腦文字，注入六行詩的起承轉收中。

我很費力地琢磨六行詩的濃縮，詠物言志，切截分段；務求不流於粗製濫造，當然，自己功力所限，有幾首不甘割愛的還是漏了網。算算成果，倒也寫了三十多首，足以結集成一本小書，就是先室江恭忱逝世一周年紀念出版的《天上人間》。其中幾首比較滿意的謹摘錄如下：

〈迷藏〉
小孫女一直以為
婆婆和她捉迷藏
就不知躲在什麼地方？

找過床底
找過廚房：
婆婆為什麼要去天堂？

〈先後的爭論〉
我們曾經爭論不休
回家之行　誰先誰後
妳說承受不起那種悲愁……

當那一天臨頭
我麻木成冰雕一塑
不能號啕　不能顫抖。

〈焚詩〉

非關迷信

我在你墓前焚詩

彷彿聽到你的朗讀

字裡行間爬滿歎息

孩子們一臉肅穆

接受了文學的洗禮。

寫詩很難，要在六行裡塞進讀起來有詩意和詩味的文句，更是難上加難。不過，看到詩壇大哥林煥彰樂此不疲，我也勉強自己，要在自己小小塊的詩田耕耘「很有經營價值」的六行詩。

當生命裡的陰霾散盡，迎來第二個春天的時候，我也用六行記錄自己的心情。

〈謝幕之前──與遠方的人共勉〉：「還沒聽到落幕的鼓掌／妳我的心已那麼滄桑／不管是悲是喜／這齣戲總得挨到終場。／我們還有未結帳的紅塵／數著心跳　數著創傷。」

〈我還有陽光〉：「心裡的冬天或許還很漫長／友情的溫煦是冬暖的熱量／沒有風雪的寒舍有明亮底爐火／擺脫陰霾的籠罩我還有陽光。／我的詩箋熬著最無奈的苦汁／化成音符在淒美的霧裡吟唱。」

〈暮色〉：「從納蘭容若的浣紗溪走來／斷腸人去黃花照開／我臉上染著的是蒼茫暮色／回憶的走廊也爬滿了蘚苔。／天上人間何處問多情／我只能咀嚼獨立殘陽的悲哀。」

〈織夢──有寄〉：「還留戀著江畔夜泊的風月／守住紅塵遺愛

不肯啟航？／泫然欲泣的神情令人癡醉／張雨生的歌更早把心弦扣響。／晚霞是一首詞藻絢麗的詩／誘惑著你我編織最美的夢想。」

注：張雨生的「大海」：如果大海能夠喚回已逝的愛，我會用一生來等待。

〈另一個浪漫〉：「我的天空已漸漸由灰轉藍／陽光開始明媚風輕雲淡／冰雪融成的春水淌成小河／飄浮著滿載我夢想的小船。／我還有繾綣的柔情滿腔／細膩譜寫另一個傳奇底浪漫？」

〈下午茶〉：「這時刻已沒有拼搏的激情／我們從古典的小杯啜飲溫馨／酷似從驚濤駭浪中過來的小船／你我強烈追求前途的風平浪靜。／下午茶施捨這拖長日影的時間／讓疲憊描繪香格里拉餘輝美景。」

三　六行大有可為

　　二〇一六年，林煥彰在他一篇〈我喜歡的六行小詩—摸索尋找東南亞小詩的路向〉文章中，把我的一首〈相思的權利〉舉出來當例子：

　　相思也是需要註冊的權利
　　我已把你的名字用心鏤刻
　　連同自己的名字
　　並排在圓圓的戒指
　　而後我們一起融化
　　在 AVE MARIA 的歌聲裡

林煥彰說，「我喜歡這首詩的理由是：一、有新意；二、有感覺；三、有情意；四、有韻味；五、有美感；六、有餘味（有想像空間和意境）等。

他又說我還有一首題為〈寫詩〉的，也值得欣賞：「把我的羊群趕到大草原／不讓牠們跳我無夢的柵欄／當冷寂捲土重來把心佔領／一夜的詩情送來你的溫暖／我還有好多詩要寫／春夏秋冬　天上人間」

起初，我擔心自己會抱著六行詩走進詩國的死胡同，後來看到新加坡、泰國和馬來西亞的詩友們紛紛出版《小詩磨坊》，其中泰國還出版了十二卷。我告訴自己，六行詩真的大有可為，林煥彰推廣的六行詩的未來不是夢。

我如今還在印尼棉蘭編華文《好報》，文藝版的版名叫《日里河》，似乎有抄襲林煥彰的《梭羅河》之嫌，但日里河（Sungai Deli）的確是棉蘭市的母親河。我只希望日里河會孕育出更多更好的華文寫作者。國外許多搖筆桿的朋友都給我無償賜稿，曾經提供六行詩的馬來西亞作家朵拉說：「詩呀，越短越難寫。」

真的，難寫到讓人有「江郎才盡」的感覺。不過，為了能在日漸朦朧的詩國點一支小蠟燭，我還沒有封筆的打算。

我不停地寫作，就是想寫出對整個世間的關懷

——一名九〇後編輯的林煥彰印象

福州　熊慧琴

「一天一夜，我好像看過了千山萬水，四季更迭。」這是福州群眾路小學三年六班的黃惟一小朋友看完〈花和蝴蝶〉後的感受。煥彰先生的作品就是有這樣的魔力的，讓一個三年級的孩子靈感迸發，生出這樣美妙詩意的體驗，也讓天真爛漫的詩情駐進一個又一個、一個又一個孩子的心裡。

我入職場三年多，將少兒編輯的職業當作一份敬畏、熱愛的志業。

初為編輯的我，讀到林煥彰的詩稿、聽到孩子們吟誦煥彰老師的詩歌，陡然驚豔、感動于林煥彰兒童詩的天才式表達，也第一次體會到了編輯這一職業的意義——將最好的作家作品介紹到讀者的身邊。

一

第一次見到煥彰老師，是在「林煥彰童詩繪本」出版後；這套書，作為我所任職的福建少年兒童出版社的重點圖書，二〇一六年元

月在北京訂貨會上亮相。聽聞這也是他時隔二十餘年後再次踏入北京。我們走進清華附小和北京小學等學校時，印象深刻的是，當我們穿過京式建築的迴廊，打開一扇側門，忽的凳子聲、起立聲，孩子們落落大方地齊聲喊著「林爺爺」。我們走在中間的夾道上，體會到了熱烈赤誠的「夾道歡迎」。在「水木清華，百年童心」的清華附小，一個孩子讀著，「晚上的田野都是它們的歌聲，呱呱呱／呱呱呱，像很多孩子在教室裡大聲講話，大聲講話，／呱呱呱，呱呱呱」，臺下的孩子忍不住笑出聲來，因為煥彰老師的詩就是兒童的詩，他講孩子的話，講讓孩子會笑的話。另一邊，北京小學的教師和孩子們將〈花和蝴蝶〉改編成歌曲一起演繹，「花是不會飛的蝴蝶，蝴蝶是不會飛的花，花是蝴蝶，蝴蝶也是花」。那一日，我熱切地寫下了，於我入職生涯的第一次、體會到了出版者的驕傲，因為我們把最好的作者帶給了小讀者，而小讀者回饋給了我們最動聽的聲音。

有人說，煥彰老師是一個種太陽的人，他將對詩歌的熱愛的種子播撒進孩子們的心靈，種出一枚枚小太陽。我想，我也被播撒到了熱愛兒童詩的種子。因著這次北京行的林煥彰活動的記憶，我回過頭來讀他的作品，又是另外的一番體悟。如何讓這樣的種子播撒得更廣呢？我們想到了通過網路來舉辦兒童詩歌的活動。「春風十里，尋找桂冠小詩人」的線上童詩活動便應運而生，吸引了上千小讀者的參與，激勵了愛詩歌的小朋友，也讓更多的孩子喜歡上了詩歌這門藝術。同時，我們也在很多閱讀 QQ 群、媽媽群分享了林煥彰的童詩，收到了非常好的反響和回饋。

林煥彰兒童詩在網路的分享傳播似市場的一股清流，因為它短小而內容、意境深遠，悄然打動了對過度曝光的圖畫書產生審美疲勞的讀者的心。累計到今天為止，「林煥彰童詩繪本」系列已經印刷銷售突破了二十三萬冊。不僅林煥彰的童詩又被新的讀者們看到了，我們

隱隱覺得連帶著的兒童詩也受到了市場歡迎，越來越多的朋友開始會在微信朋友圈分享童詩，兒童詩集的銷量也十分可觀。

二

　　之後又見過幾次煥彰老師，覺得他的身上除了有仙風道骨的「神仙氣」，更多的是孩子式的率真與質樸的煙火氣。

　　二〇一六年八月，在臺東大學舉辦的亞洲兒童文學大會上，煥彰老師作為開幕嘉賓做了一場關於兒童詩的演講。他穿了件藍色的唐裝，他說自己念舊，衣服是十多年前他的好朋友雲南兒童文學作家吳然所贈；隨後又憶起母親，思念至動情時淚灑現場。大會的最後一晚是童謠之夜，亞洲各國、各地區的嘉賓紛紛上臺表演了帶有自己民族特色的節目。受此氣氛的影響，未被安排演出的煥彰老師也想在舞臺上小露一手，助助興。就好像小時候沒有被安排表演節目的小朋友自告奮勇上臺表演一樣。煥彰老師找到我，請我做他的「助演嘉賓」！他要與日本學者山花郁子女士分別用漢語和日語朗誦他前天下午因山花郁子女士送他一條有小青蛙圖案的圍巾而寫的詩——〈一群愛玩的小青蛙〉回贈；他倆是有「姊弟」情誼，而山花郁子女士也連夜將它譯成日文。而我和煥彰老師現場找的一群小朋友，就要作為「伴舞」，在他們周邊跟著詩歌內容和節奏蹦蹦跳跳，以此增加節目的看點。這個創意是煥彰老師臨時想到的。他非常享受這場表演，過後還不忘「數落」我幾句，「你剛剛沒有跳得很高哦」。

　　煥彰老師純真和率直得那樣可親、可愛，可以公開場合與人傾訴思念母親和朋友的心；也可以在興致來時，像個孩子一樣地與人分享、表達喜悅。

　　煥彰老師身上還有一種神奇的魅力，許多素昧平生的陌生人都能

同他聊上不小一會兒，無論是退伍的教官、在公園健身的老大爺、還
是飯館的服務生。煥彰老師的謙恭隨和以及見多識廣，使得他獲得了
信賴，於是他們將自己平日裡不太言說的秘密傾訴於煥彰老師。譬
如，經煥彰老師講述我才知道，曾住過的一家酒店的一位保潔阿姨曾
經是一個戲團的大花旦，後來因為嗓子壞了，才不得不轉身做了現在
這份工作。

　　林煥彰是遷臺第六代，他的祖籍是福建漳州平和縣五寨鄉新美村
（舊名后巷）。煥彰老師在廈門結識了一位同為平和老鄉的九○後姑
娘燕珠，這個女孩為建設美好家鄉而努力奮鬥著。燕珠的家鄉，有
「小三峽」美譽；「小三峽」的上游，溪水繞月牙狀的村莊而過，形
成了風光迤邐的「月牙灣」；村莊裡還保有不少珍貴的、充滿古老智
慧的樓屋建築。自然風光和人文風光都相當豐富，家鄉的鄉親卻不加
重視和珍惜。熱愛家鄉的燕珠十分痛心，她四處奔走呼籲，終於喚起
了一些人的支持。煥彰老師聽完後大為感動，心下記掛，凌晨兩點
多，燕珠收到煥彰老師的微信，「已為你畫好一幅畫，請明早早飯後
來取。」原來煥彰先生心心念念著燕珠為家鄉所做之事業，半夜畫上
了一幅畫作供她義賣，作為支持。

　　其實，煥彰老師年輕時也做過許多的「搖旗吶喊」，有過許多挫
敗和遺憾才有今天被載入兒童文學史冊的那幾次影響甚大的壯舉。他
曾說，他是一個感恩的人，從哪裡得到他就會回饋哪裡。在年近四十
歲的時候他獲得了臺灣中山文藝獎（1978.11.）。「那次得獎，對我是
極大的鼓勵。當時我在心裡許下一個願望，我要把我的後半生獻給兒
童文學事業。那時我已將近四十歲，雖然有點遲，但我一點也不氣
餒。我堅信，一個人，只要找到一個正確的目標，並執著地做下去，
是永遠不嫌遲的。」他這樣說。

　　我與煥彰老師也相約一道去過廈門萬山植物園。若是平日裡自己

遊覽，定是拍下幾張遊客照便可。與煥彰老師一起遊覽，有了慢下來細看風景的充實感。他總是駐足觀察每一朵花、每一叢林；看雕塑、石頭、樹葉不同的樣子；研究一種植物的名字或是一叢被大風掀起了半尺土壤的竹子……只簡簡單單看了一角的景色，卻似上了一堂生動的自然觀察課。我也學著去體味神奇而豐富的大自然，手機裡下載的一個賞花識草的軟體在那日終是派上了用場。我們一老一小，利用各自的擅長的方式，愉快地做了一回植物園裡的漫步者，沒有辜負園林設計者的一份匠心，和造物主的獨一無二的發明。

煥彰老師有每天用十五分鐘觀察世界的習慣，也常不辭辛勞地到處演講，他的觀察和體悟是他寫作的源泉。此刻，我回想起在廈門高崎機場接到煥彰老師的情景。在出口處踱著步子等他，良久，只見他穿著慣常的樸素裝束，帶著笑意向我走來，「收到了嗎？我新寫的詩稿。」「收到了，收到了！」那是他在南京登機前發給我的新寫的詩，人未到，詩先到。每到一處、每遇到好玩的事情，他都用詩歌記錄下自己此時此刻的生命體驗。人的樣子、雲的樣子、樹的樣子……通通化身為他詩歌的靈感繆斯。他說，「我不停地寫作，無非就是想要寫出我對整個世間的關懷。」他對世界飽含著深情和熱愛，才能不斷接收這個世界給予他的不同人的樣子、物的樣子和大自然的樣子。

三

在工作三年多的時間裡，我花最多精力和時間去研究、思考的就是煥彰老師的作品。對於他大部分的作品我以為自己已經相當熟悉了，然而，當我有幸看到老師電腦裡的數百個文檔標題時，我仍然頗為驚訝。其中有少年詩、幼兒詩、老年詩；敘事詩、六行詩、詩劇……詩歌類型十分豐富。隨著他對人生的思考，他對詩歌選題的思

考也逐漸變化，譬如他說接下來要寫一本關於城市裡的老樹的詩集。今年八十歲的煥彰老師對詩歌創作依然保持著旺盛的創造力，他的率真、質樸和靈敏的愛心賦予詩歌以躍動的生命力。

煥彰老師二〇一六年在北京寫下的〈北京的味道〉，是近年來，賦予我編輯靈感最多、最念念不忘的一首。全詩分成了六小節，先是直觀描述身體感受到的北京冬天的味道「街道冰冰冷冷，我走過／走過一條長街，我才走了半小時，／全副武裝，全副裝備──／羽絨衣、雙長褲和加長的羊毛襪，／毛圍巾、皮手套，還有立體口罩／外加一頂有護耳的大毛帽；／這輩子，我第一這樣裝扮／像隻笨笨的大狗熊，／要是跌倒了，肯定要有三個小朋友／才能把我抬得起來！」因為是煥彰老師二十餘年後再次踏入北京，他出門想重新看看老朋友。冷，北方呼嘯的冷，最直接感受的冷，於生活在暖和南方的他來說是一種新鮮體驗。

之後，他描述在行走中觀察到的北京街道，兩排整整齊齊、一絲不苟的「高高挺挺的白楊樹，沒有一棵有葉子，沒葉子的白楊樹，我沒嗅出它們的味道」，樹上的鳥兒「愛整齊愛乾淨，我沒嗅出牠們有什麼鳥味……真好，北京沒有什麼／不好的味道。」這一節與前一小節一樣仍在平鋪，但心境和眼前所見都有變化了。表面上作者在表揚「北京沒有什麼不好的味道」，言下之意是，北京也沒有什麼讓他覺得喜悅的味道，暗含了小小的失落和遺憾，這裡將對北京的陌生感強化到了頂點。

當「我走入和平里早市，它在地道裡；／暖和的地道，有蔬菜水果／魚蝦豬肉羊肉，有米有鹽，／有各式各樣雜糧，豆豆、棗子、栗子／和堅果……／你說要有，要有味道，這些都會有／不只是北京的味道，還有來自東南西北的／都會有。」從開闊、冰冷的街道視角轉到狹小熱鬧的地道視角，眼前的味道登時豐富起來，詩人失落的情緒

也瞬間釋放了，「北京的味道，我找到了！那就是藏在地道裡，有很多很多／你的味道，我的味道⋯⋯我們生活每天該有的這些／那些／就是，北京的味道。」

〈北京的味道〉畫面感撲面而來，從第一次讀到，我便覺得這是個很好的圖畫書文本。我想像畫面裡有一個像五柳先生似的小人，走過空曠冰冷的街道，穿入熱氣騰騰的地道，尋到了味道的「桃花源」。這是一個值得反復玩味的故事，也是一個讓我心動，想把它出版成書的好故事。再後來，類似這樣讓我很有編輯衝動的作品是他寫的〈我採收兩顆火龍果〉，平白直敘的語調，有了他耄耋之年的樸素至簡和悠然自得，也仍保留著孩子的可愛至真。記得在一場讀者見面會中，一個小女孩問煥彰老師的一句話：「我覺得林爺爺創作出這麼多小朋友們都喜歡的童詩，是因為一直保持著一顆童心，林爺爺，請問如何讓爸爸媽媽爺爺奶奶也像您一樣保有一顆童心呢？」煥彰老師答：「每天出門，都要告訴自己，我今天十四歲，記住自己十四歲，就是要記住看待事物的時候要提醒自己記住那份天真和爛漫。」

今年煥彰老師八十歲了，他通過寫作表達出的思想，有了更深一層的意味，而他對世界的好奇和熱愛仍是一個十四歲的少年的心境。

我想，這就是為何煥彰老師的創作，始終能讓大大小小的讀者浸潤其中，又始終保持期待的原因吧！

給林煥彰的童詩

臺北　孟樊

林篇

林爺爺，
您那隻大公雞喔喔地，
把我睡得好香的夢
給叫醒了──

我一睜開眼，
滿園的花都開了！

煥篇

煥煥，你的小貓不睡覺，
要不要幫他畫一條魚兒，
讓牠到夢裡去飽餐一頓？

彰篇

彰化就快到了，快醒醒！
我們一下車就往八卦山，

去尋詩人的詩；
並向大佛許願：

保佑林爺爺——
詩心不滅，
長命百歲……

「實感」生「思」，「新」變「超越」

——林煥彰之詩創作方法論

臺東　朱天*

一　前言

當我們提及「林煥彰」時，相信絕大多數的人都會直接聯想到「詩人」或「兒童文學作家」這兩重身分；然而，若實際探索林煥彰的所有著作，當不難發現，林氏除了上述兩類名號之外，尚可用「詩論家」之冠冕來加以稱呼——因為，僅管林煥彰本人從未聲明已創建出自身之詩論體系，但不論是在《善良的語言》、[1]《詩·評介和解說》、[2]《童詩二十五講——和小朋友談寫詩》、[3]《一個詩人的秘密》，[4] 或《寫詩，折磨自己——林煥彰的異類詩觀·詩論》裡，[5] 只要我們

* 國立臺東專科學校通識教育中心兼任助理教授。

1　林煥彰：《善良的語言》（宜蘭縣：宜蘭縣立文化中心，1992年6月）。
2　林煥彰：《詩·評介和解說》（宜蘭縣：宜蘭縣立文化中心，1992年6月）。
3　林煥彰：《童詩二十五講——和小朋友談寫詩》（宜蘭縣：宜蘭縣政府文化局，2001年9月）。
4　林煥彰：《一個詩人的秘密》（臺北市：民生報事業處，2005年8月）。
5　林煥彰：《寫詩，折磨自己——林煥彰的異類詩觀·詩論》（臺北市：秀威資訊科技股份有限公司，2013年6月）。

能以整全貫串之態度進行觀察，則不論是林煥彰對特定詩人、詩作所發表之評論，或是直接闡明自身對於詩之奇思妙想與深邃體會的文章，其實都可視為林煥彰詩學理論確實存在的最佳證據。

　　然而，放眼目前的臺灣學界，對於林煥彰詩學理論之貢獻，委實探索不足：以期刊論文來看，竟只有徐錦成之單一著作，與此研究主題直接相關——然而，徐氏所注目的焦點，以論著範圍來看，僅有《善良的語言》和《童詩二十五講——和小朋友談寫詩》二者，[6]故實有未竟全功之憾。除此之外，徐氏對林煥彰詩學觀點的評析，亦有某些論述值得多作反思：舉例來看，徐錦成在該文中所強調的「從『詩想』出發，為自己寫詩」，[7]固然是林煥彰詩學理論之一大亮點，但若我們細讀林煥彰詩學著作的總全面貌，當不難得知，至少在與詩之創作相關的種種討論中，除了理性之思以外，各式各樣動人之感覺，亦為林煥彰所重視；但對此，徐氏似乎並未深究。不過，徐錦成在其文章所指出的林煥彰之一大特色，亦即「他不直接『教詩』，寧可寫詩者先懂得生活。所謂『功夫在詩外』。在眾多兒童詩評論家以教學者的姿態出現時，林煥彰顯得更加可貴」，[8]確為觀察獨到之論，而對此議題有興趣者，亦應多加關注。

　　換個角度來看，在學位論文的前行研究，相關者同樣也是相當稀少，就其實質內容而言，僅有陳尚郁的《林煥彰兒童詩觀及其動物童詩語言風格研究》，[9]蔡馨儀的《林煥彰現代詩研究》，[10]以及王耀梓的

6　徐錦成：〈誠懇而善良：淺談林煥彰的兩本詩論——《善良的語言》及《童詩二十五講——和小朋友談寫詩》〉，《兒童文學家》第31期（2003年12月），頁14。

7　徐錦成：〈誠懇而善良：淺談林煥彰的兩本詩論——《善良的語言》及《童詩二十五講——和小朋友談寫詩》〉，《兒童文學家》第31期（2003年12月），頁15。

8　徐錦成：〈誠懇而善良：淺談林煥彰的兩本詩論——《善良的語言》及《童詩二十五講——和小朋友談寫詩》〉，《兒童文學家》第31期（2003年12月），頁16。

9　陳尚郁：《林煥彰兒童詩觀及其動物童詩語言風格研究》，臺北市立大學中國語文學系語文教學碩士學位班碩士論文，2014年。

《林煥彰童詩創作研究》，[11]這三本碩士論文中的部份內容，與林煥彰的詩學理論相近。

故可知，就相關研究顯為不足的現況來看，對林煥彰之詩學理論開展出既富有深度又涵蓋廣度的各類研究，應有相當程度的急迫性。但是，困於筆者自身之有限，本文僅能專注於林煥彰五本詩學專著中，與詩之創作密切相關的各式論述；以下，將分由現實感受、哲思念想、務求創新與折磨超越四大環節，提出個人初步的看法。

二 立足現實，追求感受

總體來看，立足生活、認真體察現實所給予詩人的一切，並由此昇華出足堪觸動人心的感受，當可視為林煥彰詩創作論的首要環節。

（一）生活第一

若以時間之先後、行動之早晚來審視詩之整體創作歷程，則在林煥彰眼中，詩創作的第一步，當非認真生活莫屬：

> 這裡，我想再強調的是：寫詩，其實也是一種「生活方式」；有什麼樣的生活態度，自然就會產生什麼樣的詩。我希望讀者都能先在日常生活上培養一種高尚情操的生活，活潑、愉快的人生觀，就能寫出好詩來。[12]

---

10 蔡馨儀：《林煥彰現代詩研究》，高雄師範大學國文教學碩士班碩士論文，2012年。

11 王耀梓：《林煥彰童詩創作研究》，高雄師範大學國文教學碩士班碩士論文，2011年。

12 林煥彰：〈自序〉，《童詩二十五講──和小朋友談寫詩》（宜蘭市：宜蘭縣政府文化局，2001年9月），頁VII。

之所以會得出如此與一般詩學理論大異其趣的看法，主要原因當在於就林煥彰來說，詩之創作本非漂浮於日常生活之上的天空之城，而須奠基於生活場域的具體表現；但值得注意的是，儘管悲歡離合每日上演、喜怒哀樂處處發生，對於詩之創作者來說，林煥彰認為當其面對種種生活現象時，應將重點放在盡力藉由日常事物、生活情節的砥礪，培育正向、積極的價值觀，養成高尚而珍貴的情操——因為林煥彰十分堅信，詩人心靈之美好須先行造就，詩作整體之美好方有可能。換個角度來看，除了將具體生活之日常現象視為媒介，並藉此薰陶、淬鍊詩人之心靈世界外，林煥彰也相當強調，日常生活本身即是詩作內容的重要來源：

> 詩的寫作，是一輩子的事；不論你將來要寫出什麼樣的作品，生活必須是認真的——認真生活、認真觀察、認真思考、認真體會，它們都將內化成你生命中的一部分；這些經過沉澱之後，有一天就有機會觸發成為寫作的意念或意象，在作品中呈現出來。[13]

但不可忽略的是，儘管詩人看似能夠從環繞四周的現實場域中直接汲取到，足以豐富詩作之意象或刺激書寫之意念，然則就上述引文中林煥彰對於「內化」重視來看，化外為內、融實鑄虛的心靈轉化工程，實為詩創作過程中必不可少的必要元素。

進而言之，前述所謂對於詩之創作而言具有重大意義的生活現實，當然包括了日常所及的方方面面；而就一切生活範圍內的各項事

---

13 林煥彰：〈六行小詩的抒情基調——變，永遠不變的道理就是「變」〉，《寫詩，折磨自己——林煥彰的異類詩觀‧詩論》（臺北市：秀威資訊科技股份有限公司，2013年6月），頁111。

物來看，林煥彰顯然相當注意創作者與過往詩作的關聯：

> 詩的練習寫作，從「欣賞」出發，讓寫作者內在累積一定的或
> 充沛的「詩的能量」，在心裡產生一股強烈的表現欲望；「我想
> 寫詩，我有詩要寫」，這種「創造性」的動機或動力，是可以
> 靠「情境」引導，來培養寫作的意願。[14]

因為，作為日常生活各式事物中與詩之創發距離最近、關係最密的前
人詩作，對於每一位正要提筆書寫新篇的詩人來說，都是極為重要的
燈塔與旗語──透過觀摩、學習與等待，林煥彰相信遲早能在自己心
中激起一股見賢思齊般的寫詩慾望；但除此之外，透過下列引文更可
清楚得知，當我們藉由閱讀他人詩作來學習寫詩時，在累積創作動機
之餘，還應致力於「感覺」的湧現：

> 我說「欣賞別人的詩，你也可以學寫詩」，意思就是因為我們
> 心中的「感覺」，是可以因為我們讀到別人的詩，受它的感
> 動，有「詩的感覺」被它激發出來，因此我們也有了「新的發
> 現」、「新的感覺」。這種「新的發現」、「新的感覺」，是非常珍
> 貴的，要動手、動筆，馬上把它記錄下來，再設法把它寫成
> 詩。[15]

換言之，林煥彰認為當我們以學詩之前提來閱讀他人詩作時，應將注

---

14 林煥彰：〈說詩·演詩·唱詩·玩詩──讓想像的美學飛揚起來〉，《一個詩人的秘
　　密》（臺北市：民生報事業處，2005年8月），頁119。
15 林煥彰：〈欣賞別人的詩，你也可以學寫詩〉，《一個詩人的秘密》（臺北市：民生報
　　事業處，2005年8月），頁17。

意力集中在彼此之「感覺」上，進而做到以我心迎詩心，以自身之感
覺承接詩作之感覺——

　　而當此種交感互通之心靈活動臻於極致之際，便有新感新覺順勢
而生；此亦為作者須立即保存、並據為新作紮根園地的「詩之新感」。

（二）感於現實

　　承前所述，當可確知在林煥彰心目中，所謂的現實——不論是日
常生活情節、各式具體事物，甚或是既存的一切詩作——可謂提筆書
寫之前必須牢牢立足、緊緊把握的唯一根基：因為，唯有憑藉現實，
詩人方能順利獲得書寫之動機、詩作之內容，以及屬於詩的特殊感
受。

　　而綜觀林煥彰之論詩著作，則應不難進一步推知，在上述所有緣
於現實而來的收穫中，最為重要的確為「詩之新感」——因為對林煥
彰來說，當詩人認真面對生活的種種面向之後，本就該由此得到一顆
善感的心靈：

> 我以為，一個人能不能寫詩，能不能寫出好詩，他的生活態度
> 是相當重要。認真生活，認真體會生活中的每一個細微的部
> 分，他的心靈所獲得的感動，必定會有很大的不同。有了認真
> 的生活態度，必定能夠培養出一顆容易感動的心。[16]

之所以在林煥彰的詩論體系中須特別點出，詩人應在積極而細緻地面
對生活之後繼續孕育出善感之心，乃是因為對林氏而言，所謂的詩之
核心，本就是一種抽象的感覺：

---

16 林煥彰：〈認真生活〉，《童詩二十五講——和小朋友談寫詩》（宜蘭縣：宜蘭縣政府
　　文化局，2001年9月），頁100。

> 詩是一種內在「微妙感覺」的表現；微妙的感覺，有時需要外在有利的誘因，對初學者而言，很難做到「無中生有」。所以「情境引導」，是教師利用機會提示、適時激勵。[17]

故可知，若回到詩之創作的觀點來看，如果奠基生活、直視現實，可謂林煥彰詩創作論的初步提醒，則詩人對於生活之具體實相（此亦即上述引文中所提到的「有利誘因」與「情境」）有所感觸，並產生微妙、新穎的各式感覺，當可視為林氏筆下詩之創作的第二步。

不過，儘管因實生感，乃是林煥彰相當重要的詩論觀點，但或許是因為大千世界、人心萬種，心之所感，何止萬殊！故而當我們亟欲探索究竟必須符合哪些標準，才得以被稱作「內在的微妙感覺」時，可能需要另起專章才有足夠的空間來加以梳理；但由下列數則引文來看，至少可以確定「情」之一字，當為林煥彰詩創作論中極為耀眼的一種感覺：

> 抒情的對象不單指人，天下萬物都有情；人可以寄情於萬物，為萬物抒情，其情更珍更貴。[18]

而須特別說明的是，一般言及「情」或「抒情」時，所強調的皆為人之情感，但由上述所引來看，林煥彰所看重的感性之情，絕非僅止於人之一端而已，反倒是擴延至世間萬物。更深一層來看，不論是人際

---

17 林煥彰：〈說詩・演詩・唱詩・玩詩──讓想像的美學飛揚起來〉，《寫詩，折磨自己──林煥彰的異類詩觀・詩論》（臺北市：秀威資訊科技股份有限公司，2013年6月），頁161。

18 林煥彰：〈六行小詩的抒情基調──變，永遠不變的道理就是「變」〉，《寫詩，折磨自己──林煥彰的異類詩觀・詩論》（臺北市：秀威資訊科技股份有限公司，2013年6月），頁102。

之情的抒發，或是因萬物而生的感性代言，其最終之目的，皆須有益
於詩之創作；而就此來說，透過情感之呈顯，使讀者獲得美感之體
會，當可視為情愫之感對於詩之創作的莫大貢獻：

> 要成為詩，且要讓讀者認同，也能讀出美味來，就得有足夠的
> 轉化工夫；我稱它為抒情的基調。這種基調，在小詩的寫作
> 中，要設法讓它有機會擔綱。[19]

雖然在上述引文中，林煥彰僅僅站在「小詩」之立場，提出應讓「抒
情的基調」在詩之創作過程中擔當重任，但筆者相信對於十分強調詩
與感覺之密切關聯的林煥彰而言，感性之情的昂揚、發用，必也是其
心目中詩創作論之整體過程內不可或缺的一環。

三　思想成詩，務求具體

　　而在樹立現實生活與感受在林煥彰詩創作論中的崇高地位後，如
何確保理性哲思、抽象之想在詩人書寫過程中順利出現，並獲得具體
化之表現，當可視為林煥彰詩之創作方法論的下一樂章。

（一）因實生思

　　就另一端而言，在林煥彰的詩創作論中，除了將感覺之激發、獲
取，視為詩人立足現實、認真生活之後所必須達致的關鍵任務，對於
偏向理性之思緒、意念，其實亦不曾偏廢：

---

19 林煥彰：〈六行小詩的抒情基調──變，永遠不變的道理就是「變」〉，《寫詩，折磨
　　自己──林煥彰的異類詩觀・詩論》（臺北市：秀威資訊科技股份有限公司，2013
　　年6月），頁104。

> 「為藝術而藝術」或「為人生而藝術」也許都對，但仍不免各
> 有所偏，真正理想的，我想應該努力於達到「既為人生也為藝
> 術」而寫作，或說「為人生」才是寫作的目的，「為藝術」只
> 是一種方法，它只服膺於吾人的「思想」，當然，兩者都不能
> 偏廢的。[20]

例如，從上述對「為人生」或「為藝術」之古老命題的個人詮釋中，
便可清楚看出，若僅針對創作過程而言，林煥彰甚至認為，作者主體
之思想意念實為一切書寫行為之樞紐，所有的藝術方法，皆須服膺於
理性思緒之旗下。

而倘若思想、意念對藝術創作、詩之書寫來說真有如此顯著的重
要性，那不得不繼續追問的是，思從何起、意自何來：

> 一首詩的誕生，往往是在於一個很特別的「意念」突然在腦海
> 中出現，使你感覺有「詩的意味」，你就會很用「心」的繼續
> 去想它，把它寫成詩。[21]

遍索林煥彰相關的詩論內容，雖然有如上述引文般，將詩人創作意念
之誕生，歸因於不明所以的突發狀況；但大多數時候，林煥彰論及得
以主導詩之創作運行過程的思緒意念時，仍傾向將其誕生、孕育之根
源，視為前述所提及的具體現實、日常生活：

---

20 林煥彰：〈我對詩的看法──答青年讀友宋熹的信〉，《詩‧評介和解說》（宜蘭縣：
　宜蘭縣立文化中心，1992年6月），頁137-138。
21 林煥彰：〈走到哪，寫到哪〉，《一個詩人的秘密》（臺北市：民生報事業處，2005年
　8月），頁26-27。

> 我從年輕時開始接觸詩、喜歡詩，學習寫詩，我便一直都在學
> 習怎樣接近詩、親近詩、認識人生的課題；說明白些，我是在
> 累積經驗，累積感覺，培養一顆靈敏的心；如果我的心思能夠
> 保持靈敏，我的思緒就越活躍，我的感觸就越深、越廣，我就
> 越能發揮感悟力，悟出人生的道理，想出美妙的點子，寫出有
> 意思、有味道的詩。[22]

換句話說，透過上述引文當可進而推知，在把日常生活視為詩人賴以
維生的主要根基之後，除了須像前述所闡釋的，應由現實之存在以及
由此而來的各式經驗繼續推導出諸般令詩人有所觸動的感覺外，以生
活、經驗與感受等實存之物為起點，進一步體悟、發想與引導出與理
性相關的種種思緒、心意或道理，亦同為林煥彰詩創作論中必經的階
段：

> 詩的寫作「思考」，來自生活經驗的淬取；生活經驗的累積，
> 必須經過沉靜的「思考」沉澱之後，才能呈現澄淨可取的經
> 驗，將它寫成詩的文學作品，……「思考」是一種方法，也是
> 一種結果，是寫詩的一種必要手段；「手段」與「結果」是相
> 關的，不容忽視。[23]

從另外一個角度來看，林煥彰對於詩創作過程中的理性之思，除了賦
予它足以調度一切藝術方法之重責大任外，林氏在上述引文還直截點

---

22 林煥彰：〈在回家的路上也能寫詩嗎？〉，《一個詩人的秘密》（臺北市：民生報事業
　　處，2005年8月），頁77。

23 林煥彰：〈說詩‧演詩‧唱詩‧玩詩──讓想像的美學飛揚起來〉，《寫詩，折磨自
　　己──林煥彰的異類詩觀‧詩論》（臺北市：秀威資訊科技股份有限公司，2013年6
　　月），頁156。

出，其實所謂的詩中之思，不只是詩創作過程的一部份或工具媒介而已，更該視為詩人書寫所得的最終結果——由此可知，僅管「感」之興起與「思」之凝鍊，皆為詩創作過程中舉足輕重的必備環節，但就林煥彰詩創作論的實質內容而言，其對「思」之重視，似乎還隱隱超過對「感」的強調。[24]

（二）化隱為顯

關於理性之思、詩人之想對詩創作論的重要性，看似前述已探究完備；然則，在林煥彰的詩論文章中，對於立足現實、感後而生之各類思、想，尚有其他精細的觀點，值得我們深入檢視——例如在下列引文中，我們便可清楚發現，林煥彰對於詩中之思的其中一項重大要求，即是「具體化」：

> 吳瀛濤的詩作，由於他的詩觀，也由於他喜愛冥想的關係，所以他的詩作，有極大部份都流於哲理的概念化，不能使他那富有哲學實質的人生經驗，恰到好處的轉化為意境深遠的詩。這是他一生從事詩創作而始終沒有超越過的一大缺憾吧！[25]

因為，就算是面對其相當心儀的前輩詩人，林煥彰依舊相當堅持，如

---

24 而之所以如此，或許與林煥彰自身的學詩經驗相關：因為林氏曾自言，「個人學習寫詩將近五十年，一開始就喜歡寫小詩，也許，年輕時讀過一點古詩詞、印度詩哲泰戈爾《漂鳥集》以及日本俳句等有關，在抒情中追尋哲理或禪境，漸漸的養成偏向思考性的方向發展，而有意設法切斷抒情浪漫調子」；前述引文，詳見林氏著：〈六行小詩的基礎美學初步思考——從泰華六行（含以內）小詩發想談起〉，《寫詩，折磨自己——林煥彰的異類詩觀‧詩論》（臺北：秀威資訊科技股份有限公司，2013年6月），頁124。

25 林煥彰：〈善良的語言——讀吳瀛濤的詩〉，《善良的語言》（宜蘭縣：宜蘭縣立文化中心，1992年6月），頁3-4。

果無法將詩作中充盈的哲理概念化作具體明確的畫面，無法在字裡行間的傾訴中尋覓意境的蹤跡，便實在很難就詩論詩地給出高度的評價——換言之，在林煥彰的心目中，就算是抽象的思維概念，只要進入了詩之創作過程，便應致力於轉虛為實的變化工程：

> 讓「想像」的「意念」（看不見的）能成為看得見的東西，「語言」應該發揮呈現「畫面」的功能。[26]

當然，正如上述引文所呈現的一樣，此種將哲理之思、抽象之想轉換為具體畫面的經過，其實已跨出詩中思想的範疇，牽涉到了詩作之語言文字的層次；進一步來看，這彷彿也是在提醒我們，在林煥彰的詩創作論中，和語言文字相關的種種探討，自然也該是本文應持續追索的重點所在。

四　語文新穎，風格獨創

　　若將審視之焦點從感受、思想等較為抽象的心靈層面轉移至更為具體顯著的詩作之語言文字與整體形式風格來看，以新穎為標的、以獨特為目標，當可視為林煥彰之詩創作方法論的另一項重要內涵。

（一）語文標新

　　僅管林煥彰曾經表達過「『意念』往往只是一個『引子』，如果它是一個新鮮的、有趣的，是從來沒有過的一種『特別的想法』，你繼續用心想下去，後面的詩句就會『自動的』、一句跟著一句跑出

---

26 林煥彰：〈不能沒有「畫面」〉，《童詩二十五講——和小朋友談寫詩》（宜蘭縣：宜蘭縣政府文化局，2001年9月），頁16-17。

來」；[27]但就林氏詩論的總體內容來看，如此「輕易」、「自然」的觀點，實屬罕見──也就是說，林煥彰仍然期許詩人，「不僅要有真實的感受（不論從哪方面得來的），更要有可以任意驅使的語言，換句話說，也就是要有高度駕馭文字的能力」。[28]

具體來看，林煥彰心目中的詩人究竟應熟練哪些語言文字的驅遣技巧呢？其中，「寫作是『真誠』第一」──「所有的技巧，是因為表現上的需要」而「有什麼樣的內容，就寫出什麼樣的作品」，[29]當是務須優先建立的觀念；不過除了「真誠」以外，當林煥彰論及詩人應如何操控其手中之語言文字時，焦點大多仍集中在如何求「新」之上：

> 詩是一種語言的藝術，「設計」是表現藝術的一種必要的手段；「設計」具有顛覆與創新的精神，它使語言文字擺脫「平實」原有的敘述方式和模式；打破「文法」，重新組合。[30]

例如，在上述引文中，藉由說明「詩是一種語言的藝術」，林煥彰充分表述了新穎對於詩之創作的重要性究竟何在；然則，除了宏觀標舉須以求新為詩創作的關鍵任務外，林煥彰亦從微觀的角度提出獲致新穎的具體可行方式──譬如，就觀察現實、體悟生活而言，視角之轉換，即可說是林煥彰十分認同的一項良方：

---

27 林煥彰：〈寫詩的方法與想法──我怎樣寫一首詩〉，《寫詩，折磨自己──林煥彰的異類詩觀‧詩論》（臺北市：秀威資訊科技股份有限公司，2013年6月），頁28。

28 林煥彰：〈素描手與菲莉莎──讀施善繼的詩〉，《善良的語言》（宜蘭縣：宜蘭縣立文化中心，1992年6月），頁119。

29 林煥彰：〈經驗、愛和真誠──我怎樣寫作〉，《寫詩，折磨自己──林煥彰的異類詩觀‧詩論》（臺北市：秀威資訊科技股份有限公司，2013年6月），頁291。

30 林煥彰：〈說詩‧演詩‧唱詩‧玩詩──讓想像的美學飛揚起來〉，《一個詩人的秘密》（臺北市：民生報事業處，2005年8月），頁116。

> 通常，一般人的「視角」都是「平視」的；所看到的東西，和
> 原來的「實物」沒什麼兩樣：……其實，我們的「視角」是可
> 以調整的，也應該隨時調整，才有可能發現更多「新奇」的事
> 物；「仰看」和「俯視」是會有兩種不同的結果的。[31]

因為，不論詩人將注視的途徑調整為「仰看」亦或「俯視」，皆與一
般人慣用的觀看方式迥然有異；而隨著視角的變化，林煥彰極為相
信，詩人所獲致的現實景象、世界樣貌，自然也就具備了跳脫刻板觀
感的生動新意。再者，描述現實時，「誇張」與「特寫」的運用，亦
與詩中新意的誕生息息相關：

> 我們拍的照片，加洗時可以放大，也可以縮小；……寫詩也可
> 以用這種「觀念」（或想法）；「放大」，在修辭學上，有「誇
> 張」與「特寫」的效果。如果我們用「平常」的眼光來看，什
> 麼事物都很平常，了無新意；只有用「不平常」的眼光，我們
> 才能從日常的生活中發現新的東西。[32]

詳言之，上述引文中林煥彰認為的「誇張」，指的應該是藉由心靈力
量的發揮而對觀察目標進行放大的想像；而至於林氏所謂的「特
寫」，則意謂著當觀察焦點縮限於特定範圍後繼而產生的奇特感受。

31　林煥彰：〈不能沒有「畫面」〉，《童詩二十五講——和小朋友談寫詩》（宜蘭縣：宜
　　蘭縣政府文化局，2001年9月），頁15。
32　林煥彰：〈可以放大再放大〉，《童詩二十五講——和小朋友談寫詩》（宜蘭縣：宜蘭
　　縣政府文化局，2001年9月），頁33。

（二）風格立異

拓展視野來看，在林煥彰詩創作論中對於新穎的渴望，除了落實在單一篇章內的字詞句段上，也同樣表露於對詩作整體風格之特殊化、個人化的追求：

> 我們為什麼要說他是一顆「爆破的石榴」呢？固然，他曾經寫過一首以這樣為題的詩，但更重要的還是他的氣質和其全部詩作都蘊藏著一股強烈的精神。寫詩，在今天，要保持這種獨住的自覺精神而不淪於為現實所支配，是多麼不容易！這種「保有自己的靈魂即獲得一切」的認知，即是出自一種強烈個性的使然，在詩人來說，也就是他的作品風格之賴以完成。[33]

例如，從上述對於辛牧詩作的詮解裡便可直截看出，林煥彰相當重視，個人氣質、精神樣態在詩作內容中的突顯──因為，唯有善於把握作者個性的與眾不同、靈魂世界的燦然自覺，才有藉此成功建構出獨一無二之詩篇風格的可能。進而言之，在了解詩人個性與詩作風格的關係後，所有立志於寫詩大業的創作者應該都會相當關心，自我主體之個性在客觀詩篇中究竟該如何展現的實質問題；就此來看，或許所謂的間接表達、具體呈現，應是林煥彰所秉持的理想答案：

> 詩的寫作和寫詩的人及其生活所關心的，是分不開的，只有在作品中流露他的喜惡（當然是很巧妙的表現，不是敘述或說

---

33 林煥彰：〈爆破的石榴──讀辛牧的詩〉，《善良的語言》（宜蘭縣：宜蘭縣立文化中心，1992年6月），頁87。

　　明），才能充分顯現他的個性，完成他獨特風格，這是非常重
　　要。[34]

因為儘管在上述引文裡林煥彰看似只用「巧妙的表現」來說明詩人個
性的彰顯之道，但利用「非敘述」與「非說明」的雙重否定，其實也
能藉此推測出，較為間接曲折的表達策略，以及突破概念化說明的實
質彰顯，當能使詩人之抽象個性流露得更為充分，使詩篇之獨特風格
編織得更加順暢。[35]

五　自苦求精，建造大我

　　簡言之，以犧牲的姿態求得痛苦後的藝術成就之提升，並在自我
意義之完成後進而推動與詩相關之大我整體的前進與拓展，當可視為
林煥彰詩創作論中，對於詩人在寫作態度上的最終呼籲。

（一）自我折磨

　　從現實出發，並透過對感受、思緒等關鍵詞彙的闡發與分析，林
煥彰的詩創作方法論可謂逐漸成形、昭然若揭；然而，在已充分了解
求新求變對於林煥彰詩創作論的重要意義之後，仍須進一步加以申述
的重要議題，或許便只剩下與「折磨」相關的種種精彩創見：

---

34 林煥彰：〈從生活開始──談一首詩的寫作經過〉，《詩・評介和解說》（宜蘭縣：宜
　蘭縣立文化中心，1992年6月），頁127-128。

35 換個角度想，為何林煥彰會極力呼籲，詩人應盡量憑藉自己獨特之個性，建構出詩
　篇之新穎風格？或許，這與詩作的感染力有關：因為林煥彰堅信，「詩的寫作」既
　「離不開現實」同樣「也離不開寫詩的人」──「否則很難引起讀者共鳴，更無從
　見其獨創的精神」；詳見林氏著：〈從生活開始──談一首詩的寫作經過〉，《詩・評
　介和解說》（宜蘭縣：宜蘭縣立文化中心，1992年6月），頁121。

也許，詩人都具有幾分秉性，先天賦予了敏銳的感覺。雖然，絕大部份的人都在他們還不知道什麼是詩的時候，就開始寫詩，但這並不能阻礙一個詩人的成長；正如我們每一個人，在還不知道生是什麼的時候就呱呱墜地一樣，即使在生長的過程中，體嘗過生活是一件苦事時，還要生存下去。這是很自然的也很奧妙。寫詩，本來就是一種追求和不斷的犧牲。[36]

所謂創作、寫詩，這對於一般大眾而言或許洋溢著濃厚浪漫氣息的藝術行為，在林煥彰眼中，卻是不折不扣的苦差事──正如同林氏於上述引文所說的一樣，詩之創作，彷彿生命之成長：儘管無法確知生活的方向、命運的變化，芸芸眾生依舊只能依憑著些許天賦、微薄本能，在跌跌撞撞中徑直開闢出自身之人生道路；而所謂的詩人，也只不過是因為擁有某些與文學創作相關的稟賦，具備某些源於生活的敏銳感觸，便開啟了以有限逐無限、藉朦朧求明朗的創作生涯。於是，挫敗難免、苦痛難免，卻又無法違逆內心對詩的渴望與憧憬，而只能繼續矛盾而艱辛地自我「折磨」、嘗試尋覓：

> 我常常想，為什麼一般人只要飯飽慾足就可以生活下去；而獨有詩人要苦苦思索環繞著他周遭的事物。我們再看商禽的另一首詩──「鴿子」，看他又怎樣折磨自己。[37]

而透過上述林煥彰對於商禽詩作的部份評論，便已能清楚揭示，在詩

---

36 林煥彰：〈覆葉的光輝──讀陳秀喜的「覆葉」〉，《詩・評介和解說》（宜蘭縣：宜蘭縣立文化中心，1992年6月），頁26。

37 林煥彰：〈無辜的手──讀商禽的「火雞」和「鴿子」〉，《善良的語言》（宜蘭縣：宜蘭縣立文化中心，1992年6月），頁69。

人的自我折磨過程中，其中一項目標，或許便是苦思現實生活中所有
客觀而具體之存在，究竟具有哪些獨特之意義與動人之感觸；此外，
除了針對外在，對於詩人筆下的字詞句段、思緒感觸，同樣也是林煥
彰詩論體系中，必須反覆琢磨、來回拉鋸的關鍵對象：

> 「我種我自己」是一個好意念，雖然我沒把〈我種我自己〉的
> 初稿寫好，但我還是十分珍惜它，我並不因為它是一首壞詩而
> 遺棄它；因此，「我種我自己」這個意念，自始至終，還是在
> 我腦海縈繞，我時不時會把〈我種我自己〉的初稿拿出來看
> 看、塗塗改改，……寫詩，好像自我折磨；不知自己犯了什麼
> 罪、有什麼毛病，得如此懲罰自己？[38]

就像林煥彰對於自身作品〈我種我自己〉所作出的水磨工夫一樣，雖
然起初作者只認為全詩當中僅有意念足堪稱道，但林煥彰並未因此而
放棄這首詩，反倒是在經過了時間的沉澱、心靈的醞釀之後，反覆修
改、持續調整——就算自己也不停發問：為何要如此自苦？但最終，
詩人依舊在這條曲折起伏的創作道路上，昂然前進、步步生蓮。換個
角度來看，為何林煥彰會積極提倡、高度相信，此種類似於以自我折
磨追求精進的詩創作態度呢？若參考下列引文，或許可將心靈的增
長，視為其中一種可能的答案：

> 寫詩是一件很奇妙的事，它是屬於「心靈」的孤獨狀態的精神
> 作業；每一首詩的完成，都需要經過一番精神上的陣痛，是詩

---

38 林煥彰：〈寫詩，折磨自己——一首壞詩也可以成為一首好詩〉，《寫詩，折磨自
己——林煥彰的異類詩觀‧詩論》（臺北市：秀威資訊科技股份有限公司，2013年6
月），頁93。

> 人自己在折磨自己；但這種「折磨」的過程和作用，是可以拿
> 生物的蛻變過程和蛻變之後所展現的結果，作為比喻，那是一
> 種「好的折磨」；「好的折磨」能使一個人的「心靈」變得更
> 美、更可親、更可愛……。[39]

追根究柢來看，詩之書寫對於林煥彰而言，不啻於一種心靈的建造工程——因此，儘管提筆的過程波折不斷，構思的前後矛盾處處，修改的當下痛苦萬分，但林煥彰相信，於詩作成形的出爐時刻，詩人必能滿載心靈的收穫而歸，進而添加自我的美善、內在的高度。

（二）超越小我

最後，在自我折磨以求精進之外，另一項值得重視的寫作態度，則可說是超越自身、創造大我：

> 寫詩，最大意義是為自己而寫；不是為老師寫，不是為爸爸媽
> 媽寫，也不是為讀者寫。[40]

雖然如上述引文所示般，林煥彰確曾直言，為了自我，本就是寫詩最重大的意義；但更多時候，林煥彰所謂自我之建立，應只是詩創作的初步完成——因為，在為自身而寫的同時，如何超越，方為林煥彰心中更迫切、更龐然的命題：

---

39 林煥彰：〈走到哪，寫到哪〉，《一個詩人的秘密》（臺北市：民生報事業處，2005年8月），頁27。

40 林煥彰：〈為自己寫詩〉，《童詩二十五講——和小朋友談寫詩》（宜蘭縣：宜蘭縣政府文化局，2001年9月），頁159。

> 詩人寫詩，唯一所考慮者，乃在於如何超越的重大課題；他不
> 僅要超越自己，也要超越前人的作品。這樣的執著與努力，乃
> 形成近代新興藝術的更多采多姿，與更多的發難。[41]

而所謂的「超越」，雖然林煥彰於上述引文中並未多加解說，但由字
裡行間我們應不難體會，詩作的藝術成就，當為此處林煥彰念茲在茲
的唯一牽掛；換言之，儘管在林煥彰的詩創作論中，立足現實乃是首
要前提，但這絕不代表詩人對於藝術美感的表現漠不關心。更具體來
看，當林煥彰提出詩人應抱持著不斷超越的寫作態度時，其所欲追趕
的對象，除了昔日的自我以外，更包含了過去所有曾在滾滾光陰中鐫
刻下不朽足跡的一切優秀作家——因為，唯有如此，詩人方可藉由自
身之存在，替整體的詩之天地，貢獻一己之努力：

> 真正有創造用心的詩人，他是對歷史負責的，時時在修正他的
> 詩觀和詩路。我們也就在這樣的認知之下，作著激變的演進，
> 而從自我詩裡發展出現代詩來。[42]

也就是說，創作、寫詩，從來就不是真的只與自我相關，因為每一次
看似獨立的足跡踩踏、每一回彷彿孤寂的采筆揮灑，其實都在默默地
替詩之整全存在，貢獻力量、厚實根基——故可知，由自身出發進而
超越小我，最終促進大我總體的進步，當可視為林煥彰詩創作論中，
最為宏觀而終極的提醒。

---

41 林煥彰：〈一支憤怒的民歌——讀喬林的「破船」〉，《善良的語言》（宜蘭：宜蘭縣
　立文化中心，1992年6月），頁194。
42 林煥彰：〈探求自我——讀林宗源的詩〉，《善良的語言》（宜蘭：宜蘭縣立文化中
　心，1992年6月），頁43。

六　結語

　　林煥彰對詩之創作的種種看法，蓋可總括如下：首先，在實際提筆賦詩之前，詩人應盡力體察生活、紮根現實，並由外在客觀事物與具體經驗中，運用心靈內化的力量，昇華出各式直指人心的嶄新感受。其次，同樣是依憑現實生活，但在經驗之累積、感受之拓展的過程中，抽繹出與各式理性哲思、抽象念想，並以具體化的手段一一呈顯，當可視為林煥彰詩創作論的第二步驟。再者，當感受與思緒皆無礙成形之後，詩人便該致力於追求詩作之新──小到一字一詞，大到詩篇整體，不論是在詩句上對於俯瞰、仰視、誇張、特寫等筆法之運用，或在風格方面憑藉詩人自我個性而展開的間接表達與實質呈現，均須以新穎獨創作為最高指導原則。最後，不論是持續苦思外在事物之潛在意義與自身詩作之修改方式，並藉此種內在之折磨獲得詩人自身心靈的增長；亦或是使創作的焦點不斷超越，從冀求自我詩藝之成就完備到推動詩之園地的大我進展──皆可視為林煥彰對於詩人所賦予的終極任務。

　　然而，若以同樣精益求精的態度檢視林煥彰的詩創作論，透過後見之明的優勢，筆者亦發現些許值得再度反思、重新審察之處：例如，在論及詩中之想的表達方式時，林煥彰曾明言具體化之重要──然而，關於所謂意境或意象究竟該如何方能順利產生，在林氏詩論中卻未再針對細節多作說明。此外，當我們將目光落於詩作之字詞句段的具體鍛鍊時，不難發現所謂的求新，可謂是主要指導方針──但是，如果所謂的感受與詩想，實為林煥彰眼中詩之核心所在，那麼如何在詩人心靈之感思與筆下之語文之間，搭建起適當的橋梁，亦應為詩人必須努力釐清、全心投入之關鍵；換言之，除了求心之外，關於語言文字的使用，筆者相當期待林煥彰能夠再多作闡述，尤其是針對

具體語文與抽象感思之間的關係。

　　不過，就詩創作論的整體表現來看，林煥彰實已開闢出足以代表其自身特色的一家之言；而對於研究者來說，如何以此為臺階，進而將詮釋之視野投注至林煥彰詩學理論的其他面向──例如，詩之本體論、功用論和接受方法論等──並統合出林煥彰詩論的總全內涵，闡發其隱而未顯的價值意義，當為本研究最為深切的期盼。

參考書目

（一）林煥彰詩學論著

1　《善良的語言》　宜蘭縣　宜蘭縣立文化中心　1992年6月
　　〈一支憤怒的民歌──讀喬林的「破船」〉
　　〈素描手與菲莉莎──讀施善繼的詩〉
　　〈探求自我──讀林宗源的詩〉
　　〈善良的語言──讀吳瀛濤的詩〉
　　〈無辜的手──讀商禽的「火雞」和「鴿子」〉
　　〈爆破的石榴──讀辛牧的詩〉
2　《詩‧評介和解說》　宜蘭縣　宜蘭縣立文化中心　1992年6月
　　〈我對詩的看法──答青年讀友宋熹的信〉
　　〈從生活開始──談一首詩的寫作經過〉
　　〈覆葉的光輝──讀陳秀喜的「覆葉」〉
3　《童詩二十五講──和小朋友談寫詩》　宜蘭縣　宜蘭縣政府文
　　化局　2001年9月
　　〈不能沒有「畫面」〉
　　〈可以放大再放大〉

〈自序〉

〈為自己寫詩〉

〈認真生活〉

4 《一個詩人的秘密》　臺北市　民生報事業處　2005年8月

〈在回家的路上也能寫詩嗎？〉

〈走到哪，寫到哪〉

〈欣賞別人的詩，你也可以學寫詩〉

〈說詩・演詩・唱詩・玩詩——讓想像的美學飛揚起來〉

5 《寫詩，折磨自己——林煥彰的異類詩觀・詩論》　臺北市　秀

威資訊科技股份有限公司　2013年6月

〈六行小詩的抒情基調——變，永遠不變的道理就是「變」〉

〈六行小詩的基礎美學初步思考——從泰華六行（含以內）小詩

發想談起〉

〈做好一個心靈的收藏家——談「一首詩」的寫作〉

〈經驗、愛和真誠——我怎樣寫作〉

〈寫詩，折磨自己——一首壞詩也可以成為一首好詩〉

〈寫詩的方法與想法——我怎樣寫一首詩〉

（二）學位論文

王耀梓　《林煥彰童詩創作研究》　高雄師範大學國文教學碩士班碩
士論文　2011年

陳尚郁　《林煥彰兒童詩觀及其動物童詩語言風格研究》　臺北市立
大學中國語文學系語文教學碩士學位班碩士論文　2014年

蔡馨儀　《林煥彰現代詩研究》　高雄師範大學國文教學碩士班碩士
論文　2012年

（三）期刊論文

徐錦成　〈誠懇而善良：淺談林煥彰的兩本詩論──《善良的語言》
　　　　及《童詩二十五講──和小朋友談寫詩》〉　《兒童文學
　　　　家》第31期　2003年12月　頁14-16

記那段不存在臉書的友誼

高雄　黃漢龍

　　臉書到底是為何存在？在沒有臉書、沒有 LINE、沒有網路，甚至沒有電腦的年代，我們只能在「過去」最深沉的地方，挖掘植根的記憶，透過筆尖一點一滴流到紙面下的纖維；其實，纖維的孔洞，也有很多很多的無奈，終有一天它們也會隨著歲月變黃、碎裂、風化……，今（2019）年一月二十九日接到林煥彰透過臉書訊息傳來、從社巴回山區途中寫就的〈走過‧就別錯過〉這篇初稿，心中五味雜陳。

　　　　走過，就別錯過
　　　　我常常抬頭，
　　　　看看遠山，看看近水
　　　　看看
　　　　天空
　　　　看看
　　　　左
　　　　右

　　　　更重要的，看看自己

看看自己的
心
看看心中的萬物，看看心中的人
我沒有見過的；
包括久久
以前，包括我的祖先
歷代，包括我的祖父母
他們像不像我？應該說
我，像不像他們？

我回到現在，並沒有醒來
我從古代回來，
站在鏡子前面，看看
鏡中的臉
和在我心中出現的，他們
一張張的臉，一一比對
我仍然無法找出
他們和我有何關聯，
有什麼相像？

幾代人了，我們的血緣
我們的親情，
究竟如何，怎麼連結？

照不照鏡子？有什麼區別？
我曾經年少，也曾經少年

我曾經青年，中年，壯年

曾經都是曾經，不能再回頭

不能再曾經，都是當下

必須，面對

必須種種，我想過的

不用醒來，不再

醒來……

民國六、七十年代吧？詩人畫家朱沉冬先生主編《高青文粹》，同時也主編《中國晚報・副刊》和《臺灣新聞報・樂府藝苑版》，又利用寒暑假幫高雄市救國團辦理文藝營、繪畫寫生營，活動力特別強；林煥彰也是詩人、畫家，好像是朱沉冬邀他來講課，在一次晚餐會結識。那時還有白浪萍、沈臨彬、蕭颯、楚卿，管管也在高雄，熱鬧非常。記得那時他是《笠》詩社的同仁，已出版了《牧雲初集》、《斑鳩與陷阱》，之後又和一群年輕詩友創辦《龍族詩社》，接連出版《公路邊的樹》、《歷程》等詩集。

民國七十一年底，突接到他和詩人舒蘭、薛林創辦《布穀鳥兒童詩學》季刊的邀請函和一至十二期《布穀鳥》，才得知他詩創作領域延伸到兒童詩，他就像《布穀鳥》發刊辭中的那隻「布穀鳥是催耕之鳥，牠的鳴叫聲：『咕咕、咕咕』，好似在叮嚀農夫說：『布穀呀！布穀呀！』因此，我們每憶及這樣嘹亮動人聲音……」自然會想到這位辛勤的詩人，同時拿著畫筆，延著雲朵邊沿閃爍的陽光，描繪一陣陣「咕咕！咕咕！」的催耕之聲。

可是一別多年，大約民國八十八年三月，應蔡清波之邀，參加中華民國兒童文學學會舉辦的「文苑雅集・墾丁之旅」，我們南部地區文友和中、北部文友在臺南「典傳陶舍」會合，每人捏一尾魚，預備

作為八月初要在臺北舉辦的大型國際會議──第五屆亞洲兒童文學大
會，贈送外賓的禮物；之後，再前往七股潟湖觀賞黑面琵鷺，然後在
高雄澄清湖畔的圓山飯店座談。隔天直奔墾丁，前往關山觀賞夕照；
下車後，雖只短短二十分鐘路程的山徑，我們的話題卻蜿蜒漫長，正
如他曲折的創作歷程，從現代詩談到兒童詩，處處有美麗風景，時時
有新境，艱辛卻樂趣無窮；他熱衷拓墾詩路，猶如登山的衝勁和力
道，其中有著無限的熱誠和無私。原來，這次「文苑雅集・墾丁之
旅」就是他一手策劃主辦的。

　　時隔多年，在民國九十七年，那年參加《文訊》的文友重陽活
動，老遠就看到他熱絡地招手，腦中閃出「愛因斯坦」的影像──他
的頭髮已不像十年前烏黑茂密，白髮向兩側分散，目光依然閃著炯炯
熱度；這份熱度立刻延燒，邀了我幾篇自己正編輯出版的《詩寫易
經》詩集中四首詩作刊在他負責的《乾坤詩刊》第四十九期，同時邀
請余光中等十四位高雄市籍詩人，在第五十期以「高雄市詩人小集」
專輯刊出。

　　臺灣南北不到四百公里，雖有高速公路，近幾年又有高鐵，可是
依然感覺好遠，幸而《文訊》每年重陽節前後會舉辦一次「文藝雅
集」，讓我們這群不老不小的「老朋友」得以聚首。

　　而當臉書這個大神，透過搜尋引擎強大功能，將朋友、朋友朋
友、一層層的朋友，一串一串的朋友，只要雙方都在臉書「築巢」，
立即閃出一道友誼之橋，「一張張的臉，一一比對」；然後只要按「確
認」，雙方就是「臉友」，我們就在臉書上見面了，之後無論任何動
向，或隨時有新作，貼上，隨時有驚喜。有了臉書，距離和有無紙本
好像變得不很在意了。今年春天，收到他全彩精印的《詩，花或其
他》詩集，六十首關於花的六行小詩，在他的筆跡和手繪花草，閃爍
在臉書之外的明亮陽光下，吐露芬芳。而，螢幕……令人悵然的過

去，猶如他的近作：

照不照鏡子？有什麼區別？
我曾經年少，也曾經少年
我曾經青年，中年，壯年
曾經都是曾經，不能再回頭
不能再曾經，都是當下
必須，面對
必須種種，我想過的
不用醒來，不再
醒來……

在螢幕之外。

「撿到」的大哥林煥彰

馬來西亞　朵拉

終於有機會可以寫一寫大哥林煥彰。

我是家中長女,一直幻想有個大哥,有什麼事,可以找大哥訴苦,找大哥撒嬌,找大哥幫忙。突然林大哥就出現了。誰說天上不會掉餡餅?

我一直叫他林大哥。

哥這事要從頭說起。我家有兩個女兒,老大菲爾當律師,同時是中文系博士研究生,老二魚簡是現代表演藝術製作人,兩個檳城土生土長第四代華裔都愛華文文學和藝術創作,都以中文寫作,也都出過中文書。初見煥彰大哥,兩個女孩高度和家裡的桌子差不多,那時我尚住檳城。林大哥是路過,他主要去拜會馬來西亞作家協會主席方北方先生。詩人游川開車從吉隆坡載他北上,和何乃健一起抵達我們家。大山腳和檳城的作家們聽說林煥彰來了,大家紛紛都到我家來相聚。一個非常愉快的晚上,聊得興起,見客廳桌上有水彩顏料和水彩紙,他就開始畫起圖畫,見者有份,包括兩個女兒也各得一幅畫。後來他聽說我姓林,叫兩個女兒喚他舅舅。

畫面這時變成:舅舅坐在地上,和兩個剛認的外甥女玩孩子遊戲,叫「七粒石頭」。

全部人見識了一個充滿童心的天真爛漫詩人畫家。

　　他說我是他「撿到」的妹妹。這在閩南話有幸運的意思。至今我出版了52部書，辦了十多次個人畫展。有人說我才華橫溢，幸好自知之明是我的優點。雖然說文學藝術是條寂寞道路，但在這人煙稀少的路上，幸運的我獲得許多朋友的扶持，其中一個就是大哥林煥彰。

　　當年紐約世界日報的副刊主編是田新彬，我在新彬姐手上發表不少文章。後來林大哥接手，我的散文和小說一樣時常見報，比較長的小說更以連載的形式長期刊登，我還在紐約世界日報副刊開了散文隨筆專欄。林大哥說過，妹妹朵拉人在海外，但對華文文學的努力、堅持和認真是他佩服的。後來泰國、印尼的世界日報副刊由他負責，我照樣久不久便收到林大哥一個字一個字用筆書寫的約稿信。

　　非常幸運的我，九十年代已經在臺灣出版散文和小說，為我寫序的作家有廖輝英、林清玄、劉靜娟等名家，其中我的極短篇《桃花》是林大哥作序。他在〈朵拉與《桃花》的魅力〉提到我運用極短篇的形式發掘人性的真相，並讚賞我入微的觀察和微妙的批判讓讀者獲得閱讀的喜悅。在海外用華文寫作，長期處於一種備受冷落慢待的淒涼情況，這對我真是溫暖的鼓勵呀。

　　然後我看到他在二〇〇三年，一首引起亞洲童詩界劇烈反響的童詩〈空〉，「鳥，飛過──／天空／／還在。」大大驚豔。細細思考，慢慢咀嚼，韻味無窮到開始反思，鳥飛過，天空還在，那麼飛過的鳥還在嗎？林大哥有一次在一個講座上回答，「在！在宇宙裡，無論生與死，都在；還在我們的影像裡，永遠，永遠！」這說的是鳥？是人？這首七個字的童詩，換回來二萬字的詩評。我不在這裡贅述。

　　我要說的是林大哥待人以誠的態度，他發表我的文章，為我保留樣報樣刊，為我收稿費，見面的時候遞過來，從來沒有一聲怨言。他為報社節省郵費，為作者節省銀行兌換不同國家貨幣的匯率費。自己付出寶貴的時間和精神去收集去計算。

那是因為對他來說，「友情的價值是無法計算的」。

我到臺灣開會，會議結束已黃昏，他百忙中開車到酒店載我，車子從臺北穿過一路閃爍的燈光在小雨中朝九份半半樓開去，車子劃水器在車玻璃鏡上忙碌地左右左右掃開不斷落下來的雨水，我擔心夜間行車，他說這時段正好，雨中夜景才是九份最迷人的風景。走進半半樓，主廳裡大片玻璃窗外，山下銀河般璀璨的點點亮光已經在等待我們。他泡茶，我們聊天，他邀我下次再來要住下。那個時候九份尚不是火紅的景區，冷風中的遊人不多，山路上上下下，臺階不少，林大哥帶著我緩步慢行，似乎每一間小店的人都認識他，招呼不停，他選了一家芋圓店，帶我進去吃了一碗熱熱的甜湯，我第一次吃到名稱芋圓的小食，不知道是不是氣候較冷，非常好吃。經過一間紀念品店，他進去選購兩塊「試金石」墜子，「幫我帶回去給我的兩個外甥女呀！」他說。

是，他對妹妹朵拉的好，愛屋及烏，連我兩個女兒到臺灣，他照樣花時費神帶她們去玩。我家老二，現代表演藝術製作人陳魚簡，有一回到臺灣開會和表演，他高興地邀請她：「今天晚上和林良先生晚餐，你一起來。」魚簡回來告訴我，林良先生這名字很熟悉呀。我回答她，「你真大牌，居然有機會和林良先生晚餐。他就是《小太陽》的作者子敏先生呀！」她開心地笑，「有個大咖舅舅真好，我這才有機會見大咖作家呀！」

一開始，他最為人讚頌的是他的詩，創作於七○年代初的〈影子〉，是因為帶兒子上學，兒子想讓他抱，他想讓兒子走路，看到陽光下的影子，他即興創作，讓兒子邊走邊念，說說玩玩一路回家。大家都說詩在生活裡，林大哥讓人生活在詩裡。二○○一年收入大陸教版小學一年級語文課本。從此每個小孩都在念「影子在前，影子在後，影子常常跟著我，就像一條小黑狗。影子在左，影子在右，影子

常常陪著我，它是我的好朋友。」我很喜歡的一首〈童話（二）〉「爸爸，天黑黑／要下雨了，／雨的腳很長，／它會踩到我們的，／我們趕快跑！」這首用天真無邪的孩子口吻來表現的詩，裡頭的想像力是只有孩子才有的，「雨的腳很長，會踩到我們的，我們趕快跑！」充滿美好的童趣，讓我每次遇到下雨在趕緊跑步的時候，便會想起林大哥的童心。

　　後來大家開始注意到林大哥的畫。我家裡收藏多幅林大哥贈送的圖畫，唯有一幅購買的是一九九四年亞洲華文作家協會在吉隆坡「兒童文學開研討會」時主辦「林煥彰畫展」，我選購個人覺得全場最能感動我的一幅畫。兩邊是綠色的山，山谷中間的天空，有一隻飛鳥。這隻鳥兒是一般兒童畫的一個英文大 M 字，但那飛翔的動態，充滿靈動和活力。沉實的兩座山，飛過一隻鳥。在林大哥的〈空〉還沒寫出來的時候，這幅畫，畫的正是〈空〉：「鳥，飛過——／天空／／還在。」

　　至二〇一九年，作為檳州華人大會堂文學主任的我在檳城籌辦了好多場國際文學交流研討活動，每一年至少辦一到兩個，但我毫無經驗，遇到各種阻礙，卻滿是愉快地辦第一個海外作家的華文文學講座，是特別為林大哥而辦的。如果沒有記錯，是二〇〇七年七月中旬。那個時候我從家鄉檳城搬遷到霹靂州，住在實兆遠，在那兒我是異鄉人，我以在一個陌生地的有限資源，於太平和實兆遠兩個地方，辦了霹靂州兩場「林煥彰童詩講座」。這是我用行動來向尊崇的林大哥致敬。之前我看過他送我的一片光碟，才更瞭解他的艱苦奮鬥。童年到青年時期走過的崎嶇艱辛道路，化成他文學藝術的創作泉源，面對無數的挫折和失敗，他總是以微笑和勇氣面對。從來沒有跟我們說過一聲他的苦。相聚時刻，他謙和的笑容裡充滿陽光和希望，聽他說話，光明美好的明天永遠在望。

也是二○○七年，為了林大哥到馬來西亞，我寫了一篇文章〈用詩彌補錯過的春天──林煥彰的詩畫〉：

〈夢和誰玩〉

1

太陽和誰玩？　太陽和雲玩。

雲和誰玩？　雲和風玩；

風和誰玩？　風和雨玩；

雨和誰玩？　雨和樹玩；

樹和誰玩？　樹和鳥玩；

鳥和誰玩？　鳥和蝴蝶玩；

蝴蝶和誰玩？　蝴蝶和花玩；

花和誰玩？　花和蜜蜂玩；

蜜蜂和誰玩？　蜜蜂和自己玩；

自己和誰玩？　自己和自己玩。

2

天空和誰玩？　天空和夜晚玩；

夜晚和誰玩？　夜晚和月亮玩；

月亮和誰玩？　月亮和星星玩；

星星和誰玩？　星星和眼睛玩；

眼睛和誰玩？　眼睛和瞌睡蟲玩；

瞌睡蟲和誰玩？　瞌睡蟲和睡眠玩；

睡眠和誰玩？　睡眠和夢玩；

夢和誰玩？　夢和頑皮的我玩；

頑皮的我和誰玩？　頑皮的我和我自己玩；

我自己和誰玩？　我自己和我自己玩……

這是一首很好玩的詩。題目已經非常有趣，看到〈夢和誰玩〉，馬上對內容充滿好奇地想要繼續追蹤閱讀。

為兒童寫詩超過四十年的林煥彰，平日除了詩和畫的創作之外，他也寫詩的賞析。讓孩子和大人對詩這一個文體，尤其對童詩，更加瞭解，更加喜歡。

〈夢和誰玩〉的賞析是這樣寫的：這首二合一的組詩，分別以十個排比句串連成環環相扣的意念組合。雖然每兩句之間的銜接稱不上『頂真』修辭，卻具有頂真修辭的效果，再加上句子裡的主詞和賓詞關係密切，而且上一句的賓詞在下一句立刻變成主詞，形成類似句子接龍的遊戲，以致朗誦起來，頗有童謠的趣味，可稱得上是一首很好玩又很有趣的詩。」

然而，林煥彰同時提醒大家，「一首純粹以好玩或趣味為目的的詩稱不上是好詩，一定要讓讀者玩出趣味的同時，又能增長智慧才算是精彩的傑作。」

〈夢和誰玩〉既有趣又有智慧。首段寫白天，另一段則以黑夜為背景。從清早的太陽開始，再「用連環扣的方式，將白天看到的自然景物和生物，按照雲、風、樹、鳥、蝴蝶、花和蜜蜂的順序串連起來，形成由遠而近，從大到小的排列組合（層遞修辭），接下來是夜晚各種現象與活動的串連，從天空、夜晚、月亮、星星、眼睛、睡眠、夢、調皮的我到我自己，也是彼此環環相扣，關係緊密。」

如果仔細觀察作者組合語詞的方式，會發現整首詩其實是一種開發聯想力的遊戲。從太陽開始玩起，一個接一個聯想下去，到「我自己和我自己玩」時，看起來是結束了，但是，最後的刪節號留下了一個令人充滿遐想的結局，那就是，玩的遊戲尚在繼續呢？

林煥彰時常愛說的是，他用遊戲的，好玩的心態來寫詩。因為「把詩當成遊戲，就有了一輩子可以把玩的東西。」聽到玩和遊戲，

大家頓時覺得這樣的態度不夠認真，不夠嚴肅。但是，有一回在為一所國小的老師們談詩時，他朗讀了他自己的詩〈想念的距離〉以後，年輕的教務主任紅著眼眶，哽咽地對詩人說，這首詩觸動了她內心深處的痛，使她抑制不住悲傷的情緒，當場淚流不止。詩人聽了，和她一起掉下眼淚。

詩人所謂的好玩、遊戲，是寫詩不要抱有其它目的。他寫兒童詩的理由是：「我覺得很愉快，自動自發想要寫。因為我愛兒童，我關心兒童。」

從一九六七年開始出版第一本詩集，到今天已經寫和編了八十三種現代詩、童詩、童話、故事、兒童散文、少年詩、散文、小說、史料、評論、畫冊、兒童文學論述等，獲得的兒童文學獎項將近二十個，詩作被翻譯成英、日、韓、德、法、義大利、泰國等多國文字，超過二十首詩被收進兩岸四地包括新加坡的華文課本。

有一本詩集叫《孤獨的時刻》，被翻譯成英、泰、韓、德、馬來、印尼和俄文，另一本叫《分享‧孤獨》。詩人說，寫詩，必需承受孤獨；詩寫好了，必需跟人家分享。所以說，詩人，孤獨是必要，詩，分享也是必要的。這一回詩人受邀到大馬講兒童詩，為的就是分享。

我最喜歡詩人說的一句話「如果你已經錯過了春天，請牢牢記住，用詩彌補。」你願意讓生命充滿春天的氣息嗎？那就請你來聽詩，學詩，寫詩吧。

二〇一五年中國江蘇鳳凰文藝出版社為我出版散文集，書名叫《彌補春天》，所以我不能說林大哥寫詩，我寫散文，他沒有影響我。我一直沒有寫詩，但我的願望是當一個詩人，至今沒有人知道。行走江湖時，人們介紹我是作家、畫家，也寫散文小說劇本藝術評論等等，但我其實最想當詩人。林大哥推崇小詩，在東南亞國家作領頭

羊，出版了好多不同國家的小詩合集。馬來西亞的小詩合集裡有我的三十首詩。

我格外感謝他成就了我的願望。

這事他為我在《香港文學》的「海外華文作家專輯——朵拉」，寫了一篇〈我的妹妹朵拉〉特別提起，鼓勵我繼續努力，我認真考慮，太認真了，一直在寫，但從沒寄出投稿。他也在文章裡把我們相識的美好緣份梳理了一遍，這回終於輪到我有機會把我對大哥林煥彰的敬佩說出來，我要告訴他，他才是我「撿到」的大哥。

談煥彰兄的兒歌

龍潭　馮輝岳

　　煥彰兄在成人詩和兒童詩的成就，早為大家所公認。

　　倒是他的兒歌作品，似乎少人討論。我想，一方面是相較之下他的兒歌作品不多；另一方面則是這些兒歌大都收錄在他的童詩集裡，讀者翻閱的時候，多半把它們當作童詩欣賞。

　　以〈大白鵝〉和〈小白鵝〉兩首為例，我覺得煥彰兄的兒歌，有三個特色：

〈大白鵝〉

大白鵝，愛自誇，
每次說話都是：
我我我，
頂瓜瓜！

大白鵝，脖子長，
牠說
天下個子我最高，
天塌下來，
我來擋。

小白鵝

一隻小白鵝，
在池塘洗澡，
我要摸摸牠，
牠很驕傲，
不停的對我說：
白白！白白！

特色之一是：善用擬聲修辭法。將想像力發揮到極致，使得鵝的叫聲，有了情意和趣味。

特色之二是：句子不很整齊。兩首兒歌的句子，看似整齊，但不求很整齊；看似自由，但不是很自由。

特色之三是：押韻自然。兩首兒歌的押韻，不求每句押韻，或隔句押韻，但都押得很自然。

寫詩、坐轎，都不安份

臺北　方素珍

　　一九七五年上大學的時候，我獲得洪建全兒童文學獎的童詩佳作，算是兒童文學圈的新鮮人，後來就因緣際會地認識了林煥彰先生，在他的號召下，一干文友一起為兒童文學做了一些美麗的事情，比如出版《布穀鳥》兒童詩學季刊、成立中華民國兒童文學學會、海峽兩岸兒童文學研究會，及發行《兒童文學家》雜誌等等。一九八九年八月林煥彰先生帶領臺灣文友，一行七人到大陸去，開創兒童文學家的破冰之旅，當年我也是團員之一。

　　平常我敬稱林煥彰先生為「林大哥」。一九八五年我結婚的時候，林大哥是我們的證婚人，當時他四十六歲，頭髮、鬍子都是「烏溜溜」的，多年來，已經從「烏溜溜」變成了「白花花」，也從中年大叔變成滿頭銀髮的爺爺了，林大哥的外貌已然改變，但是在創作上有沒有改變呢？他是越寫越多，越畫越好，每日寫一兩首小詩，每年畫幾百張生肖圖，還要經常到各種不同的場合講座……這麼強大的能量，是許多年輕文友都望塵莫及的。

　　林大哥是非常用功的詩人，不斷在試驗、在生活中尋找不同的題材；有一次，他開會遲到了，文友們有點不耐煩，他一出現，除了笑咪咪地道歉，立刻獻上一首他在半路上看到行道樹而創作的詩，他一朗讀完，大家當場就退火啦！

〈行道樹〉：「你走／我不走／／日月看我／我看日月／／你走
／我不必走」

我曾經指導小朋友仿作他的這首詩，小朋友寫的是〈碗盤與作業〉

你洗／我不洗／／碗盤看你／你看碗盤／／你洗／我不必洗
你寫／我不寫／／作業看你／你看作業／／你寫／我不必寫

小朋友的仿作，充滿了童趣，而我每次讀〈行道樹〉這首詩，就覺得
自己很像行道樹，靜靜地看著日月陽光，享受著陽光日月，即使其他
的行人匆匆而過，我仍悠然地站在原地，不想著急地跟著大家往前
走。林大哥的詩，不是酒，但有迷人的酒香；他的詩能帶給不同年齡
段的讀者不同的感受；他的詩，用字淺白，一字一句順手拈來，卻彷
彿經過好酒日夜浸潤，發酵而散出無比的香氣；他的詩，有不同層次
的意義，小朋友看得懂，歷經滄桑的人，也可以讀到智慧的一面。

　　除了寫詩，林大哥最熱衷的應該是畫畫。他曾在猴年發願要畫一
千隻猴子，後來又陸續畫雞、狗、豬……每年的生肖都成了他筆下的
主角，生肖的表情、動作，都活靈活現的，簡直可以搶下畫家的飯碗
了，對他而言，這些畫作是他和文友交流的最佳贈禮，林大哥非常大
方，兒童文學研究會如果辦活動，沒有太多的經費可支付講師，他一
定會送上一幅親手繪製、裱框完美的圖畫，我笑說大家要好好珍惜
呀，這些畫目前「無標價」，有朝一日肯定是「無價」之寶唷！

　　對於創作，林大哥是個「不安份」的人，寫詩、畫畫總是不斷挑
戰題材、技巧和形式；我曾比喻他是一個坐在轎子上的大老級人物，
而我和其他文友則是抬轎的人，但是坐在轎子上的他，一樣不安份，
沒辦法專心享受「被抬」的滋味，一會兒貼心地問轎夫餓不餓？一會

兒又關心地問轎夫累不累？好像恨不得跳下來和大家一起抬轎。

　　文友們聚餐的時候，林大哥一定先招呼大家都入了座，才會坐下來慢條斯理地吃，而且吃得特別慢，如果面前是一條煎好的魚，他會慢慢地剔肉，慢慢地咀嚼，最後留在盤中間的是一副完完整整、漂漂亮亮的魚骨頭。

　　林大哥每天寫作不懈，隨時把想到的、看到的，直接寫在機上。他經常掛在嘴上的幾句話是「謝謝、吉祥、祝福、感恩」，每天早上，他都會在 Line 的群組上向大家說早安，祝福，然後再配上一首詩，這已經成為他最「浪漫」的「習慣」了。

　　如果仔細觀察林大哥與人交談時的「眼神」，就知道這麼多年過去，即使他的外貌會改變，作品會增加，不變的是謙遜的態度，還有那雙炯炯有神、詩意盎然的眼睛！

　　祝福林大哥八十大壽快樂，健健康康，繼續再寫四十年！

「煥」詩畫以澄真自我・「彰」童心以遊戲文字

——記林煥彰老師之詩／畫／展覽二三事

屏東　陳靜容

　　妹妹的紅雨鞋，

　　是新買的。

　　下雨天，

　　她最喜歡穿著紅雨鞋

　　到屋外去遊戲。

　　我喜歡躲在屋子裡，

　　隔著玻璃窗看著它們

　　游來游去，

　　像魚缸裡的一對

　　紅金魚。

　　——〈妹妹的紅雨鞋〉

〈妹妹的紅雨鞋〉，是啟蒙我讀詩的第一首童詩作品。猶記得小學時，我在學校的小小圖書室裡尋得這本書，一讀再讀，喜歡極了，到處朗讀給同學聽。當時不識作者是誰，也不懂現代詩、古典詩的區

別，天真以為作者就像寫「床前明月光」的李白，抑或者是寫「春眠不覺曉」的孟浩然，都是好久好久以前的古人。後來才知道，作者林煥彰以《童年的夢》、《妹妹的紅雨鞋》於一九七八年獲得兒童文學類的中山文藝獎，早已奠定了他在臺灣兒童詩壇的地位。

　　比起妹妹的紅色雨鞋，我更喜歡被詩人想像出來的「魚缸裡的一對紅金魚」。活靈活現的紅色金魚，從那時起就游進我童年的心思裡，成為我生命裡最柔軟感性的一部份。我小心翼翼守護著魚缸裡的這一對紅金魚，一如守護我熱愛讀詩的初心。一路走來，紅金魚還在詩壇歡快遊舞；因緣際會下，我也有幸和林煥彰老師在幾次活動中合作互動，更深刻地認識了這位在我幼年讀詩年歲中重要的啟蒙詩人。

　　第一次見到煥彰老師，是我仍在明道大學服務的期間。二〇一五年七月起跑的文藝營課程，煥彰老師以「撕貼畫・拼貼詩——你也可以這樣玩」為題，告訴我們：「玩，是詩人的第二生命。」從造字本義來看，「玩」字從「元」，來自於「頑」字的省略，表示兒童天真、充滿好奇心和遊戲感。當時，我以為老師純粹「愛玩」或是為寫童詩之需要，所以把「玩」標舉為詩人的「第二生命」，也因此創作了很多的拼貼詩、畫作品。後來讀了老師以類似電影鏡頭特寫放大的「蒙太奇」手法所完成之拼貼詩作品——〈我，胡思亂想〉，才明白詩人遊戲文字、拼貼詩作，其實是在字裡行間蘊蓄了溫和的反戰主張和悲天憫人的溫柔。〈我，胡思亂想〉：

　　　　我，冷眼旁觀：

　　　　一對青年男女，當街擁抱
　　　　——是一行詩。

一個少婦牽著一個學童，在紅磚道上漫步
——是一行詩。

一個衣衫襤褸的街民，在垃圾桶裡翻找食物
——是一行詩。

一個老人抱著膝蓋，蹲在地下道陰暗處打盹
——是一行詩。

一個妙齡女郎露著肚臍眼，站在十字路口等綠燈
——是一行詩。

一個喝得爛醉的男人，躺在陸橋底下
——是一行詩。

一個攤販拿著紙筒喇叭，攔截路人叫賣女性內衣
——是一行詩。

美國飛彈轟炸巴格達市區，在電視螢幕裡瘋狂燃燒
——是一行詩。

我，胡思亂想，眼淚淅瀝嘩啦——
是一行詩。

在〈我，胡思亂想〉之後，我跟著胡思亂想了許久。一直以來，總覺得世間有一種蒼涼和酸澀是無法被文字表述的；但煥彰老師用他

的「冷眼旁觀」記錄了實像、又虛化了實像，不以灼灼的憤世目光，
而以「胡思亂想」、以「玩」的心眼記錄詩人胸臆中對世道的關懷，
雖似是微不足道的螢火微光，卻又獻出淅瀝嘩啦的眼淚把現實畫面澆
灌成詩、描繪成畫。這才知道，詩人的眼睛有魔力、會思考，那是可
以觀看、可以遊戲、可以文字，又會作畫的，一雙善感卻不凝滯愁緒
的眼睛，靜靜包容這有情有哀的世界。

　　第二次和煥彰老師見面，是老師應詩人蕭蕭之邀，於丙申猴年
（2016）三月四日領著千猴到明道大學展出。這場「諸侯祝福‧千猴
報到」的活動，煥彰老師帶來了他所繪的千猴圖捲軸，畫中每一隻猴
子的表情、動作都不一樣，真的是「看千猴而知千變」，箇中變化讓
人嘆為觀止；而唯一不變的是，這些猴子雖有不同姿態，但每一隻都
在笑、每一隻都在玩。煥彰老師的猴子說：「我們都在玩，但我們也
有自己的想法。」猴子想什麼呢？我不知道，其實也不需要知道，因
為我可能就是那一千隻猴子之一，和大家一起玩著、想著；也可能是
那一千隻以外的一隻猴子，在群體之外，享受孤獨，自己玩、自己
想。總之，煥彰老師說：「開心就好。」是啊！生活即是詩；而「詩
人」，便是生活中時時有「詩」之「人」，自然能無入而不自得。

　　二〇一七年，我雖沒有機會跟上「先雞‧漫啼‧大吉」的腳步，
但是煥彰老師的雞生肖個展並沒有缺席，依約在新民小學、仁愛國小
和胡思、雅博客二手書店熱鬧展開。隨著《先雞‧漫啼‧大吉》生肖
詩畫集之出版，煥彰老師也被譽為是「不願被歲月扯住步伐的詩人」。
清代詩人王九齡曾感嘆：「世間何物催人老？半是雞聲半馬蹄。」在
雞年仍舊馬不停蹄的煥彰老師，把滴滴答答的時間都收進那口釀詩的
甕裡，所以，頑童不老，童心凍齡。

　　二〇一八年，我轉任教於臺北大學。蕭蕭詩人一直惦記著我愛
狗，所以大力促成煥彰老師的狗生肖詩、畫作，熱熱鬧鬧來到臺北大

學人文學院的亞太藝文走廊展出。從三月一日至四月三十日止為期兩個月的「犬聲旺旺・狗吠吉祥」展覽，創下藝文走廊觀展人數的輝煌紀錄。這次的微型展覽，煥彰老師共提供三十幅的生肖犬畫作；另有一些小小的塗鴉之作，被策展的中文系拼貼做成了主題海報。因這次展覽是在公開的藝文走廊展出，為保護原畫作，我們將畫作掃描輸出，展出時以海報取代原畫。中文系的助理幾次告訴我，有非常多的觀展學生向他們詢問展覽結束後海報可否開放索取？還有學生希望有機會購買這批詩畫作的文創周邊商品，請我們代為向詩人轉達。這些收藏的渴望、對於畫作的驚讚，躍動在寂靜的廊間、閃爍在學生的眼底，讓我不禁反覆思索：這些狗生肖畫作，對於愛狗的我來說，本來就極具有吸引力；但這些畫作又是以什麼樣的魅力，攫住這些年輕生命的眼睛？這三十幅畫作，多數並非是擬真之作，所以有藍的、綠的、紅的、橘的、五顏六色的，各式各樣、大大小小、甚至是奇形怪樣的狗。牠們究竟是狗；抑或者根本不是狗？學生說：「牠們是讀過道家思想的狗。」我會心一笑，也終於明白煥彰老師在詩中所說：「以詩以畫，就那麼少少／幾筆幾畫，寫我長長的一生。」一生啊，就是匆匆幾筆幾畫的撇捺。過程中的各種苦難與遭遇，會消磨我們的心和意志；但也會淬礪出生命境界的真淳。煥彰老師將人生的體會與發現，用那麼少少的幾筆幾畫，註記在狗生肖畫作裡，也以詩作〈狗和我對話〉表白心跡：

存在，我有權利。
狗說。

存在，是卑微的。
我說，我不只對狗說，

我也對我自己說。

存在，是不存在的。

生命的真理是隱蔽的，但又同時向我們開顯。煥彰老師說：「存在，是卑微的。」「卑微」又是什麼樣的意義？

> 卑微的本是一種坐姿
> 安靜的儀式；我心中有一尊
> 神，祂存在於
> 不存在的時間和空間
>
> 我，存在於存在的不存在之外
> 我仍不存在
> ──〈卑微的坐姿〉

狗所爭取的，是活下去的「存在」的權利；可是詩人以一種卑微的坐姿、巨大的安靜，打破了「存在」與「不存在」的界線，以自己的存在「存在」在不存在和存在之外。在這樣的想像中，人可以百變、千變地活著，活出自己的姿態和自由。既然如此，狗為什麼又只能有一種表情、一種樣子呢？煥彰老師有一首詩作題為：〈有花，不因為季節〉。花是花，不因為季節才成花；煥彰老師畫中的狗，也不再困守在「存在」的追求裡了。當物物得以各在其自己，就如同《莊子》裡所說的：「物各自然，不知所以然而然。」這也就是天地間的大美了。

闊別丙申猴年三年後的二〇一九，同樣是美好的三月四日，我在

臺北大學圖書館的展覽廳迎來了煥彰老師更盛大的公開展覽。以「我的六十和八十——林煥彰創作個展」為主題,接續「犬聲旺旺・狗吠吉祥」微型展出的意猶未盡,此次展出包括:貓、羊、馬、猴、雞、狗、豬、人物等各類原畫作,還有煥彰老師在海峽兩岸的近百種出版品;創作媒材涵蓋:水墨、撕貼、版畫、壓克力畫、水彩、油畫、麥克筆畫等。各種畫作或擬人、或寫實、或抽象,不僅畫中有詩、畫中還有畫,饒富趣味。

　　這一場展覽,來得不易。從犬生肖畫作在亞太藝文走廊展出起始,中文系朱孟庭主任就不斷和圖書館來回討論,希望可以有一個專業的展覽空間展出原畫,以彌補在藝文走廊只能展出海報的缺憾,也期盼讓更多的師生可以在更好的藝術氛圍中賞畫讀詩。因此,煥彰老師好幾次親自到臺北大學圖書館確認展覽空間,也邀請了來自金門的攝影家暨展場設計者洪世國老師擔任策展人。從場地安排、展覽時間的敲定,到展出性質與空間的規劃,這場展覽的策劃期足足有一年半的時間。實際布展前,煥彰老師和洪老師兩人還多次進行模擬布展,所有事情親力親為,從攤開的書頁要停在哪一頁、書本擺放角度與高度的試驗,到畫作的大小安排、排列順序、懸掛時高低左右之講究,以及燈光的投射和空間的氛圍營造等,各種細節無一遺漏。當我結束課程匆忙奔赴布展場地時,兩位老師正專注於展覽細節的討論。煥彰老師一見我,就要我趕快回去休息,說我上課已經疲累,不應再為他的事而傷神。我正因沒能幫上什麼忙而愧疚不已,老師又託助理帶給我一盒靈芝咖啡,叮嚀我要多休息、要健康。那時的煥彰老師,撇下了頑童的玩心,變成一個最最慈祥的長者,讓我想起了老師曾寫給屬兔的自己一首小詩:

　　不能沒有心,愛要有

心；不論放在左邊右邊，

時刻都要帶著走。
　　──〈兔子的想法〉

沒有「心」，無以成就「愛」。煥彰老師提醒自己時刻都要把心帶著
走，也毫不吝惜把愛分享給周遭的人們和動物，不僅讓我倍感溫暖，
也更能感受老師的親和。因為「有愛」，所以煥彰老師人緣極好。開
展當天，除了臺北大學李承嘉校長堅持親自蒞場揭開序幕，展覽廳同
時湧進了許多專程來觀展的詩人、藝術家和詩迷、學生。負責協助這
次展出活動的圖書館行政同仁告訴我們，在沒有任何動員的情況下，
這一場展覽的出席人數已是圖書館歷年來所有展覽的前三名，亦可見
煥彰老師其人其作之高人氣。

　　開幕式後，煥彰老師在現場為大家導覽他的作品，耐心回答各種
好奇的提問。老師臉上始終帶著微笑，用謙卑再謙卑的身段回應來自
四方的讚譽和祝福。那一日，我只看見一位熱愛藝術、以詩為信仰的
筆耕墨耘者，來回穿梭在他最愛的詩和畫作間；而不知赫赫有名、著
作等身的詩人、畫家──「林煥彰」，是何許人也。

　　因為這場展覽，讓我有機會更深入認識煥彰老師。這是小學時讀
〈妹妹的紅雨鞋〉的我；甚或是大學時愛讀詩、寫詩的我，想都沒想
過的情節。我不會忘記，展覽當天，我因故沒趕上老師的現場導覽，
正在扼腕之際，老師傳訊告訴我，隔天他還會到會場為我導覽一場，
叫我不要失望；我喜歡讀老師的動物詩，想要撰寫相關的研究論文，
只是傳訊跟老師確認作品的出版情況，老師便為我整理了許多資料，
甚至將他收集的珍貴手稿和重要剪報資料都交給我。我更不會忘記，
煥彰老師在臺北大學的展覽開幕之後，特意傳了溫暖訊息來向身為晚

輩的我致謝，毫無架子作勢。此後的許多日子，我更時常收到老師在巴士、捷運上，甚至是臺北、宜蘭去來的空間流動中所完成的最最新鮮的詩作，享受第一手即時閱讀的樂趣。

行文至此，心中彷彿有個久遠久遠的聲音在召喚——那是我琅琅讀著〈妹妹的紅雨鞋〉時，清朗天真的童年。而今，煥彰老師繼續以其詩、畫和恆久良善的心，引領我走在文學溫柔的路上。這一路，雖是寂寞無人見，但有詩人與其詩、畫之陪伴，文學行旅的歷程自然不乏明月如霜、好風如水，舉目盡是清景無限。

純淨的自然主義詩人　林煥彰書寫兩大自然

彰化　朱介英

牙膏主義

　　林煥彰在臺灣現代詩壇，可以躋身於第一代開創時期的前輩詩人與第二代詩人之間，他最顯著的貢獻，就是現代兒童詩創作的推手；戰後一提及現代兒童文學的歷史，不得不提到國語日報、林良，而林煥彰的參與現代兒童文學，在一九八○年代獨樹一幟地在兒童文學界以及現代詩壇屹立，可說林煥彰一手籌備、撐起，成立了中華民國兒童文學學會，他是臺灣兒童文學的旗手。

　　林煥彰生長在宜蘭礁溪，道地的農村小孩；祖先來臺已屆兩百五十年。小時候，父親喜歡經商，與人合夥做生意，販售民生用品為業，賣米、油、鹽，也賣過豬肉，觸犯日據時代的法條被捕坐牢，母親帶著大姊和襁褓中的他，離家出走；而二姊則送人當養女。光復後，父親還開過碾米廠、養鴨等，很少回家。據說三歲時，母親帶走他之後，一直生病，因服藥無效，求神問卜，說是已故祖母要他回家傳接香火，母親不得不送回林家，由大媽撫養，大媽答應生母會把他當自己所出的兒子看顧；於是從小林煥彰便與兩個堂哥（伯父的兒

子）一起在大媽的悉心照顧下成長，直至十五歲出外工作。

　　記憶中，父親愛喝酒，每次去親友家吃拜拜，都會帶著他出門；當時鄉下交通不便，一大一小安步當車，他就有機會成為小跟班，吃遍臨近鄉鎮親友，也因此常見酩酊大醉的父親醜態。這類記憶，童年的生活景象，一幕幕就常在他腦海中縈繞；這些低迴不去的大自然氣息，似乎必然的就成為他寫詩的靈魂。林煥彰寫的詩，自始至終保持著清新、樸拙之氣；若把詩句比喻為原子核，那麼環繞著核子外圍的電子與質子，便是田野中活躍不已的鄉野之趣；大自然賦予了詩人堅固不移的內容涵攝，現代主義、象徵主義、超現實主義、表現主義等等西方傳進來的風格，似乎一點也沒有影響他，林煥彰的詩風被戰後現代詩壇戲歸類為「牙膏主義」（Toothpasteism），他一點都不以為忤，甚至於以此作為他寫詩的努力方向，長此以往，他的自然主義風格便成為現代詩壇一幟大纛，仍然有許多詩人以他的作品風格為師習對象。

自然主義其來有自

　　其實文化的培育根苗原本就出於自然，甚至於生命的基礎有來自自然所賦予的力量，自古以來，許多表現文化的各種載體包括語言、習俗、民風、生活方式、宗教信仰、偶像崇拜、飲食、衣著、居住等庶民元素，以及經過精緻化、專業化昇華後形成的藝術、雕塑、舞蹈、祭祀、音樂、文學、歷史典籍、哲學思想等，都來自宇宙洪荒、風火雷電等源頭。說穿了，自從人類的頭腦發揮出靈運巧思，創造了精緻的人文思想以及運用技術，一方面企圖征服自然秩序，一方面也造成人類互相之間的階級對峙，包含政治、經濟、軍事等硬層次對峙，以及文學、詩詞歌賦、民生問題的軟層次對峙，人文軟對峙便在

社會階級的劃分中展開。自古以來人文軟對峙始終在脫離自然與依恃自然兩派意識形態中並立，說得更具體一點，作為文學、藝術的語言使用習慣，詩歌的進展，自古以來都在精緻與俗世風格之間互相消長，俗世風格通常以自然主義為依歸，而精緻風格則在精英鬥爭歷史中破裂成碎片，被典藏在高閣裡，而俗世風格則一脈相傳在庶民口耳裡流竄，歷經時間的淘洗，永保長青。

　　林煥彰的詩作保留住一股真實而不矯揉造作的自然主義風采；在精英美術史裡，正式被史家標定為「自然主義」（Naturalism）畫派諸畫家們，以歐洲十九世紀幾位為代表，包括古斯塔夫‧庫爾貝（Gustave Courbet）、賀諾爾‧杜米埃（Honore Daumier）、尚‧法蘭西斯‧米勒（Jean Francois Millet）、卡爾‧拉森（Carl Larsson）以及美國畫家威廉‧布里斯‧貝克（William Bliss Baker）等。自然主義藝術理念之所以在藝術史中誕生其來有自，西歐美術潮流歷經基督教蛋彩畫、壁畫的傳統，文藝復興時代轉向人文視覺，遂有矯飾主義、古典主義、浪漫主義、巴洛克、洛可可畫風誕生，在浪漫主義時代末期，藝術表現呈現出過分主觀、浮誇，令人厭惡後，一股反作用力在文學、藝術界風格上產生。當時也正處於工、商業崛起，資本主義落實於新興都市化經濟型態上，給社會生活型態帶來巨大的轉變，而興起寫實主義（Realism）潮流，拋棄以往那種吹噓、誇張、唯美、膨脹意識，改以描繪實際社會日常生活現象，這種寫實思潮對照社會實際現象，也有某些讓藝術家難以下手的困頓，在工商業發達、資本集中的都會生活另一面，充斥的老百姓們窮困、流落街頭、挨餓、殘疾社會萬象，被毫無掩飾的展現，當時的文學界也忠實地表現暴富奢侈與窮困殘破並存，失去了美術、文學追求完美、真實原則，於是某些寫實主義藝術家們反身逃離都會生活圈，避居鄉下，進入大自然，享受那種不造作的真實，這就是自然主義社會思潮誕生的背景。

臺灣主流詩人們受到西方現代詩的影響，戰後也分成兩個方向邁進：一派是重視文字的隱喻與象徵機能所營造的意象風格；另一派則往歌頌自然，有點寫實、有點唯美的自然主義風格發展。兩個壁壘分明的創作觀點，在臺灣現代詩壇還演出一場著名的寫實派與現代派的論爭，而在這兩派的夾縫下，林煥彰寧可選擇他自己的自然主義道路，而與兩派有所區隔；這是詩人的個性特質使然。

迷人的靈思碎片圈

閱讀林煥彰的詩句，有如身處於大自然環境下，優遊自在地一任靈思在順暢的文字牽引，翱翔飛舞於林木、綠葉間，沒有晦澀、拗口字句所堆疊出來的超現實意境，也不會有坎坷、崎嶇的路途讓靈魂如墮五里大霧；他在字裡行間為讀者闢出的小徑總是蜿蜒順暢，讓人感受到閱讀的興味無涯無邊。他寫著自己眼所見、耳所聞的統覺之美，他寫著本土在地風情，既勤且奮，超過一甲子的歲月從未間斷，已出版創作一一〇餘種，作品也被翻譯成多國文字發表以及出版，並收入新加坡、臺灣、香港、澳門、中國等中小學課文和教材，許多大學、中學學測不乏以他的詩為考題，他可以說是臺灣詩壇自然主義的典範之一。

林煥彰的詩作內容，普遍可以在生活周遭看到、感受到，比如最近出版的《活著，在這一年》中英對照詩集第一首給兒童寫的詩〈我的小雞的秘密〉，文字自然地鋪陳在眼前：

....

我的小雞，牠們整天都很愛玩
各個都很忙，各個都

愛東奔西跑，有什麼發現

誰都不會告訴誰

…………

（林煥彰，2018：18）

　　很簡潔的詩句，卻寫出寬闊的意義之海，閱讀林煥彰的詩，不用費心到腦海裡搜尋文字所含蘊的隱喻或象徵，而隱喻與象徵已經由文字直接傳達到心靈深處，好比聆賞一首歌曲或是一闋樂曲，毋須解釋，音樂裡的元素旋律、節奏、和聲等直接經由耳膜穿刺到潛意識裡，意象清晰、完整，內容鮮明、感受順暢，這種日常生活的內涵，比起任何珍寶晶鑽更貴重，只是經常會被忽略，被太多的七彩五色所迷，人在生活中潛泳，舒適與困頓都來自於本身感官所思所想，懂得轉換官能的知覺標準，萬事萬物均如甜蜜膏脂，不懂得珍視一己所擁有，即使芝麻綠豆都足以令人瘋癲病狂，古聖先賢遺訓淡泊而明志，寧靜以致遠，苦惱皆由心念而起；林煥彰的詩，是最好的情感調諧器（tuner）。

　　詩人也作畫，他用隨手觸及的工具創作，一如他在生活周圍用眼睛寫詩，作畫題材與寫詩題材重疊，卻相輔相成；用簽字筆、原子筆、鉛筆、蠟筆、粉筆等普通得不能再普通的畫具作畫、寫詩，作品膾炙人口，詩集一本一本地出版，普受文友們愛戴，健朗的身軀，每天有安排不完的任務，行程滿溢，日子過得充實、愜意，令人羨慕。當然，有人認為他的詩太過淺顯，找不出獨特的意境，甚或沒有嚴肅面，其實那是瞎子摸象，只見粗淺一個小面相而忽略了文字背後深厚的意指，法國社會學家德・塞圖（Michel de Certeau）經典論述「日常生活的實踐」早已成為後現代主義大眾文化詮釋指標，他指出最不被注意的現象，蘊藏著最龐大的深意，身邊許多不經意事件，一舉一

動都是歷經層層疊疊轉化而來，在時間大洋裡曾經遭受扭曲、翻轉、移位、碎裂、迫害、權力壓制、戰爭摧折等，都可以在歷史與空間遺跡裡翻尋，是故許多論述者不否認他的論述主旨與庶民百姓「日常生活的苦難」息息相關。

　　這只是從巨觀角度著眼俯瞰而已，若從微觀角度來看庶民百姓日常生活苦難，與佛教經典裡潛藏的哲學觀不謀而合。林煥彰的詩〈夜裡，我打開的一頁〉中有一段如此敘述著：

　　…………

　　你說它小嗎？
　　每一顆都藏著
　　億萬光年的距離，我的心事也能放大
　　億萬光年的倍數
　　…………
　　（林煥彰，2018：44）

　　對於敘述的人而言，「語言與事物之間的關係會任意變動，他們對相同的現象之敘述會出現各種說法，自然萬物的名稱被過度命名；人類歷史是在咿咿呀呀聲形成的語言巴別塔（Babel）接續生命中，讓自然化約成一種悼念的靜止。」（Gilloch, Graeme. 2009:126）Graeme Gilloch 這一段話在解讀班雅明（Walter Benjamin）許多著作文本星群的內含，他說：「星群的概念……指出那些看起來離我們最近的，事實上可能是最遠的，最重要的是它捉到了存在的偶然性，在無數可能的組合、連接及交流中，每個星群都被認為是獨一無二的排列。」（Gilloch, Graeme. 2009:130）閱讀林煥彰的詩，每一階段作品都是既近又遠，無數可能的組合、連接及交流的靈光（Aura）排列。

這些排列組合，有如後人形容班雅明的文章脈絡為「迷人的碎片圈」（charmed circle of fragments）（Gilloch, Graeme. 2009:131）那麼迷人。

日常生活的話語權

　　詩人的詩作特點在於取材於生活周遭的事、物，利用詩人成長歲月中以及父輩口中的意象，作為詩句的養分，屬於本真的民間文化（authentic folk culture）與資本主義現代群眾文化的非本真性（inauthenticity）都會文化互為妥協後的結果，這也是剖析林煥彰詩作與當代詩人們作品中充塞著都會意象，有著某些思維上的差別，也許詩人創作時並沒有仔細思考到為何種類型而創作，但是處於高度都會鄉村化以及鄉村都會化的現代臺灣時空，想要刻意尋覓純粹性的庶民本真面相已成奢想，不過現代詩產業在市場面偏狹的臺灣，表面上覆蓋著文化工業的包裝紙，實際上卻處在文化工業與庶民生活藝術的狹縫間咆哮，立場尷尬，正如德‧塞圖（De Certeau）所言：「大眾的藝術乃是『權且利用』（making do，或譯為適應以及利用方式，又譯耍花招）的藝術，日常生活的文化落實在創造性地、有識別力地使用資本主義提供的資源。」（Fiske, John. 2001:27）然而林煥彰詩作的靈魂仍然直指日常生活的內涵，John Fiske 稱之為「流動式的母體」（shiffing matrix）。

　　用「日常生活」作為主題來研析林煥彰的詩趣，也是一道鮮明的道路，列斐伏爾（Henri Lsfebvre）既戲謔或嚴肅地以「日常生活枯燥乏味的苦差事以及受辱感，來指稱日常生活的苦難性」（Fiske, John. 2001:33），他在《現代世界的日常生活》（Everyday Life in the Modern World）中指出有關日常生活的話語權，他說道：「從感官體驗世界循環往復的姿態中引發的創造，需要滿足合拍，以及更為稀罕的需要、

快感與和諧的工作與藝術作品，從日常生活的固態（solids）與空間中創造日常生活的詞語（terms）的能力。」（Lefebvre, Henri. 1971:35 / Fiske, John. 2001：33）由日常生活的內涵演繹出人們運用語言打造藝術作品的作用，證明了列斐伏爾的名言：「文化也是一種實踐」（Lefebvre, Henri. 1971:31 / Fiske, John. 2001：37）。由此我們可以了悟詩人、作家、藝術家、音樂家創作素材仍然必須藉著運用語言工具來挪用（appropriation）日常生活周遭與大自然合拍的環境資產，將心靈信息予以呈現出來，求取共鳴。當我們閱讀林煥彰的詩句時，不難感受到字詞後面躍然而出的奧義，也許大家習慣了感受到他那不食都會煙火的自然情懷，會把他歸類在陶淵明或白居易悠然隱士遨遊山林的逸態；其實，林煥彰的詩句裡仍然會不經意地抖落一些沉重的頓音與句點，如〈早安。午安。晚安〉：

> 人生苦短，這趟旅程
> 有時覺得，是滿漫長
> 我常常自己一個人走
> 自己習慣自己
> 一個人，自己走；
> ⋯⋯⋯⋯
> （林煥彰，2018：124）

　　詩人的百年孤寂就在這百花盛開、妊紫嫣紅的角落中躊躇著，日常生活宛如一張薄膜，覆蓋在毫無質量與形象的文化實踐上頭，膜中有千絲萬縷回歸生命本質沉思的聲息迷密交織，淺層會被理性飾以花團錦簇，深層則掩蓋著濕漉漉的悲憫，從表面觀之以歡笑，自然主義隱藏在背光那另一面的苦楚，非得再仔細透視進去不容易觀察到。

布穀鳥為兒童文學揚波

　　回顧林煥彰寫詩歲月是一段漫長旅程，回想起來頓時化作一籮筐懸念在記憶中迴盪。小學畢業沒有考取中學的林煥彰，他便無可奈何地跟著二堂哥種田，當然農田的工作，除草、施肥、烈日曝曬，受不了苦卻成為他改變命運的開始；二堂哥可憐他、疼惜他，只好送他去基隆找了一份肉類加工廠當學徒的工作，十個月之後，正好臺灣肥料公司遠東最大的化學肥料廠在南港徵地建廠，對地主釋出保障子女工作權，他父親就去與當地舊識地主請託，讓他順利進入臺肥當宿舍清潔工，因此一年後才有機會參加內部招考，進入工廠當檢驗工；從此他利用閒暇開始讀書自學，參加函授學校先修班，學習語文，正好有位同事帶來古之紅在雲林虎尾創辦的一份《新新文藝》月刊，經常借閱，內容有詩、散文、小說；在《新新文藝》的啟蒙下，林煥彰一腳踏進新詩的領域。隔年在軍中服役時，他也利用機會參加中華文藝函授學校軍中班詩歌組苦讀，學習寫作，不久他的習作也逐漸受到批改老師重視，如一首小詩〈雲〉試投《葡萄園詩刊》，便獲得刊登，給了很大的鼓勵。服完兵役後，林煥彰回到臺肥南港廠工作期間，他仍然繼續自修苦讀新詩，並慕名常去武昌街向詩人周夢蝶請益，又經由他的介紹認識兩位軍中詩人管管和沙牧，因此得到沙牧書信指導，同時再經由當時任職不同部門的助理工程師李魁賢（詩人楓堤）引介，更接觸到許多省籍詩人，而因緣際會之下，有機會學習編輯詩刊、並兼差進入律師事務所編輯法律雜誌等，參與許多詩人聚會、研討，獲益良多；從一九七〇年代起，林煥彰參加了《笠詩社》，之後又與同輩詩人成立《龍族詩社》等，讓他有機會全方位地站在詩壇展開他日後漫長的詩創作的旅程。「牧雲」就是他為兩位引領人沙牧和藍雲（《葡萄園詩刊》主編）而取的筆名，而他的第一本詩集《牧雲初

集》的書名，也由此而來，直到他的第二本詩集《斑鳩與陷阱》由田園出版社出版，他才開始用本名發表詩作。

　　林煥彰回首當時寫《斑鳩與陷阱》時，就採用童年時代在家鄉田野裡，用簡單的竹編容器，支撐著一根小木棍，木棍上綁一條麻繩，放一小撮米粒當誘餌製作陷阱，這是農家小孩逮捕斑鳩最簡易的方法；斑鳩是一個田野生活的符號，對照人類而言，兩種生命意象對峙，中間隔著陷阱當橋梁，一邊是獵食者，一邊是被獵者，陷阱象徵欺罔、誘惑，而人類與斑鳩都是生命的一環，從人類敘述者的觀點，林煥彰用詩的語言描述了許多生存競爭反思，雖然文字、句讀錯綜複雜，但是核心議題仍然圍繞著生活現象所展現的現實困境及其深意。一九七〇年代新崛起的某些詩人，受到後現代主義影響，寫詩遣詞用字逐漸脫掉超現實主義、象徵主義等現代派的影響，大量採取生活化語言，用實際周遭景物來類喻內在的靈思，林煥彰的詩則自始至終都走在這一條簡樸的路上，詩人早先在詩句中就自己剖析出來了。

　　　　總是走同一條路
　　　　早晨出去
　　　　晚上回來
　　　　總是坐著同一種巴士
　　　　（林煥彰，1985：〈我只有一張臉〉）

　　最讓詩人覺得意義重大的創舉，是他極力拉拔出來的「臺灣兒童文學」成長與茁壯，也正好是林煥彰開始寫詩進入頭一個十年時，為了周夢蝶的一句話：「你的詩將來可能進入國語課本。」可能這句話就是一個啟迪，在《龍族詩刊》之後，他即開始致力於兒童詩的耕耘目標，當時國語日報是主要深入兒童生活的媒體，對象清楚，關照家

庭、小孩、小學生活教育，於是林煥彰與詩人舒蘭、薛林於一九八〇年發起成立「布穀鳥兒童詩學社」，同時出版《布穀鳥兒童詩學》季刊，並設立「楊喚兒童詩獎」紀念詩人對兒童詩的貢獻，除了寫詩之外，也全心全力注入兒童詩的發揚光大。沒有多久《布穀鳥兒童詩學》季刊獲得廣泛好評，甚至於發行海外，包括香港、大陸、韓國等國家地區；而他早年寫的一首童詩〈影子〉，二〇〇一年大陸「人教版」教科書就將它納入小學一年級課文中，這首詩是他四十年前獲得洪建全文化教育基金會的兒童文學獎的作品。站在《布穀鳥》詩刊的基礎上，一九八三年底詩人林煥彰他發起籌組「中華民國兒童文學學會」，幸運地在一九八四年十二月二十三日召開成立大會，此後影響範圍擴大，臺東師範專科學校（後升格為國立臺東師範學院）首先創辦「兒童文學研究所」，對兒童文學研究逐漸進入師範學校教育體系。大陸開放後，他和年輕朋友又成立了「大陸兒童文學研究會」，開啟兩岸兒童文學學術研究與交流。而林煥彰一直是居功厥偉的重心。

詩是一種生活懸念

　　詩是一種生活懸念，列斐伏爾認為：「一個整體人（l'hommeto-tale）活在想像的與時刻的『生活空間』（lived space, 法文 le vecu）裡，人們透過藝術及文學得以延續與進入這空間。」（Shields, Rob. 2009:405），寫詩是詩人為生活空間與時間的相繼運行過程進行符號編碼，而閱讀詩者則憑藉著自己的生活經驗，在詩作所搭建的意象中進行解碼，解碼與編碼的調性符合程度與共同生活經驗的認知程度成正比，許多意義便在閱讀與創作過程中產生。

　　林煥彰創作的成人詩，書寫著他的生活經驗空間，也寫著臺灣戰後的社會發展空間；短短一個世紀裡，臺灣社會由戰後進入昇平，由

貧窮農業社會轉入輕工業社會，由農村生活主流移向都市生活主流，昔日的生活空間仍然佔據了實際生活空間的感知疆域，寫詩是詩人在心靈裡為自己存在價值布置的舞臺，那是個唯美、憶舊、懷思、溫馨的構想空間，是生命歷程走過之後，留下的懸念痕跡，解讀林煥彰的詩，可以從這個微角度切入。

　　生活這個字詞同時解決了第一自然與第二自然的歧義，亞里斯多德說道：「自然一詞所表示的，除了意指某種自然的過程之外，還意指該過程的產物。我們在穀子的生長中發現到自然的力量，但是我們也把穀子本身包含在自然之中。」（Wtadystaw, Tatarkiewicz. 1987: 383），意思是說：「自然一則意指那看得見、摸得著的世界，而同時又意指著那只能被心靈感觸到的力量，我們推測世界便是由它所形成的。」（Wtadystaw, Tatarkiewicz. 1987:383）然而我們真實所可碰觸以及所可看見的自然，一般被稱為第一自然，不可見的，只能由心靈感觸到的能量被稱為第二自然，這兩個二元論的歧義，仍會被狹義的論述者予以嚴格區分，此刻思想家、文學家歌德（Joharln Wolfgang von Goethe）解釋道：「藝術品乃是由人依照真實之自然的法則，所完成之至高無上的自然作品。」（Wtadystaw, Tatarkiewicz. 1987:392）這兒說明了一個普遍法則，藝術創作，不管是繪畫、文學、音樂、舞蹈、習俗、儀式等都是以轉化自然為目的（transfigurazione delle cose naturali），藉著模仿自然的手段，在創作者心靈與手上完成的作品。從創作者的視角來下定義，是創作者藉著生活的靈感，以自己的語言敘述自然，生活是兩個自然的涵攝詞，這個概念也足以詮釋詩人林煥彰的創作，我們予以定義為自然主義的範疇上。

書寫兩大自然

　　近日，林煥彰正忙著他的詩與畫多元表現的一次個展：《我的六十和八十》（臺北大學邀請展／3月4日～4月25日），他寫詩，他畫畫，詩與畫搭配呈現生活周遭的事物，始終走在第一自然與第二自然的寬坦大道上。人類書寫藝術的性靈信念，早在古希臘時代便已經有準確的闡釋，希臘人認為藝術之美來自於性靈活動的三個要素，在紀元前第五世紀詭辯學派學者哥爾季亞斯（Gorgias），朝向三個方向思考闡述：一是幻覺說（The apatetic theory），二是抒情說（The kathartic theory），三是模仿說（The imitation theory）。在此針對這三個說法來觀看林煥彰寫詩的意念，似乎頗為適洽。

　　幻覺說是指藝術作品創造一種幻象，雖然來自自然元素，經過創作者的語言再創造的反思動念過程，其實就是一種幻象，現代人稱之為 illusion、fantasy 等都是藝術創造的動能名詞，人類所面對的宇宙之大，物理學者忙著依科學原理發現外宇宙，卻忽視了生命體內還有一個內宇宙，科學家解釋外宇宙自認為那些方程式是解讀宇宙的真實知識，而把內宇宙許多無法解釋的現象歸類為神學或偽科學，不是避免提及就是不屑提及，所幸艾因斯坦提出量子力學理論引致近代物理的量子理論，跨越了牛頓古典力學的測試實證理論，邁向推理先於驗證範疇後，先後證實有很多物質只有能量沒有質量的存在，如光、輻射、電磁、波等，而內宇宙裡的美、感動、悲傷、意志、快樂等是否也屬於沒有質量的一種能量，這個事實無法藉著不屑討論而便不存在。在人類心靈空間裡，有著無垠的能量十足地支配著外顯行為，而語言所能表達的幻境，也是一種真實存在。詩裡所創造的許多繽紛意象，是幻覺，是美感，也是存有。

　　第二大自然活躍於人們的心靈中，這個領域比起眼睛可見的天空

還要開闊，阿根廷詩人「波赫士（Jorge Luis Borges）曾說過：『時間是造就我的物質。時間是一條載我前行的川流，但我也正是這一條川流。』我們的動作、我們的行為，都是在時間中延伸，正如我們的知覺、我們的思想、我們的意識內容，也都在時間中延伸，我們生活在時間中，我們組織時間，我們完全是時間的產物。」（Sacks, Oliver. 2018:184），時間與空間所構成的外宇宙是第一自然主體，人類是第一自然的產物；人類心靈運作的內宇宙無垠空間，則是第二自然載體，人類的思想是第二自然的主體，在心靈空間中遨遊，美國實用主義心理學家威廉・詹姆斯（William James）認為思想是心靈空間中的流體，因此提出「意識流」（stream of consciousness）說明意識的產生由大腦儲存的片段影像匯聚成銜接的流體，在時間裡流動，構成有機意象，儲存於記憶體裡，不斷轉化與重組，構成記憶。當詩人在創作時，他們最基本的機制，就是在記憶體中呼喚出許多過去儲存起來的「快照」片段，作為創作主題，利用文字、語言、符號、色彩、筆觸、聲音、樂音等元素組合成為作品，威廉・詹姆斯形容：「這些流連不去的舊事物，這些即將來到的新事物，是記憶和期待的種子，是時間的回顧與前瞻。」（Sacks, Oliver. 2018:187）創作者其實在創作之際，正好流連於憶舊與前瞻之間，拾取片段的意象作為文本，寫出富有個性的作品來，填塞在第二自然當中。因此，我們可以從詩人的許多類似的詩句裡，領略到書寫的痕跡。

　　日，月
　　光陰；下棋。

　　時間，空間，
　　對弈。
　　（林煥彰，2018：80）

　　這些流體語言，描述流體意識構成的流體第二自然，在第一自然時、空中迴旋、掀起萬丈波瀾，為二十～二十一世紀臺灣詩壇自然主義風格建構了一座美好的典範，林煥彰的身影鮮明而突出。

參考書目

林煥彰　《現實的告白》　布穀文學叢書3　（本書無頁碼）　臺北市　布穀出版社　1985年

林煥彰　《活著，在這一年》　臺北市　秀威資訊科技股份有限公司　2018年12月

林煥彰　《林煥彰截句》　臺北市　秀威資訊科技股份有限公司　2018年11月

Gilloch, Graeme. 2009,〈Walter Benjamin〉（班雅明）　《當代社會理論大師》（“*Profiles in Contemporary Social Theory*” edited by Anthony Elliott and Bryan S. Turner）　譯者：李延輝、鄭郁欣、曾佳婕、駱盈伶　新北市　韋伯文化出版有限公司

Fiske, John. 2001,《理解大眾文化》　北京市　中央編譯出版社

Lefebvre, Henri. 1971, “*Everyday Life in the Modern Word*”, London: Harper & Row.

Shields Rob, 2009,〈Henri Lefebvre〉（列斐伏爾）　《當代社會理論大師》（“*Profiles in Contemporary Social Theory*” edited by Anthony Elliott and Bryan S. Turner）　譯者：李延輝、鄭郁欣、曾佳婕、駱盈伶　新北市　韋伯文化出版有限公司

Sacks, Oliver. 2018, “*The River of Consciousness*”　中譯《意識之川流》　中譯：楊玉齡　臺北市　遠見天下文化出版股份有限公司

Wtadystaw, Tatarkiewicz. 1987, "*A History of Six Ideas*"　中譯《西洋六大美學理念史》　中譯：劉文潭　臺北市　丹青圖書有限公司

本文原載《WAVES 生活潮藝文誌》第五期，二〇一九年夏季號

詩畫編三跨界的童心詩人

臺中　林世仁

　　林煥彰老師是兒童文學界少見的「跨界高手」！他的詩橫跨成人詩與童詩；他的畫既為自己的童詩集配插圖，更數次推出成人畫展；他的編輯主業是成人報刊，但也曾兼及童詩書刊。這樣集詩、畫、編「三跨界」於一身的創作者，在臺灣童書界似乎還絕無僅有。

　　身為童書界的童友，我對老師的詩和畫接觸較多，以下便從這兩方面來談一談我所認識的煥彰老師。

　　身為「跨界詩人」，煥彰老師的童詩在同輩詩人中可說是「一直向前走」的。他的詩集不但「持續出版中」，數量甚至超越甚多後生晚輩。這可能要歸功於他「詩即生活，生活即詩」的旺盛創作力。大家都知道他「等個紅燈都能寫詩」，我還知道他不等紅燈時也在寫詩。尤其這幾年，他更是以詩記時記日記月記年。童友的 LINE 和微信裡，不時叮叮咚咚，都是他傳來的「剛出爐、熱烘烘」的新詩。有時隔一會兒，還會再補一聲叮咚，傳來校正稿。這些詩，或長或短，直抒心情或想像，看著像成人詩，又都帶著童詩的簡白單純。相反的，他的童詩在這幾年反倒出現從成人詩那兒過渡來的詩味。早些年，他的童詩十分〈童言童語〉，無論〈影子〉、〈妹妹的紅雨鞋〉或〈公雞生蛋〉，都十足十的孩子口吻。這些年，他的童詩卻長大不少！這長大，一來表現在篇幅上，二來表現在語言上。以篇幅言，老

師在成人詩提倡「六行詩」，以不超過六行為極美。如我最愛、也是老師自喻可以移作「墓誌銘」的〈空〉：「鳥，飛過——／天空／／還在。」連標點符號才十個字，卻寫出一篇人生寓言，簡直是詩之絕句。但在童詩裡，老師卻開始繞著詩心，「健走半小時」似的，毫不避諱的以散文入詩，越寫越長。這些長篇幅的童詩在臺灣並不常見，我後來寫的童詩不乏長篇述事，便是受到老師的影響。他的〈一棵樹〉幾乎像玩造句練習，把語言拉來拉去，移形換位，再加上圖象，把「寫詩」變成了「玩詩」，玩得暢快盡興！此外，在詩的造語上，老師也開始混同成人詩和童詩——或者說，不再刻意去區分成人詩或童詩。童詩裡冒出了成人詩裡常見的「曲曲折折」思路，這些詩在童詩框架裡「大德不踰矩，小德出入可也」，這「出入」之間，便是把成人詩的寫作經驗引入了童詩（當然也有反向回饋的）。這結果，便是他的童詩和成人詩幾乎只以內容、深淺分出差別，那寫詩的氣口卻越來越見統一，都是純摯的白描口吻。這一切，都顯示出老師在詩的創作上，越寫越自在、越輕鬆，不再受規矩的束縛。成人、兒童的分野，漸漸消泯。因此有些詩作在成人詩和童詩之間互換，似乎也沒問題。或許，老師的童心本質，已先注定了他的成人詩遠離超現實派，即使像〈一條妙齡的黑色的魚游過一座城市的一條街道〉這樣的「純粹成人詩」，詩題也帶著童詩色彩。而童詩裡〈我家的蚊子〉開頭：「我住五樓，我家的蚊子／也住五樓」文字簡單而情味自出，正是童心本色，拿到成人讀者面前，也必換來會心一笑。

也許老師心中對這兩類詩仍各有分辨，只是就讀者一端來看，老師早已自由來去兩端了。或可曰「詩嘛，就只是在寫詩嘛！」何況老師今年八十了，老小老小，老得夠小了！詩句開始從胸中口中筆下自然流出。那童詩、成人詩自然也就越來越像彼此的倒影了。

詩以外，老師的畫似乎也有這樣的混同現象，幾乎是以「童畫」

起筆，再收筆於成人的藝術世界。今年三月我去臺北大學欣賞「我的六十和八十──林煥彰創作個展」，曾寫有一文〈天真揮灑的彩筆之詩〉。老師擅長撕貼畫，以下便簡錄該文相應片段，參差插入，來一次「文字撕貼」，以呼應老師的畫作：

> 那天真浪漫的筆觸和色彩，要說是成人畫嘛，少了一點嚴肅；要說是兒童畫嘛，又多了一點深意。老師大概從來也沒去想過這是哪一界、哪一派的畫，他只是在「畫自己」，只是在「畫開心」！因此這些畫便成了帶著童趣的成人畫。那在紙上引領著色彩、線條大膽探入藝術領域的，正是他始終未曾消逝的童心。「童心」加上「詩情」，兩相揮灑，就成就了這一屋子的浪漫天真。
>
> 老師的畫作是「游於藝」，也是「遊於藝」。既在藝術裡漫泳，也在藝術裡郊遊！他畫得那麼開心，那麼自在，「美」或「醜」似乎都沒辦法侷限他。像他每年必畫的生肖畫，每每從重、拙、大開始入手，幾乎是從「不怕醜」的零開始。一張、十張、數十張……越畫越放得開，越畫越向美挺進……如果要點出煥彰老師繪畫作品背後的驅動力，或可說一曰「真」，二曰「敢」。在真敢、敢真之間，美就慢慢浮顯出來了。

寫詩、畫畫是明顯不同的兩個領域，老師畫作中的甜美、幽默、率性，雖然比詩作更濃郁且明顯，但創作背後的「起心動念」，卻仍然是吾道一以貫之。不論詩或畫，都是由真心出之，由敢做完成，而最終得其童心之趣。

這詩與畫一交疊，就出現老師最擅長的「撕貼畫」。玩詩與玩撕貼，像孿生子，成為老師演講中的獨特講題。

不論是廣告傳單或是雜誌上的任何一頁，只要有感，老師都能
隨手或剪或撕的貼在本子上，再補上幾筆，添上幾句，立刻變
化出一幅詩畫新作。那依形佈局、隨手勾勒的工夫，真是讓人
看了興味盎然，佩服不已！我曾經私下模仿過一回，才知道那
些看似簡單的隨筆線條、恣意撕貼，沒有妙手詩心根本就不可
能讓它們乖乖現形！

「加工畫」也是老師的遊興之筆，不撕不剪，直接就拿起麥克
筆在雜誌、廣告等印刷上信筆揮灑，當下再創作。例如，
〈燃燒的欲望〉便是取現成的卡片，在一○一大樓煙火的圖案
上，以黑色線條勾勒出一隻大貓。貓與樓相疊，小大互換，跨
年夜的一○一變成了貓的「煙花骨架」，呈現出既爆炸又甜美
的生命力，創意像煙火一樣亮眼。

從老師的詩與畫中，我們看到同一顆童心在不同面向的顯影。那敢於
寫、敢於畫的率真，是我最敬佩的。它讓我們看到藝術的門檻再高，
一顆真心便能飛越。更何況讀老師的詩、看老師的畫，只會讓人覺得
藝術的門檻挺親和的，離人很近，彷彿我們一加油，便也能像他那樣
開心地創作起來呢！

　　身為「貓詩人」，老師在童書的編輯方面，也集中在詩上頭。其
中最具時代意義的大略有二：一是一九八○年創辦《布穀鳥》，這詩
刊是當年重要的詩評、詩創作園地。二是同年編選、由爾雅出版的
《童詩百首》，這也是臺灣極少數兒童作品的選集。老師還費心的在
每首詩之後加上點評欣賞，為那一段臺灣童詩的「黃金年代」留下了
兒童的心影。此外，他號召編輯的《童詩五家》（爾雅），也是臺灣童
詩作家首次有「成家之作」的聚光燈選集。

　　創作之外，煥彰老師對童書界最大的貢獻應該是一九八九年啟動

兩岸兒童文學的破冰之旅。那一年，他率領臺灣童書作家首度組團赴大陸參訪。之後，他又於一九九二年成立「中國海峽兩岸兒童文學研究會」，持續兩岸兒童文學界的交流互動。會訊《兒童文學家》，也把活動化為文字，留下史料。我的第一次大陸行，便是在兩岸交流廿週年之後，才跟上腳步的。

這幾年，老師的身影仍然穿梭兩岸，還加上東南亞、東北亞。體力、活力幾乎讓年輕人自嘆弗如。他有一張大陸地圖，上頭密密麻麻都是他去過的地方。看到那一張摺疊處都破損的地圖，好像看到老師幾十年來的步履縮影。去年十二月我們一同出席天津的「兩岸文學對話」，日日和老師同桌用餐，發現他進食不疾不躁，慢慢來且吃得多，飯量幾乎勝我一半，比廉頗還厲害！這大概是他能保持體力暢旺的生理因素。而他的「童心基因」使他對人對事充滿熱情，對創作永保「沸滾一百度」的熱勁，更是他的能量來源吧！

一個創作者能把才情顯現在不同面向，而又能各有所成就，是何等不易，又何等美好！只有小學畢業的老師，把自己的社會大學念到了博士後研究，簡直能做那一個年代的「成就典範」了！

一如過往，老師今天依然把生活過成一首首詩一幅幅畫一本本書，真是白髮赤子，不但腳下勇健，心更強健哪！

老師八十，謹以此文獻壽，祝福老師永遠十八！

狼之獨步‧鷹的邂逅

花蓮　謝情

紀弦老師的代表作〈狼之獨步〉：

我乃曠野裡獨來獨往的一匹狼。
不是先知，沒有半個字的嘆息。
而恆以數聲悽厲已極之長嗥
搖撼彼空無一物之天地，
使天地戰慄如同發了瘧疾；
並刮起涼風颯颯的，颯颯颯颯的：
這就是一種過癮。

而我在民國六十二年讀高三時模仿〈狼之獨步〉，發表了一篇〈鷹〉
在《青溪雜誌》如下：

我　　乃穹蒼中　　獨來獨往的一隻　　鷹
沒有絲毫猶豫　　半點悔吝
在流雲的行程　　海鷗的路上
任意翱翔　　像一陣大風掠過

蒼茫的遠天淡藍
和大海緊緊吻成一線
濤濤碧波萬頃
望不到綠洲星點
盼不到船隻杆影
只有那白翅的孤雁
伴我以遙遙無期的行程

沒有畏懼　　沒有歉意
不貪念回首綺麗的故居
不吐半個字的嘆息
在茫茫無際的旅途
我依然飛翔
趕赴黃昏夕陽的盛宴

於白雲駐足休憩的山腰
緘默俯瞰大千
多少獵槍覬覦
我片體鱗傷
不死的是真理
不滅的乃火焰般的鬥志
我依然孤獨的凜然維護

振翅衝上千仞
懷以滿腔悲憤
仰天淒屬的長啼

　　讓天地震撼

　　鳥獸驚醒

　　如大火焚過森林

　　大地像染上瘧疾般的震撼

　　這就是一種厲害

　　一種快意暢懷的呼喚

而當時《青溪雜誌》負責評析專欄的正是：林煥彰老師。

　　記得當時他的評語是：「作者明顯的偷胎換骨模仿紀弦老師的〈狼之獨步〉，作者對文字的駕馭已有相當能力與技巧，大可不必模仿他作，只要努力多看多讀多寫，將來必有相當成就。」這一番話我銘記在心，雖然後來高中畢業後，被女朋友的弟弟感染了腦膜炎，住在省立基隆醫院一個多月。出院後女朋友認為我只會舞文弄墨，將來必定只有愛情沒有麵包而揚長而去；後來聽說當她會計主任的二奶，生了三個女兒。最後會計主任退休時，她又離開，改嫁年輕小伙子，生了個兒子。而我也在二十歲那年為了改善生活環境，努力賺錢，毅然決然的封筆。

　　而往後的四十多年一直努力打拚，除了看電視新聞、電影、韓劇之外，一般的報章雜誌，文學刊物幾乎完全沒有接觸，但是潛意識裡，一股聲音一直在呼喚我，林老師鼓勵的話一直在我腦海裡盤旋，一直在等待事業告一段落，我要好好寫作，這個年輕的夢從不停歇。民國一○六年五月在偶然的機會，看到林老師的作品，想起老師那一段鼓勵的話，我開始在網路寫詩投稿。民國一○六年十一月二十二日，終於在落蒂詩人新書發表會上，遇見了仰慕已久的林煥彰老師，前後整整四十四年，那種興奮與激動不可言喻。

　　林煥彰老師從事寫作一甲子，一生以書畫立身，身兼詩人、兒童

文學家，散文、史料、繪畫創作及評論家，資料整理加教學和推廣。
著作超過一百二十本書，在捷運上，在公車上，在旅途上，在飛機上，
隨時隨地都可以寫作。畫作更以簡單線條畫居多，這幾年來以繪有蛇、
馬、羊、猴、雞、狗、豬生肖畫。去年八月十六日在胡思二手書店，
及雅博客二手書店舉辦生肖畫戊戌個展。今年三月四日起，也在臺北
大學圖書館二樓舉辦「我的六十和八十林煥彰創作個展」成果豐碩。
除了十二生肖外，他特別喜歡畫貓寫貓，貓的影子常常盤踞著他。

　　詩人林煥彰老師對兒童文學的創作、組織、宣導、推動著力最
深，尤其推動海峽兩岸兒童文學交流活動更是不遺餘力。許多童詩更
是海峽兩岸國小讀本的教材，堪稱為東南亞華文詩壇的巨擘。六行小
詩的推廣及為兒童寫詩，童年生活的轉化，更為自己樹立成永不熄滅
的燈塔。

　　臺灣要依靠文學創作的收入，來維持生活水平的人少之又少，林
煥影老師著作等身，所以版稅收入尚可，生活無慮又常遊學各國，講
學授課真讓人欽慕。紀弦老師活到一○一歲，創作八十年。煥彰老師
也像〈狼之獨步〉　走出自己的步調，唱自己的曲子，將來一定能創
造更多的紀錄，帶給我們更多的作品，更多的童心。

　　很多人都戲稱老師為詩畫界的老頑童，他常常在 LINE 上，時時
轉貼他的作品，分享鼓勵我們要不停不斷的創新創作。我記得他常常
琅琅上口的兩句話，一、「當你有一些比別人難過的事時，你要有自
尊，想辦法改變現況。」二、「靈感是不可靠的東西，要認真生活，
不斷的吸收與創作。」除了我之外，相信有很多朋友也深受老師的影
響，而改變一生，迎向正面人生道路。老師常遨遊五湖四海，帶領愛
詩的心靈四處尋找詩路。有一天你在路上不期而遇，別忘了說聲：老
師，謝謝您！祝福。

　　　　　　　　　　　　　　　　二○一九年四月十四日於花蓮

為春天寫詩
——贈雲遊詩人林煥彰

泰國　博夫

一

喜歡在夜裡
讀那一排排長短不一的文字
那是《小詩磨坊》留給您的句子
每一段句子
都是一個活著的生命
他們是詩人的孩子

二

您嘔心瀝血編輯孕育小詩磨坊
原諒歲月將您十二個春秋抹去
從七加一發展至十三位擰成一股繩
最後　詩人的孩子成為了歷史
詩壇上留下了六行小詩的回憶
小詩在街頭巷尾傳遞　在繁衍

三

當春風吹遍了原野
返青的草木在用綠色
勾勒出春天的輪廓
磨坊裡一朵朵盛開的詩花
無不用色彩書寫浪漫
婉約著一個美麗的傳說

四

「磨坊」是一片春天的原野
每一朵鮮花的綻放
都演繹一個生命的傳奇
將荒蕪染成了山清水秀
為歸來的鳥兒
找回了家的記憶

五

入夜　踏進昏暗燈光的思域
翻閱一顆顆心跳的聲音
您擦亮了一片天空
城市在呵欠中醒來
小詩在彎月旁誕生
磨坊在春天裡閃光

六

風靜靜地在薄霧的林間吹過
一枚枚楓葉徐徐地從樹上脫落
小草的呼吸　詩花的朗笑
氤氳的霧巒　高遠的飛雲
如一位散發出古典氣味的女子
都被那枚脫落的楓葉記住

七

小詩在粗大的葉脈裡
始終傳承著一個基因
那就是您定下的「六行以內」
堅韌不拔的去承受　驗證
在苗圃裡開成一朵豔麗的小花
在春天裡活出個瀟瀟灑灑

八

春天如一面無情的鏡子
時光像發芽的榛莽熱烈地老去
奢侈的希望我不敢多求
只有每次看到圓圓的月亮
把一份同仁的牽掛寄託
讓月光去向遙遠的您問候

九

您背了一張彈詩的琴
雲遊在各地的青山流水間
關心那小詩中的風花雪月
切磋著文字間的山水野趣
只在乎傳播文字遊戲的種子
幫助同行者琴藝的提高

十

每一次小詩磨坊新書發佈會
您的演講中隱射出阮籍猖狂
您的小詩裡承載著嵇康風流
讓每一位同仁創新前行
讓充滿生機的鄉野天空放飛風箏
讓六行小詩的旗幟迎風飛舞

十一

您深情地守望小詩的春天
不唱千古不變的老調
不走隨波逐流的步伐
明天　您是否還要為春天寫詩
您是否還要到遠方浪跡天涯
我願陪您到蔚藍的世界看朝霞

十二

人在宇宙不過是一粒塵埃
我們在有限的生命裡祈求永恆
五指之間殘留的那些過去
常常像風一樣地走失
寫詩的這些生命都是一首支離破碎的歌
而小詩磨坊卻成了詩壇長河中的一滴清水

豪飲甜的憂傷鄉愁

——在林煥彰八十詩裡沉思

臺北　田運良

成串的顧念，淚過年歲深夢的邊沿
愛，如纍纍未熟的菓，還青澀得無法生津止渴
而他還在寫，如實映著生命的顛簸坦順
還沙沙得揮墨著眼前的每一件盛世
他仍留戀在詩的春秋浪蕩裡

眉上糾結的依慕許許
髮裡萍飄的素雪皚皚
身影癯清，低迴一生簡簡純純的情事
纍纍將熟的愛，他輕柔捧著
蘭陽相思正深戀
幾句詩便埋了他豪華的寂寞
字字堆聚散盡的浪漫萬般……

菓漸漸熟透鮮脆
行行展列在礁溪路轉角的牆上
豪飲八十風霜雨露

憂傷鄉愁的甜，回味一逕鋪展傳遠
此生幸而有詩，解他越來越年輕的情深心渴

向前追上童年的老人

──林煥彰詩中童年與老年並在的書寫

臺南　陳燕玲

　　八十歲，一個令人敬仰的年歲，不論人生的經歷或是增長的智慧，都是年輕人望塵莫及的；若以生理階段來算，自是處於人生的老年時期。林煥彰（1939-），一位邁入八十之齡的老詩人；特別值得一提的，他也是詩壇上具有資深詩齡的「老詩人」。從二十歲寫詩至今，已逾一甲子的歲月，林煥彰寫下的詩篇之多，難以計數；傑出之作，比比皆是。從年輕寫到年老，這個「老」，是踏踏實實，一句句、一首首的寫到來的。不禁也令人好奇，這個「老」，是否也一步步、一年年的寫進了詩裡了呢？

　　試著從詩人近年的詩作裡翻尋，才發現林煥彰在詩裡留下的老年足跡甚少，可見所謂的老年意識，並不常擾動詩人的心思與筆墨。最終在近幾年出版的詩集中，尋獲了幾首關於老年的書寫。細加檢視，這寥寥幾首當中的好幾首，都伴隨有童年的記憶與夢想。眾所皆知，林煥彰，除了寫成人詩，也是個知名的童詩詩人。

　　專意為兒童寫詩，開始於一九七三年春天。那時林煥彰寫成人詩已逾十年，正當龍族詩社成員各奔前程之際，林煥彰憶道：「經過一段沈潛之後，我自己決定要為兒童寫詩，讓我自己『回到童年』，尋找心靈的故鄉，企求獲得一些慰藉……」自此開啟了寫童詩的生涯。

一開始，他是為所有兒童所寫，它可以讓詩人回到如初的心靈故鄉，也得以從中滿足自己曾經遺憾的童年歲月；多年之後，林煥彰也開始書寫起自己的童年。法國哲學家加斯東・巴什拉（1884-1962）透過現象學指出童年就像火、水、光的原型一樣，它既是一種水，也是一種火，又成為一種決定眾多的基本原型的光明。童年，是一個永恆的季節存在人們的心中。

　　而林煥彰幾首寫到老年的詩，都相伴著自己的童年一起出現，這其中究竟潛藏著一個老詩人如何的詩寫秘密？就在詩人八十歲的此際，我企予探尋這條令人好奇的神祕小徑。

一　歸零如初的白髮老人

　　書及老年，「白髮」是林煥彰使用較多的視覺形象，它除了是年歲已邁的自然樣貌，這個「白」，也寓含林煥彰特有的「初始」之喻，在〈雪花有雪的心事〉中可見到：

> 我的頭髮，比芒花
> 白，更接近雪
> 貼近自己的心；
> 願，一切歸零。

髮色甚於白芒花，如雪之白，也因為白而貼近自己的心靈，此亦可藉由〈如她——有顏色的詩〉中的詩句：「如果白是一種顏色，／我的愚蠢無知，也當接近她；（略）／／啊——！回不去的童年，／我該向兒童學習；純真善良」來理解，詩人的「白」，是一種如初的無知，如兒童的純真善良，因而貼近自己想望歸零的心靈。

　　承接如此的白髮意象，在〈我們在海邊〉中，有了更進一步的表現：

　　（略）／我有一頭白髮，又把白髮／養長了！海邊有風，／愛沉思冥想的我，坐在臨海的窗邊／讓我的貓看在牠眼裡，牠也該學著我／長坐冥想；我不知道牠是否已經入神／得道否，是否已經入禪／有風吹不動了，我知道／我們都已經完全神話了！

蓄著一頭長白髮的老詩人與他的貓坐在海邊冥想，透過禪定而入神，而成神話。「貓」是林煥彰詩中經常出現的角色，具有它特有的意象，牠養在詩人的心裡，是詩、是繆思的化身。神話，是遠離成人的，但因為如童年純真初始的髮白與充滿想像的繆思的存在，藉由禪定入神的靜止狀態而恆定，於是神話誕生。

　　在巴什拉的夢想學說中，童年具在著神性，它具有持久性的徵兆，這一持久性活躍在夢想中。在任何夢想者的身心中都存活著一個孩子，一個夢想使之變得卓越而穩定的孩子。夢想將孩子從歷史中解脫出來，並且將他置於時間之外，使之成為時間的局外人。當夢想再一步作用，這永恆的孩子，被頌揚的孩子，便具有了神性。

　　回顧林煥彰的作品，從《斑鳩與陷阱》和《歷程》開始，就出現了不少回憶童年生活題材的書寫，他也曾說：「我算是一個長不大的人（不老吧），雖然年齡是每年都在增加，但我還是一直朝著『童年』發展，拒絕長大。」或許因此，儘管已是年歲上與詩壇上的老詩人，書寫自己童年的數量卻遠多過書寫自己的老年。或者，正是透過已是老詩人的自己，方能追憶曾經遺憾的童年，「只有在夢裡尋找，只有寫詩是可以實現的；我很幸運有了這樣難得的機會。」詩人曾對讀者如此訴說。

二　回到還在長大的童年

　　一九九○年的秋天，林煥彰回到宜蘭故鄉探訪，夜裡一夢，夢到自己回到了童年。在夢中他看見了一個孩子──五、六歲時的自己，坐在老家門口，望著成年的自己從家門口那條小路的另一端，遠遠地走回來。醒來後，依然清楚記得夢裡的情境，於是寫下了〈回到童年〉（後來改題為〈我的童年在長大〉）：

> 回去看我的童年，／我把我的童年留在故鄉；／故鄉，是我的血點。／故鄉，是祖先停止流浪的地方；／故鄉，是我流浪的起點；／人是世世代代在流浪！
> 童年是過去的歲月，／是小時候的影子，躲在記憶裡；／留在故鄉的童年，／只有我回去的時候才會出現。
> 可是，故鄉變了／過去的茅草屋，／變成磚瓦變成鋼筋水泥；／和我一起玩耍的伙伴，／變成少年變成青年變成中年／從小朋友變成大朋友，／從大朋友變成爸爸變成爺爺⋯⋯
> 我的故鄉在長大！／我的童年也在成長！

把童年留在宜蘭故鄉，那個小時候的自己，躲在記憶裡，出現在夢中，在詩人的夢想之中。儘管故鄉的茅草屋變成了磚瓦鋼筋的樓房；童年的伙伴和自己一樣，從小孩變成了老人，但夢裡的那個童年的自己，還在，也還在長大。夢境，是陽性的，它有侷限並已完成；而夢想，是陰性的，它透過詩人的想像可使夢境無限，並且擁有更多的力量。比利時作家弗朗茲‧埃倫斯（1881-1972）曾說：「童年並不是在完成它的週期後即在我們的心中死去並乾枯的東西。它不是回憶，而是最具活力的寶藏⋯⋯。」一個並未枯死的童年，與詩人在夢中相

遇。現實中的童年，儘管如〈雪在溶化〉所寫：「我在我年老的他鄉！／／流浪的起點，在回憶的終站／我枯立我故居不在的柴扉之前；／／雪在溶化，溶化之後的我／回不去的童年……」是回不去了，但因為記憶與想像在夢想裡的結合，使心中那個具有活力的童年復活了。

　　林煥彰關於老年與童年的自己之相遇，述寫的最精彩的，應是最近年的一首〈童年在等我〉，完成於二○一七年，詩人七十八歲那年：

> 是童年走得太快了嗎？／我，十五歲才離開故鄉；／是我走得太慢了嗎？／為什麼要人家等我？
>
> 我，一年一年的老了／步伐一定慢下來；童年還是／十五歲以前那個童年，活蹦亂跳／歲月，當然可以往前衝／怎會有上了年紀的人，能夠趕得上？
>
> 不必等了！等了也白等，／老，必須就要承認／哪有人不老？
>
> 童年，照說／他也應該會老，幾十年過去了／他的面貌，也會大大改變／即使他此刻現在站在我面前，／我也不認得了，那娃娃的臉兒／憨憨厚厚的質樸的模樣，是多麼／令人羨慕呀！如果我是他，／我也該多歡喜雀躍！
>
> 好啦！他還算是不錯的／十分念舊，又相當有耐心；不過，／我還是會相當懷疑，他怎麼能認出我？／現在，我必須加快腳步，一直往前走／讓我趕上了他；當我看到他的時候，／我該怎麼開口向他打招呼，／說出第一聲
>
> 嗨咿──，感謝你／還在等我！

童年的自己走在前面，老年的自己走在後面，是童年的我太快，還是老年的我太慢？活蹦亂跳的孩子當然走得快，年老的自己怎能追得

上？但，童年也會長大，也會老，就算追上了，他還認得我嗎？我還認得出他嗎？總之，自己得加快腳步，才能趕上在前面等候我的童年，也想好了要跟他說的第一句話是謝謝他還在等自己。這首詩裡有兩個自己出現在同一個場景中，因為夢，而使之可行；再細讀之，其中有許多銜接上的不清楚與不合理處，例如詩中所說的在前面等著的，既是那個活蹦亂跳的童年的自己，亦是那已往前衝的童年歲月；既說童年也會長大也會老，卻又依然是那憨厚的娃娃臉蛋；再者，童年已是過往，理當是在前進者的後面，卻又怎會跑在了前面呢？此些模糊與曖昧，也都因詩能將夢境、幻境與回憶凝聚在一起之故而得以成就。夢想可將歷史伸展到非現實的邊緣。詩人所尋獲的童年，並非在現實中，而是在如夢的夢想中，他一邊夢想，一邊回憶；一邊回憶，又一邊夢想，一如巴什拉所言：

> 只有在心靈與心智通過夢想在夢想中結合時，我們才享有想像與記憶結合的效益。在這樣的結合中，我們才能說我們再體驗到我們的過去。我們過去的存在於是想像他已再生。

因為想像與記憶在其原始心理中，呈現不可分的復合，詩人即可對於他所樂見的畫面進行繪色。在詩中，詩人肯定了童年的自己，也不因年老而停下腳步，他想加快腳步，只為了追上童年的自己，或也可以說，是自己的童年。

而林煥彰所記憶與想像的童年故鄉，又是如何的景象？在〈山那邊——雪隧通了，但別忘了還有北宜公路可以回家……〉中或可窺見：

> 我喜歡走山路回家，蜿蜒的／回到童年的老家；
> （略）

> 我喜歡走山路回家，蜿蜒回到／心靈的故鄉；山的那邊的那邊
> ／──叫蘭陽／更重要的是，還有一個我；／小時候的我／打
> 著赤腳，跟老牛一起耕田／牠走在前面，我走在後頭／牠比我
> 辛苦，拖著整片大地／往前走──我比牠輕鬆；只管扶著犁把
> 督促牠／而鷺鷥們散落在兩旁，有吃有玩／十分悠哉，自在十
> 分／十分幸福，好康滿滿／山的那邊的那邊……。

經過現實中蜿蜒的山路，夢想中蜿蜒的秘道，回到了宜蘭老家，童年的家鄉。在這心靈的故鄉裡有一個小時候的自己，赤著腳跟著老牛一起耕田，田邊有著散落的悠哉自在的鷺鷥。農耕之務，必然是辛苦的，然而，這幅童年景象，卻是充滿了農村之樂，還洋溢著「十分幸福」的氣氛。不管如實與否，詩人其實有所自覺：

> 也許是已經流逝的時間，在心理上產生了「距離的美感」，我
> 真的就很順利的從我的回憶當中，片片段段的湊成了一些詩；
> 這些詩寫起來，都或多或少有些「童話」味道，我自己感覺很
> 舒服；也許也是一種現實遺憾得到了一點慰藉，精神上有了一
> 些彌補，我寫得很愉快；這種「慰藉」、「彌補」和「愉快」就
> 成為我自己心中的美感，也成就了詩的美感。

林煥彰如此闡述著他的童年寫作感想。因為時間與空間的距離之美，因為遺憾的彌補與慰藉的心理作用，而營造了詩的美感，但也如巴什拉所示：因童年的回憶賦予我們一個在現實生活中無效的過去，但過去突然在想像的生活中成為充滿活力的東西，即有益於人身心的夢想。在歲月老去時，童年的回憶使我們具有細膩的感情，於是在懷有優美情感的詩中，「使我們原諒那特別古老的憂愁」。莫怪詩人說「一種現實遺憾得到了一點慰藉」。

三 追上童年的圓滿

　　林煥彰從不避諱提及自己的身世與成長背景,對於小時候因為家
境艱困而失學的成長過程總懷有一份遺憾,這些埋藏在內心深處的酸
楚,也在二○一七年,將它們刻畫在〈微雕一滴淚——寫我三歲時的
記憶和身世〉裡:

> 一滴淚,夠晶瑩剔透/透過我自己老花的眼睛,讀它;/讀不
> 懂的是,/自己的一生
> 一滴淚,我用於微雕一首長詩/長長如長江水;蓄滿我父我母
> 和我自己/已經夠長的一生
> 望著,我望著遠遠望去的我父母百歲老去的背影/自己還孤立
> 在一棵百年槐樹下,等我自己的童年/回到我心上,問他可還
> 記得我/三歲時,孤伶伶呆立在一間陰濕低矮的鴨寮/和上百
> 隻黃毛小鴨
> 已不記得了!那時,為什麼/父母都不在我身旁?像眼前的每
> 一隻黃毛小鴨,/牠們破殼時就沒有了爸爸,也沒有了/媽媽
> 我微雕的/一滴淚,是的,是夠透明了/它,還凝固的一直懸
> 掛在我畫滿了魚尾紋的眼角/迴照我,我還未讀完的我的/這
> 一生……

詩的第一段透過自己年老而老花的眼睛來讀自己的一滴淚——自己的
一生,是人生的回顧。第二段表述了這滴淚是與父母和自己相關的人
生,即身世的坦露。到了第三段,出現了記憶中那個三歲無依的自
己,孤伶伶的站在潮溼陰暗的鴨寮中,站在成堆的小鴨群裡,此刻年
老的自己,等著那個三歲的自己回來,想問他還記得現在的自己嗎?

第四段自我答問為何那時父母都不在身邊，但沒有答案，記得的，只有像被遺棄的小鴨一樣，孤兒一樣的三歲的自己。這全部的人生故事，全蓄積在一滴眼淚裡，它並不平滑，而是雕刻細微且密密麻麻的自己坎坷的成長故事，它就掛在已經年老的有著魚尾紋的眼角上，永遠抹不掉的凝固在那裡。這幾行詩句，不知是詩人多少的苦所濃縮而成，即便年老了，也忘不了那個孤單的童年，等著讓他回到自己的心裡來。巴什拉告訴我們：孩子的孤獨比成年人的孤獨更隱秘，人經常到了生命的暮年，才發現那深藏著的我們孩提時代的孤獨。只有將老年的孤獨反射到被遺忘的童年的孤獨上，才理解到人生孩提時期的孤獨。所以八十歲的詩人，深深體會著三歲的自己的孤獨。

走過童年，所幸，林煥彰遇見了詩和畫，因著寫詩和繪畫，讓他找到了人生的出路：「沒想到這兩樣一般人都視為『無用』的東西，卻救了我這蹩腳不如意的一生，能使我在屢次碰到挫折時，都能免於沮喪、免於沈淪，她們拯救我，是我生命之舟在人生汪洋大海中、幫我渡過諸多災難的兩根重要的槳。」尤其是寫詩，他說：「寫詩的心是跳動的，當我有了詩作，我才感到自己真正的活著……」林煥彰因為詩而感受到生命的存在價值，不論是作品或在書寫當中。一個詩人寫出自己的童年，在緩慢的書寫中，童年的回憶會跟著一一舒展開來，靜靜地呼吸，這份寧靜，即是對作者的回報，之外，也同時獲益如巴什拉所提出的，因為夢想是想像力的一種記憶術，所以在夢想中，我們有接觸到命運沒有加以利用的某些可能性。故而嚮往童年的夢想存有一個巨大的悖論：「消亡的過去在我們身心中有一種未來，即生氣勃勃的形象的未來，向任何重新找到的形象展開的夢想的未來。」對於一個想追上童年的老詩人而言，他其實真正想追的，正是那個童年的未來吧。

同樣在二○一七年，林煥彰也寫了一首〈水田‧心境──丁酉大

年初三午後返鄉〉，在第一段寫著：

> 我守護心中一方水田，／回到我童年，它映照我／童年留下的
> ／一些些腳印，深深淺淺；／／深淺不一的那些腳印，／有的
> 模糊，有的不敢確認／有些雞鴨鵝，還有些水牛／有些鷺鷥，
> 有些水鳥和一些／白雲、烏雲，又有一絲絲／彩霞，一片片／
> 落葉，一些些雜草，／一些些魚蝦……／都在寒風冰冷的水田
> 中

記憶中冰冷的水田，還留有童年的腳印，還混雜著雞牛鴨鵝、鷺鷥、
水鳥，以及雲霞、落葉、雜草、魚蝦等，這些景物全被守護在心中的
那片童年的水田裡。第二段則從景物移到了人事：

> 今天，還在過年／農曆正月初三；回娘家的／大多已回自己的
> 家，／只有我回到童年，沒有家的家／找我小時候的玩伴：／
> 他們都已經年老了，已經認不得我了／我還穿著開襠褲，／那
> 是假不了的，我小小的時候的童年／還愛流著鼻涕，／還愛
> 哭，愛鬧的我的童年

還在一般家庭團聚的年節裡，詩人獨自回到了童年的故鄉，家屋早已
不在，童年的玩伴也已認不得，但還記得，那個穿著開襠褲、流著鼻
涕、愛哭鬧的自己。最後一段，在景觀與人事的召喚下，那個從前未
完成的童年的夢呼之而出：

> 我回到了我生長的農村，／宜蘭礁溪；桂竹林，／回到了近三
> 萬個日子以前，我走過的／小河，水溝，田埂，／阡陌縱橫，

> 編織時間的童年／那個沒有做完的黑芝麻一樣／小小的夢；夢
> 回回到夢裡，／我出走流浪已逾一甲子的／童年的故鄉。

十五歲離開了故鄉，如今已過六十個年頭，雖然已失去了保存記憶的家屋，但這裡留有童年的景物與故人，也許這些都已經與實際的童年不同了，但因為記憶與夢想的存在，童年便一直留存在這裡，這裡是宜蘭故鄉，也是心靈的夢想之鄉。有這個童年的家鄉存在，詩人流浪的夢總有歸來與出發的地方。

透過童年的書寫，在記憶與想像的結合下，過去的童年因夢想而有了活力。在童年原型所特有的單純幸福的象徵中，往日的苦痛已逝，而那份孤獨的害怕，也因童年的永恆而安靜了下來。林煥彰這麼說過：「人生是痛苦得多，寫詩是一種心靈上的救贖。減少痛苦，我會繼續寫詩；為了使寫作的詩，能有機會和識和不識的人產生心靈上的共鳴，我勇於面對孤獨，在孤獨中與孤獨對話……」是的，當讀者追隨詩人所寫的童年，使之也體驗著那個永恆的童年、啟發他重新體驗自己的童年，一個不斷發展的童年是鼓舞詩人夢想的動力，巴什拉如是說。於是在書寫或閱讀回到童年的詩中，詩人與讀者，在同樣的夢想中得到了共鳴。

一個年老的詩人，當他向前追趕跑在他前頭的童年，他想追上的，是過往，也是未來。在這一個圓形的循環中，問題，也許便是答案本身；曾經的苦與孤獨，也在夢想中得到了新的可能而圓滿。當它從詩人的記憶與想像中化作了詩，便從此一循環中延展出了新的生命。詩人曾表述自己的詩觀：「我常認為：寫詩最大的意義，是為自己，成就自己；如果有人看它、讀它，那是另外一種意義，甚至我還會認為，那是寫作者生命的另一種再生和延續。」藉由夢想的童年所潛在的意涵，林煥彰回到童年，也向前追趕著童年，而其所追求的，

或許，正是詩人對於生命的再生與延續的想望吧，一位八十歲的老詩人對於詩永遠無止的夢想。

流轉的詩光

板橋　林秀兒

　　因為，動態閱讀，親近了煥彰老師的童詩；因為，說唱吟遊玩童詩，創作詩歌，榮幸地，結識了大詩人林煥彰先生。

　　感謝這份詩緣，曾經多次在圖書館的親子活動、故事媽媽讀書會和婦女大學的課堂上，與詩人共同推廣童詩教育，而有了亦師亦友的忘年交情。

　　時光匆匆，回首思索，竟已是二十餘年。喜歡隨口說出「我們林家」的大詩人，總是帶著命定的熱情，堅持著實踐詩人的夢想外，還不斷鼓勵晚輩寫詩、作詩，直到八十高齡，還邀約動態閱讀的夥伴們，坐火車出遊，「訪小站‧寫小詩」實在令人深深感動。

> 椰子樹有一隻很長的手，
> 白天想摘太陽，摘不到；
> 晚上想摘月亮，也摘不到。
> 不過，他是從不灰心的，
> 每天都努力向上伸長，
> 所以節節升高。
> 我想，有一天，
> 他想要的，都會得到。

數十年來，詩人喜歡浸潤在「詩、音樂、繪畫是永久的伴侶」的日子裡，漫步巷弄街道、山邊水湄、五濁渾世、藝術殿堂間，在「詩是生活，詩是品味」的慢活中，觀看萬物，凝視宇宙，超越性的從有看到空，然後，以著平常心，把身體、思維、直覺、想望和靈魂，化成一首又一首詩，演奏出一片流轉的詩光，遍灑世界，行道天涯，創造出全然豐盈的藝術生命。

　　曾經，在詩人六十歲的「詩‧生活展」裡，讀了一首詩人寫過最短的詩〈空〉。

　　　　鳥，飛過──
　　　　天空

　　　　還在。

剎時，因著本質的共鳴，而有了直覺的驚悸，而有了仰望、崇拜的嘆賞！

　　從此以後，曾經有很長的一段時間裡，在推廣動態閱讀時，總喜歡以這首〈空〉作為教材，邀約教師、故事人、親子或銀髮族，體驗動態閱讀中的真實歷程和哲學探究。並且，在二○○四年初，發表了〈玩詩的饗宴〉。

　　盛暑，走進詩人林煥彰先生的「詩‧生活展」。會場，感受詩人的平易近人，詩中生命，詩情洋溢。閱讀著：

　　　　一片葉子，
　　　　是一片葉子，
　　　　我當它是一棵樹；

> 一棵有顏色的樹，
> 一棵有生命的樹，
> 一棵有感情的樹，
> 它就是一首詩。

讀詩，也讀詩人。詩人在「詩‧生活展」開幕中的開場白，是如此緩緩地道出：「來不及裝框的畫，正如來不及穿衣服的女人一般真實。」短短的話語，說的是展場內作品的樸實本質，卻牽引著人讀出詩人林煥彰先生的詩作，真實的活在生活中；從生活中，活出生命來。

濃冬，動態閱讀推廣夥伴們，玩著詩人那短短的七字詩〈空〉：

> 鳥，飛過──
> 天空
>
> 還在。

走入詩心

動態閱讀詩作時，一個、一個、又一個讀者，讀著詩人簡短的詩句，一次、一次、又一次的吟出來。循著詩人賜予的字詞，摸索著詩中的音樂、節奏，吟唱著不同的情感，嘗試著走入詩人的詩心，一起探訪詩中世界。

有時慢悠悠地飛著，演出小小鳥，這兒看看、那兒瞧瞧的閒情逸致；有時，急速、驚心、又俐落地演示出，弱肉強食的悍鳥捕食的天空；有時，以快板、又斷又續的音樂，詮釋出發現、驚奇與分享的喜樂；有時，以例行公事般的聲音，道出一切如常、平平凡凡的真實存

在；或者，以緩緩的、有氣無力的、終於消失成大地宇宙間的一聲長長的幽微回音，演示著蒼涼、無奈的生命限度，以及宇宙的永恆；或者，輪番演奏，扮演出各式各樣的鳥，以各異其趣的飛翔姿態，飛舞出或長或短的時間歷程，圖繪出不同濃淡光影的飛翔內容。然而，天空總是以如一的音容，永遠包容、接納，隱喻出虛空的永恆存在。

探究詩意

探訪詩中世界，吟吟、玩玩，總想說說談談，分享一下自己的感受與發現。感受與發現，有時，來自詩人的邀約；有時，來自同行夥伴的激發；有時，來自心底深處的回音；有時，探索詩中意境時，會在某個轉彎處，迸放出異彩。

在閱讀〈空〉詩的歷程中，曾經有過這樣的交流、互動：

「經歷過的事，雖過了，總會有些印象。有時，一時之間，不容易察覺某些意義，但是，或多或少，總會留下痕跡。」

「這樣的演奏，讓我想起賽鴿。拚命地飛呀飛，只想趕快回家。路途中，必有風景，卻沒看見。然後，可能會帶來很多失落。而且，不論輸贏，無論如何，天空仍在。」

「愛飛就飛，飛飛停停，不論如何飛，天空仍在。每個人或多或少，都有自己的天空。不論，看到或看不到，天空一直存在；或者，有沒有覺察到，天空一直存在的意義，對於每個人的生活態度、自我認同、生命目標，會有著影響性的決定意義。」

「閱讀這首詩，讓人學會謙虛。個體即使是英雄，在整個大自然宇宙中，也只是過客，非常渺小、非常短暫。」

「天空像是家。每人對家的感覺，有的是休息的地方；有的人就依賴家，對家的感覺，是不一樣的。但是，母親對這些感覺、想法都

接納與包容。天空讓我想到母親的接納與包容，天空就是天空。」

「所以，你是在說，鳥可能賦予天空不同的定義，但是天空仍是天空囉！」

「我們可以從第一人稱幻化成鳥，以參與者的角色去體會；也可以從旁觀者，看著鳥如何飛的角度去發現與談論，也可以從天空本身來玩賞囉！」

「我看到了很多不同的鳥，在不同的時間、空間飛過了。不過，天空總是仍然存在。存在的天空裡，不禁想著鳥在找尋什麼？或者詩人在找尋什麼呢？」

「所以，天空的永恆意象，是由不同的鳥，在不同時間、空間下，不同的飛翔，累積出來的意義。」

「所以，所謂的永恆不朽是由無數個短暫，無數的點和點、面和面連結的關係，共同匯聚而成的永恆不朽？」

「有時，這樣的意象太大了，一時不容易進去。」

「所謂的圓滿，是由許許多多圓滿和不圓滿交織而成的圓滿。」

「永恆的圓滿，不是在人的生命上發生的。」

「不是在人的生命上發生？」

「可能是創造者、是宇宙、是神。」

「還有，在真正的永恆前，讓人學會謙卑。」

玩出詩情

吟吟、玩玩、說說、談談，不知不覺，滋長詩情。因此，仿作脫口而出了。

「魚，游過──河流還在。」

「河流，有時會乾枯，意象不太好。」

「魚，游過──海還在。」

「海有愛琴海、有裡海、有太平洋、大西洋、北極冰洋……，它們都可以是海。在整個宇宙中，這個海也會是個很大的概念。」

「有種後現代主義的感覺。」

詩情蕩漾，竟也頑皮地推測、笑稱：「這樣的詩人，應該是可以長命百歲。」〈祝福煥彰老師，健健康康，長命百歲。〉

一段動態閱讀短詩歷程，我們自由自在地吟詩、找詩、浸淫詩中意境、探索詩中意涵，發現自己的意義，涵養詩情。沒有導讀、介紹，無所謂的離題與失焦，以著玩詩的心情，輕鬆地分享與交流，合作思考地玩賞，玩出豐盛的饗宴。

萬分感激煥彰老師，數十年來，因為「詩」，我學會了永遠都要學習的堅持實踐夢想。不論天雨天晴，不論居家、旅行，在行走、坐社巴，時時寫詩，日日創作，累積了不計其數的詩作，怎麼讀也讀不完。於是，只能擷取片段閱讀、記憶碎片，改變行文方式，繼續未完的詩光。

詩人的創作
血點，記憶，夢想……
是生活的結晶
有日夜，就好
是詩人和詩人的影子
有日月，更好
永恆，面對天地。

詩人的童心
如日如月，

領受了當下，

交代了時間

花兒草兒貓兒狗兒露珠碎石子的影子無所事事尋找自己的天

　　空……

加加減減出童年。

童詩藝術

如流水，如花香

讀啊，讀不完。

飛啊，一直飛在眼前

飛在心田。

詩意深邃

八十詩人，打開黑暗

走去遙遠的他方，從童年回來

老甕彈唱的辛酸雨天春夏秋冬睡與醒笑與哭地球是一個破碎的蛋

　　殼……

全然一體

如山如海的豐盈詩作啊

讀啊，讀不完

飛啊，一直飛來眼前

迫在眉睫。

來不及讀完啊，

玩，

只能玩玩。

喔——喔——喔——
公雞生了一顆好大好大的蛋
在動態閱讀場
灑落第一片詩光。

詩光，流轉
花是蝴蝶，
蝴蝶也是花，
飛舞出一片童心稚情，
編織那個夢中的
夢。

詩情，流淌
玩詩的
小貓走路沒有聲音
小貓走路輕輕地輕輕地沒有聲音，
然後，躺入愛的懷抱裡
飛了起來
展開詩的翅膀，飛了起來……

詩教，紮根
一棵樹……
我是一棵樹……
一棵樹我是
一棵樹我是
一棵樹我是……

於是，小孩、教師、故事人、家長、銀髮族
長成一棵棵不一樣的樹。

時間之河啊，流啊流，
詩人習慣把空當有
日日寫詩，活出不一樣的生命樹
是一棵最後一樣要倒下的讓人懷念的不一樣的風風光光的樹
讓詩活著。

螞蟻的高速公路

桃園　葉莎

　　我很難用一句話來形容煥彰老師，若說他是個孩子，他時常帶著一頂藍布帽又露出一截雪白的髮絲在風中翻飛；若說他是個老人，他走起路來快步如飛，超越許多年輕人，對身邊所有事物的好奇心又像一個正在努力探索世界的孩童！他總是很開心的說：「我十八歲！」說完哈哈大笑！

　　二〇一九年四月初，煥彰老師和詩人郭至卿來龍潭玩，這算是我們相處最久談得最多的一次，因為每一次在乾坤會議上或詩人聚會上，總是聚散匆匆，無暇多談。在龍潭的運動公園走過，他一路讚嘆沿路盛開的木棉花，讚嘆龍潭神奇的變化，和他二十幾年前看的龍潭完全不一樣！看見一個很有特色的兒童遊樂餐廳，他既驚又喜有人願意為孩子打造這樣的快樂天堂，就和走出來的老闆歡喜地交談；他時刻關懷著兒童，自己也永遠像個兒童，這就是煥彰老師！

　　談到彩虹，他說：「我寫過這樣一首詩耶，不過我說它是妹妹的圍巾，從妹妹的窗口飄出去的！」看見路邊的大樹，一群螞蟻沿著龜裂的樹皮攀爬，他說：「妳看，這是螞蟻的高速公路！」然後他分享路上曾經看到的許多有創意的招牌，例如：賣戒子賣耳環的，店名就叫「有戒有環」，姓周的老闆賣起粥來，招牌就叫作「粥董」！我們一路笑談著，所到之處皆是詩，那真是一個讓我懷念的下午。

　　在散發著古典風情的木窗下，他以語重心長的口吻和我說：「我最不相信天分這件事了！哪一種才華不是一點一滴慢慢學習慢慢累積而來的？每天都去做一件事像寫詩像繪畫，不知不覺的哪一天就會了，有時候也不懂自己怎麼會的，但就是會了，說不出道理來，而且可以得心應手了觸類旁通了！」他不停分享著自己的經驗，企圖告訴我們，只要肯學習肯努力，沒有一樣事情是做不來的。他不停鼓勵我，攝影不要間斷，繪畫不要間斷，要多為兒童寫詩！

　　他說：「佛洛斯特曾經說過：讀起來很愉快，讀過以後覺得自己又聰明了許多，那就是詩。我是受這句話的啟發，才認識詩的！」難怪每次讀煥彰老師的童詩就感覺時光美好，心靈又回到兒時最美好純真的年代。例如童詩〈影子〉「影子在前，影子在後，影子常常跟著我，就像一條小黑狗。影子在左，影子在右，影子常常陪著我，它是我的好朋友。」這首詩從二○○一年起就被收入大陸人教版小學一年級語文課本；「我想讓許多以為自己很孤獨的小朋友知道，影子也可以當自己的好朋友，你一點都不孤單！」那時我們走在仰光的街道上，他剛完成在一座小學的精彩童詩演講，當我分享我讀到這首詩感動的心情時，他這樣回答我。

　　煥彰老師三歲喪母，我想兒童小小心靈的孤單他應該是最懂了！仰光的陽光熾熱，他高瘦的身影走在前頭，我心裡想，對於世間的愛，他並不是只限於對人也對所有的動物也對周遭所有的植物，那在街頭行走也對身旁的小動物關懷的是他，對每一株擦身而過的植物仔細觸摸觀察的也是他！

　　煥彰老師的許多童詩陸續被收入全球華文兒童教材中，啟蒙了許多小朋友的詩種子。詩人隱地說：「煥彰的詩，看似淺白、口語化，其實詩中透露出誠懇的特質，進而產生一股感人的力量。」但其實最令我難以忘懷深深感動的是一首題名為〈十五，月蝕〉的小詩，這首

小詩在1985年也就是煥彰老師四十六歲時入選「臺北公車詩」，編入小冊，並張貼在各公車車廂內。詩是這樣寫的：

八點鐘，月在我二樓
企圖穿窗而過

十五那個晚上
我捉住了她
所以，你們
就有了一次月蝕

而午夜
她將衣裳留在我床上
所以，那晚
她特別明亮

我讀這首詩時，詩題〈十五，月蝕〉已讓人深思，聽到十五腦海中想到的應是月圓之時，無論是否恰逢月蝕，這月蝕的原因十分奇特，竟是因為「我捉住了她／所以，你們／就有了一次月蝕」這首詩在前兩行看似平凡的開場之後，竟然在第三行神奇巧妙的轉折，跳脫了我們知識上的月蝕成因，既有詩人的奇想也充滿孩童的天真！而第三段的「而午夜／她將衣裳留在我床上」情感盡出，將月光幻想為衣裳，又讓人聯想起女子，以為他寫給妻子！煥彰老師的文字出神入化，詩心天成，每一首詩淺白之後藏蘊的深意，總令我讚嘆不已。

有一句話說：「語言，擁有自己的靈魂。我們吐出嘴巴的每句話，都在改變著事物的流向。在肉眼看不見的地方，產生力量，改變

未來的軌跡。」就連說話這樣看似簡單的事，一般人也未必做得好，在我印象中煥彰老師總是口說好話隨時帶給別人溫暖和鼓勵！他很少批判任何事更不批評任何人！煥彰老師在待人接物上也時常給我許多指引，二〇一八年我到宜蘭參加過他的「小詩磨坊」活動，親自聆聽他向一群寫詩的朋友分享他寫詩的經驗，熱情誠懇毫不藏私又諄諄善誘而且不吝誇讚每一個人，他就是這樣一位嘴巴吐出的每一句話都在改變事物流向的人！

　　溫暖的春日我們三人行經一條馬路，上面有一條公路車輛川流不息，他問我：「那是高速公路嗎？」我回答他：「是的，那是高速公路！」像是快速流走的回憶又像是迎面而來的嶄新的光陰，而我們三人在高速公路下面行走，何嘗不像三隻螞蟻在人生道路上卑微地行走！只是其中一隻螞蟻有大智慧，兩隻螞蟻跟在後面努力學習，然後我們指著路邊的樹又笑著談起螞蟻的高速公路！

　　我很難用一句話來談生命該如何活得精彩充滿愛及活得有意義？但是煥彰老師用身教言教親自示現一切！

管窺《一個詩人的秘密》

淡水　康逸藍

要怎麼去書寫一座大山？

想到林煥彰老師，就感覺有一座大山在眼前，這座山很高、很廣，山裡彷彿有無數的寶藏。然而，不知道該徒步上山，一步一腳印去追隨足跡？還是搭直升機逡巡一番，直線降落，先別人一步採擷珍果？

是的，這麼多采多姿的一座山，要從哪一個角度切入？一位擅長「捏造」文字、「編派」線條與色彩的詩人、畫家，還是資深編輯、詩社與協會的臺柱等等，角色繁多不及備載，要切要剖都不知從何下手？

所幸，這座山很親切，只要願意靠近它，就有取之不盡的寶藏。而我，在二○○五年的一次新書發表會中，喜獲林老師《一個詩人的秘密》這本書，讓我打開扉頁後，開始了我的大山之旅。

詩人的異想世界總是神秘而多彩，讓人想一窺堂奧。這本書似乎有著那種神秘的力量，頻頻召喚人去讀它。第一次閱讀，我的印象很深刻，是個颱風擦肩而過的日子。獨坐在頂樓院落裡，抬眼處，雲翼垂天，間有大雨傾洩棚架，敲出叮叮噹噹聲。那種天氣註定要閒閒散散度過，而閒閒散散的心情最適合走進詩人異想的世界，跟著詩人的腳步，來一趟神秘之旅。

　　這本書的副題是「我是怎麼寫作的」，難怪我覺得自己彷彿拉把椅子，與老師對坐，聆聽老師款款道來，非常有臨場感。

　　不知不覺，我的眼睛換成詩人的眼睛，我不僅是讀詩，還讀到詩人的心，讀到詩人醞釀詩的意念；讀到一首詩由混沌一團，漸漸有了雛形，終至演成天地間獨一無二的作品。原來詩人並不藏私，相反的，他樂於把自己在詩鄉耕耘的經驗分享給同樣愛詩者的心靈。

　　讀著讀著，發現詩也有其眾生相，有的詩信手拈來，一落地就是個完美的胚子；有的詩先發個芽就暫時不想長大，也許一個月兩個月，也許一年兩年，它才繼續走上成長的路。如果說捕捉靈感是詩人的巧技，那麼耐心等待也是成為詩人的重要質素。每一首詩有它自己的命運，就像每一個人有他的遭遇。而每一首詩有它的個性、形體，就像人一樣。如此，詩國的子民是多采多姿的，每個人可以用自己的方式，為詩國增添不同的子民。

　　由林老師的自序得知，在撰寫這本書的期間，他身兼多職，時間被切割得四分五裂，頭腦也在不同工作領域裡穿梭，而這本書竟然順利在一百日內完成！我想這就是真功夫，詩的理論、詩的創作早就融合在老師的 DNA 裡面，他可以像呼吸一樣，自然吐納；幸運的讀者也可以像呼吸一樣，汲取精華，滲入自己的 DNA 系統，跟隨老師走入詩人的祕密花園。

　　書的封面有幾句話：「詩是語言的藝術，是文學作品中極為精緻的一種類型。寫詩，雖然不是很容易，但也絕對不是什麼困難的事。」詩因為具有語言精緻性的特質，讓很多人卻步，可是人心中其實都潛藏著一個詩人，只等著一個呼喚的契機。林老師為什麼敢說「寫詩，雖然不是很容易，但也絕對不是什麼困難的事」？因為啊，老師在撰寫之初，就設計好每一篇都有談怎麼寫作的部分，接著以一首詩來驗證他所談的不是空泛、冰冷的理論。就是這樣一篇篇有溫度

的文章，讓人愛不釋手。

　　光看老師為文章下的篇名，就足以鼓舞自己成為詩人，隨便舉幾個例子：

　　跟老師熟稔後，知道老師創作量驚人，並不是他的一天是四十八個小時，而是他比別人會利用時間。什麼時候、什麼地方、什麼心情適合寫詩？老師隨時隨地，抓住一個意念就可以寫詩。在〈走到哪，寫到哪〉裡面，老師引用某位作家的話說：「旅行要把自己帶著走，那是一件最重要的行李。」每每在機場看到旅人大箱、小包拖拉著走，眼神空洞地瞪著前方，我總想起〈家是我放心的地方〉這首詩，這是老師在紐約飛臺北的高空上寫的。老師說：「詩在我的腦子裡，我要把詩帶著去旅行，走到哪兒，就寫到哪兒……」是不是我們旅行的時候，把「自己」這件最重要的行李忘在家裡了？

　　附錄
　　〈家是我放心的地方〉
　　——從紐約飛回臺北途中

　　再過幾個小時，我就可以回到家；
　　我的腦子還十分清醒，現在是
　　凌晨一時二十五分，
　　——飛機剛剛飛過換日線，

　　再過幾個小時，我就可以回到家；
　　我向空服員要了一杯白酒，
　　也向自己的旅行袋要了一本書
　　——家是越來越接近了，

再過幾個小時，我就可以回到家；
飛機在一萬一千三百公尺的高空飛行，
安安穩穩，我在一盞小燈下想家
——家是我放心的地方。

　　下次去旅行的時候，千萬記得把「自己」帶去。

〈蚊子半夜叫我起床寫詩〉這個標題，看了都讓人會心一笑。誰跟蚊子沒有恩怨情仇？一般人是不會把蚊子和詩聯想在一起，被蚊子糾纏不清的時候，唯一的想法是「格殺勿論」，怎麼可能有寫詩的興致？
　　蚊子可以說是我們「親密的仇人」，世界上最常親吻人類的動物就屬牠們了，這一篇文章裡，老師把與蚊子交戰、對蚊子的感覺剖析一番，相信這些都是我們大家共同的經驗。老師在恩怨情仇當中，提煉出很多首跟蚊子有關的詩，你呢？相信讀過這一篇，再有機會和蚊子交手，一定會有所啟發。老師篇後附的詩，也是我很喜歡的一首。

　　附錄
　　〈我家的蚊子〉

　　我住五樓，我家的蚊子
　　也住五樓；

　　我看電視的時候，
　　我家的蚊子，不看電視；
　　牠要我，也不要看電視。

　　我看書的時候，

　　我家的蚊子，不看書；

　　牠要我，也不要看書。

　　我睡覺的時候，

　　我家的蚊子，不睡覺；

　　牠要我，也不要睡覺。

　　我家的蚊子，嗡嗡叫嗡嗡叫，

　　牠只要我和牠，

　　玩打仗的遊戲。

詩要寫多長比較適合？剛寫詩的朋友心中也許會有些疑惑。老師的詩告訴你，七個字就可以寫出一首好詩。在〈詩，就是要不一樣〉一文中，強調每一首詩都要有它自己的樣子，就像每一個人有他獨特的樣子。附詩〈空〉如下：

　　鳥，飛過──

　　天空

　　還在。

這首詩加上標點也才十個字，但是許許多多的人對這首詩都超有感覺，有很多人模仿，有很多人寫下洋洋灑灑的評論、賞析，這篇文章裡就有兩篇是詩人學者的作品，值得參考。我猜，讀了這首短詩，會有更多人抬頭望望久違的天空吧！然後每個人會衍生出不同的想法。

好像在一塊碩大無朋的畫布上，老師的筆輕輕一揮，留白的部分就由個人去想像、填補。

這些年來，碰到對寫詩有興趣的人，我總是要介紹他們看這本書。全書三十篇，篇篇都含有啟發讀者寫詩的小星星，那些小星星其實是不著痕跡地融入各種題材、技巧，會讓讀者一不小心也成了詩人。又好像有三十道寶藏門，每打開一道門，都會挖掘出一些驚奇。

我第一次泡在《一個詩人的秘密》裡，泡著泡著，泡出些許詩興，抓起筆，也寫下幾首小詩。颱風擦肩而過的那一天，風起雲湧是詩，雨下在山裡水裡是詩，小院落裡，花間草間有詩，桌上，茶也飄出詩香。

忽忽已是十多個年頭飛過，我常翻閱這本書，翻閱一個詩人的「密秘詩國度」。我和詩人一樣，忍不住要與人分享讀詩寫詩的雀躍。

不空之空
——林煥彰〈空〉賞析

桃園　林茵

〈空〉

詩／林煥彰　英譯／非馬

鳥，飛過——
天空

還在。

EMPTINESS
（Lin Fuan Chan）

Bird. Flying over——
The Sky

Still There.

林煥彰老師的作品〈空〉，是他自認為最短的一首詩，短到甚至比他另一首詩的題目「一條妙齡的黑色的魚游過一座城市的一條街道」還短。仔細品味這首詩，會發覺它非常的簡單，卻也非常不簡單。

為什麼說非常簡單呢？因為它所使用的字，都是非常淺顯的常用字，淺顯到低年級甚至幼兒園的小朋友都認得，加上它非常的短，一共只有七個字，含題目也不過八個字，一下子就可以讀完，再簡單不過；而為什麼說它非常的不簡單呢？因為這首詩裡面蘊含的道理，真是讓人難以捉摸。一開始簡直「見山是山，見水是水」，但仔細想想，才發覺「見山非山，見水非水」──這首詩延展出的意涵，還真是耐人尋味。

首先談談「空」這個詩題。許多人都聽過「四大皆空」，甚至聽過「色不異空、空不異色，色即是空、空即是色」之類的句子，或許還聽過所謂的「成住壞空」四個階段。「空」是佛教界一個很重要的議題；什麼是空？「沒有」是空嗎？還是「連沒有都沒有」才是真正的空……又或者還有其他的說法？此外，「空」了之後會如何？為什麼有人會在意或思考「空」的道理？……這些道理對我們的人生有什麼幫助或啟示？

上面這些疑問，就是我在閱讀這首詩時，內心直覺發出的問題。對小朋友來講，這些問題可能稀奇古怪，但是對某些大人來講，卻非常重要，值得一再思索，並且，在人生的各個階段，都可以得到不同的解讀。

因此嚴格說來，這首詩是一首適合成人閱讀的現代詩，並不是一首純粹的兒童詩。不過，即便如此，小朋友也可以閱讀，並憑藉自己的想像力為它增添個人的色彩。

現在我們不妨想像眼前有一張空白的圖畫紙，然後我們提起筆，為它畫上一座山、一棵樹、一隻鳥，相較於一開始「什麼都沒有」的

「空空的」圖畫紙，現在它開始「不空」了；我們不妨把它想像成一張圖畫紙構成的舞臺，然後我們繼續在上面增加花、草、雲、雨、河流，甚至各種小動物等，它越來越滿，畫面越來越擁擠，越來越「不空」。而假設這些加上的東西都可以一一的被請出這張圖畫紙的舞臺，那麼它上頭的東西會越來越少，小動物、河流、雨、雲、草、花，逐漸地減少，一一消失，直到最後全部消失不見，回歸原本的「空白圖畫紙」——這時候，圖畫紙真的空了嗎？沒錯，上面什麼都沒有，只有白白的一片，然而，桌上什麼都沒有了嗎？——不！還有一張圖畫紙！

那麼，到底什麼是「空」呢？你可以說「白白的一片」不是空，因為至少還留「有」白色或說白色的圖畫紙；等到白紙也不見了，已經空了嗎？不，因為我們看到背後的桌子，所以還「有」桌子，那等到桌子也搬走了呢？還有地板、牆壁，甚至還有空氣……這樣層層推導下去，如果要真的「空」了，那只好把空氣也抽光，但是，連空氣都沒有的「真空」，就是空了嗎？如果你說「是的，現在已經『空』了」，那麼，承載這份真空的「空間」去哪裡了呢？還有，思考注視著這件事情的「我們」，又去哪裡了呢？……

所以，「空」這個字是多麼的不簡單哪！

當我們經過上面的想像與思考之後，接著來解讀這首詩：

鳥，飛過——
天空

還在。

不難理解，沒錯，雖然天空裡沒有鳥了，但並不代表真的「空」了，

因為至少還「有」天空，是的，天空還在，透過我們眼睛看去的藍色
天空還在，而就是因為「天空還在」這麼簡單的四個字，突顯了
「空」這個字的相對性，造成了一種強烈的對比，我們才驚訝的發
覺──哇！這哪是空了？我們甚至可以搖著頭說：「不空不空，因為
還有『天空』」！

　　這就是這首詩的奇妙處！

　　以上是就內容面來看這首詩，當然，要賞析一首詩，還可以從很
多不同的角度切入，至少還要兼顧意象和音韻的部分，這首詩在這兩
部分都有獨到之處。

　　簡單的說，透過這首詩，你可以看到一面淺藍色的天空，就好比
一大張淺藍色的壁報紙在你眼前攤開，一隻鳥從外面飛過來，進到壁
報紙的範圍裡，又馬上離開，而這張剛才被我們比做壁報紙的淡藍色
天空，又回歸原本沒有鳥的樣子。

　　鳥已經飛不見了，從無到有，又從有到無，但是壁報紙（天空）
一直都在，沒有不見！所以空並不是真的空──從這個角度看這首詩
的意象是很鮮明的，天空、鳥，這兩者的形象很清楚的顯現，視覺焦
點的轉變非常清楚，從鳥飛進來，視覺跟著近處的鳥飛而移動，然後
鳥消失，視覺停留在原本作為背景的遠處天空。

　　在這裡，我們完全可以不必理會這是什麼樣的鳥，牠的顏色形狀
大小……也不必理會牠（們）到底是一隻鳥，還是一群鳥成群結伴飛
過，或是一隻接著一隻像拉著一串刪節號經過一樣。假若我們要想像
這是黃昏或清晨的天空也無妨，它自然會呈現出有別於淡藍色的天空
色彩，但這並不妨礙我們對於「空」這件事、這個現象的理解。因
為：什麼鳥、什麼時辰、什麼顏色的天空，並不是我們關注的焦點，
所以人人可以就自己的經驗去想像畫面，但不妨礙對詩意的理解！

　　此外，一首詩的音韻其實就是音樂性的展現，詩歌的音樂性主要

展現在節奏和旋律（曲調）兩部分，以下就這兩部分來簡單說明。詩歌節奏牽涉到詩歌的標點和斷句，這部分是較難說明但可以體會的。簡單來說，大家不妨反覆念念看，七個字一共分成四個詞（字）組，第一個是一個字，接著連續三組兩個字的組合，形成一、二、二、二的句法。我在網路上看到還有一種一、二、四的句法，後面四個字（天空還在）連在一起不斷開，然而，本文根據的是斷開的（1、2、2、2）版本，我個人認為，這造成了一種停留的印象，天空停留在眼前，相較之下是比較成熟的句法。值得留意的是，末四字除了斷開之外，中間還空下一行，營造出停頓未決的氛圍，當讀者讀到「天空」之後，不免想著：「天空」到底怎麼了？而這，要直到再下一行才能發現——「還在」。

其次，詩歌音樂性裡的旋律感，主要是由四聲的高低、聲調的抑揚頓挫造成的。我們先用四聲來標出這七個字，如下：

3，1-4——

1-1

2-4

大家不妨仔細留意最末行的最後一個字——第四聲，相較於其他第一、二、三聲調，第四聲是下降的、沉重的，也是停滯的。因此，在古典詩詞和對聯，一般使用第一、二聲結束，不會使用第三、四聲作結束的聲調。但在這裡，第四聲恰好造成了停駐的結果，再加上「天空」這兩個字都是平舒的第一聲，更加強化了「還在」的意象。

以上僅試就自己的經驗和想法來賞析這首詩，或許並不是林老師的原意。至於網路上提到林老師認為這首詩在寫生命的意義，寫的是

生命的短暫和永恆，那又是「如人飲水，冷暖自知」了。

　　建議小朋友們除了反覆吟誦體會之外，還可以試著朗誦它的英文版，捕捉英文的韻律感喔！

在藝術領空中自在寫意的飛行
——林煥彰詩與藝術之旅

臺北　陳木城

一個組織運動的行動家

　　林老師也八十了！真快，快得我心裡一驚！

　　一九九七年，民國八十六年十月，林老師首次辦理兒童文學界的「千歲宴」，向前輩作家的感謝和致敬，邀請的兒童文學界資深作家，如：林海音、潘人木、林良、華霞菱、蕭元奇、林方舟、詹冰、陳武雄、蓉子、星雲法師……，當時資深作家的年齡定義在七十歲以上，當時的五十八歲的還活力十足、青春煥發的林老師如今也已經八十了。

　　林老師是天生麗質，精力充沛看起來很年輕，一直都在為前輩辦祝壽慶生活動，以至於大家都以為他還沒老，沒有人想到要為他辦個祝壽活動。

　　認識林老師四十多年了，當年我還是師專學生，典型的文藝青年時代，林老師是三十幾歲的年輕詩人，看起來就像是二十多歲的大哥。之後任職教師，一九八〇年林老師創辦「布穀鳥兒童詩學雜誌」，一九八三年籌備成立中華民國兒童文學學會，我都參與其中。一九八八年我從美國回來，提議成立「大陸兒童文學研究會」，一九

八九年研究會組團到大陸，成就歷史性的「兒童文學兩岸破冰之旅」，隨後一九九二年成立「中國海峽兩岸兒童文學研究會」，創辦「兒童文學家雜誌」，一九九五年「世界華文兒童文學資料館」，一九九七年出任「第五屆中華民國兒童文學學會理事長」，一九九九年臺灣首次辦理「第五屆亞洲兒童文學大會」，一直到二○一七年回任第九屆「中國海峽兩岸兒童文學研究會」理事長，持續辦理兒童文學下午茶，進出大陸地區兒童文學演講教學活動。

　　林老師一直這樣忙到了八十歲了，看來他沒有停下來的樣子。最近常常在群組裡看到林老師分享的小詩，舉辦畫展活動，從他的作品看出他的寫作和畫作，越來玩得越兇，也越來越自在自由，越寫意放心了。

一個自學成功的典範

　　現在教育界在流行自我學習，興起自我學習教育潮，殊不知林老師是一位自學成功的最佳典範。

　　林老師的朋友都知道他只有小學學歷，他在文學、繪畫的成就都是源自於自我學習，源自於內在的學習熱情，他參加寫作函授班，文藝創作研習班學習寫作；拜師師大鄭月波、張道林教授學習西畫。而後成為詩人、成為兒童文學大家，成為媒材多樣多元的畫家，到現在不斷地創作出版，舉辦畫展美展，斐聲國內外。

　　再以電腦的使用為例。現在林老師用電腦寫作，自如地運用email、FB、Massege、line、wechat，這些社群軟體跟國內外的朋友保持無距離的聯繫。這些雖然是常用的工具，但是以一個八十歲的人，其實不多了。這還是外顯的，如果有機會看看林老師的手機，翻閱他常用的 APP，以他的學習能量，如果還有雲端硬碟、影像處理、

影片剪輯、電子書閱讀……，那也沒有甚麼好意外的了。

二〇〇六年，民國九十五年我退休下來，跟林老師有一些系列的演講，他表示有一些朋友替他做的 PPT，需要做一些調整，約到我家裡來，我就順便演示簡報軟體的使用，現在他在各地演講教學，PPT 都可以自行處理了。

這些為了適應時代進步，科技技術上的使用學習，必須承受多少學習的壓力？以一個長輩的身分，克服多少科技焦慮恐慌的壓力，要付出多少移樽就教，虛心向年輕人學習？但是，對一個自學成功的林老師，他有自己的學習管道，有自己的學習方法，有了強大的學習動機，他都可以一一克服，照著自己的節奏，完成自己的學習目標。

一個背負著十字架的人

林老師出身宜蘭礁溪鄉下，小學畢業後家貧無力升學，就在村子裡種田放牛，後來出外當學徒，做過肉類食品加工，後來進入臺肥公司從宿舍的清潔工做起，慢慢經過內部考試擔任檢驗工、合作社等基層工作。二十五年退休後以他的寫作、編輯經驗，破例進入聯合報編輯團隊，才真正擁有他夢想的文藝工作。

現在回首來看，這些經歷不但是他創作豐沃的土壤，而且也是林老師更值得我們敬重的人生歷程。他靠自己的努力，成家立業，生了二男三女，他用卑微的一份薪水，養家活口，成為背負全家生計十字架的人。

這個背十字架的人，不僅僅是家庭經濟上的承擔，而且是精神上的支柱。我稍稍了解林老師的家人，他的五個孩子都圍著林老師，在很多社團、編輯工作上都幫了爸爸很多忙，他們孩子跟爸爸的感情強過跟媽媽的關係，孩子的婚姻健康、事業工作，難免會有些挫折，爸

爸的包容和理解比媽媽高，結果孩子的感情、健康和事業的壓力也都願意和爸爸分享，也都由爸爸來承擔。

　　有一陣子，我知道林老師很忙，正逢他的女兒健康出問題，需要一段長期的療程，這些接送陪伴都是林老師親力親為。這樣的事在我家都是媽媽承擔的，我嘗試的問了林老師，他淡淡的說：「孩子跟媽媽不是很親近，他喜歡爸爸接送。」這就是為什麼這個爸爸真的比較累了，而林老師也甘之如飴，這完全出自於他對孩子的愛，而且他的愛得到孩子的接受。

　　有一次，參加一個兩岸的環臺參觀活動，林老師帶著他的孫子，他的孫子跟我的女兒同齡，我就發現林老師很疼愛這個孫子，一路照顧他，也一路教他向長輩招呼注意禮貌。我知道孩子的媽媽離開了，年輕的婚姻和感情，老人家也無法多說甚麼。林老師就把這個孩子當做自己的孩子一樣照顧，祖代父職、祖代母職，完全無怨無悔，沒有一句抱怨。

　　我就發現林老師太勤快、太細心、太無微不至。這是一個人的優質，但是對孩子教育來說，該懶的時候一定不能勤，該放手就放手，該狠心就狠心，不能太心疼，孩子大大小小的事不能一手包辦。尤其是隔代教養，往往你教出怎樣的孩子，也會教出怎樣的孫子，甚至會有過之而無不及。

　　我的意思是說，林老師是一個勤快的人，為了實現自我價值，精氣充沛，喜歡挑戰自我，不斷創造新機會，這也註定林老師是一個永遠忙不停的人。所以作為林老師的朋友，是很幸福的，他一向主動積極，親力親為，而且絲毫不計較。但是，作為他的子女，就需要有所覺察，不要讓林老師太累了，謹記別養成過度依賴的習慣，培養自己獨立自主的能力。

一個忙碌八十年的人

楊喚有一首詩：〈我是忙碌的〉，我覺得是林老師最好的寫照，他們兩位都有一樣的出身不高的背景，卻有強烈追求藝術原創的精神，可惜楊喚短命，成為我們文藝界的一瞬間消逝的流星。林老師如今高壽八十了，兒孫滿堂，門徒若市，永遠有一群年輕一輩的朋友圍繞在他身邊。仍然身體健康，在島內南奔北跑，兩岸之間飛進飛出，盡情於創作的世界之中，自由自在而寫意的作品，洋溢著原生原創的生命之歌。我也東施效顰，模仿楊喚的詩，送給林老師作為八十祝賀之禮：

〈我是忙碌的〉

我是忙碌的。
我是忙碌的。

我忙於叫醒太陽，
我忙於照亮山崗；
我忙於敲打行動的鑼鼓，
我忙於揮動文藝的鍬鋤；
我忙於拜訪青春的山谷，
我忙於釀造創作的蜜乳；
我忙於舉起彩色的筆把命運顛覆，
我忙於注滿發酵的葡萄在杯盤交錯的江湖。

我知道有一天我會熄燈休息，
安謐的沉睡如一條微笑的魚，
我，就像一冊新出版的詩集。
精緻的封面是那覆蓋著我的土地。

我是忙碌的。
我是忙碌的。
（2019年4月20日）

老頑童的童真世界

——讀林煥彰《一個詩人的祕密》和《寫詩，折磨自己》書後

臺中　宋熹

　　認識詩人林煥彰，早在四十五年前（1974），那時我正就讀東吳大學歷史系大一，由於編校刊和舉辦詩歌朗誦會的關係，曾經斗膽寫信向他邀約，承蒙慨然回應。不過兩年後我即因故休學，從此離開洛夫和張默主持的創世紀詩社。雖然一九七八年我從金門退伍，隔年考入臺大研究所，再次與煥彰先生聚首，不久還參加他所主編的《布穀鳥兒童詩學》季刊，直到一九八四年就讀博士班一頭栽進學術之路前，經常晚飯後從臺大宿舍漫步前往吳興街，拜訪煥彰、舒蘭兩位文壇臺柱，夜話兒童文學，迄今點滴在心頭。最近由於撰寫慶賀八秩嵩壽的本文，正巧閱讀了蔡馨儀碩士論文《林煥彰現代詩研究》[1]，才猛然驚覺煥彰先生當年曾跟我這個「青年讀友」通過信，話題的主軸是他對詩的看法，一九九二年收入《詩・評介和解說》[2]書中。這段文學的奇異緣分，煥彰先生未曾再提起，但在我半途而廢的文學夢

1　蔡馨儀：《林煥彰現代詩研究》（高雄師範大學國文教學碩士班學位論文，2012年）第五章，頁128。

2　林煥彰：〈我對詩的看法——答青年讀友宋熹的信〉，《詩・評介和解說》（宜蘭縣：宜蘭文化局，1992年6月），頁139。

中，卻似一盞夜明燈，始終瞻之在前，忽焉在後。

一　半半哲學的生活洗練

　　煥彰先生秉性刻苦耐勞，任勞任怨，這種情性的塑造，多少緣自
童幼時期的生活經歷和自我體驗。由於他的父親在日治時期私販食油
而入獄，導致田地房舍變賣，所以生活所迫之下，煥彰先生自幼擁有
一個生母、一個養母（大媽，即父親的童養媳）的奇特遭遇。[3]煥彰
先生對此童年憶往，反而有異乎常人反應的戀鄉情結，他寫道：

> 我從小和母親（按即養母）是寄住在堂哥家，十五歲結束童年
> 生活，獨自到臺北來工作，開始我勞碌的一生。但對於故鄉的
> 神往，是因為「血點」的關係，它讓我無法或忘……我是個念
> 舊的人，對故鄉是有一份不能割捨的感情。[4]

也由於童年生活的殘缺和現實生活的窘迫，反而激發鬱卒悲苦的人，
走上詩人作家之路，他回顧並印證這麼長一段「文學是苦悶的象徵」
（廚川白村語）時，曾說：

> 因為我從小失學，一生都在「做中學」中得到很多好處，也因
> 此，我以堅持使自己能夠默默完成一些個人生命史上和社會
> 中，增加一點點意義，就彌補了我一生的不少缺憾。

3　蔡馨儀：《林煥彰現代詩研究》，頁71-74。關於農家出生和家產敗光的回憶，另參
　　《一個詩人的祕密》（臺北市：民生報，2005年），頁56。
4　林煥彰：《一個詩人的祕密》，頁38。

長久以來，我養成一種「認命」的思想，有悲有苦，自己承擔。我曾經寫過關於寫詩的一篇文章，認為「寫詩是折磨自己」。後來，有朋友跟我說「寫詩也是琢磨自己」。[5]

這種心路歷程折射出一種「有悲有苦，自己承擔」的新人生觀，煥彰先生喻之為半半哲學，算是一種中庸思想，也可以稱為適應哲學，因為人生永遠沒有所謂十全十美，也無所謂幸福美滿，總有紛爭和缺憾，所以需要文學藝術來彌補。對此，白靈特別注意到「他的半半樓與一生皆立於山與海的一半的地方、原鄉與都會一半的地方、養母與生母兩位母親一半的地方、成人與兒童一半的地方、完整教育與失學一半的地方」，踐之履之，正是林煥彰詩中「半半美學」的特殊風貌。[6]

　　煥彰先生有一首〈雨天〉的小詩，訴說前半生悲苦的生活境遇，「一口老甕／裝著全家人的／心，放在屋漏的地方／接水／彈唱一家人的／／心酸」[7]。他也曾說詩是生活、經驗、思考、領悟、想像和憧憬的結合，詩是記錄生命中的點滴，活著，就應該不停地寫作。[8]在〈血點‧現實‧關懷與詩〉文中更進一步抒發生活與文學的交互關係，如下：

5　林煥彰：《寫詩，折磨自己》（臺北市：秀威資訊科技股份有限公司，2013年），頁57、315。同書頁297，林煥彰也提到「因為愛上了詩，她給我很多好處：當我鬱卒時，她告訴我如何紓解鬱悶；當我彷徨時，她告訴我如何尋找方向；當我發現美時，她告訴我如何抒發美感；當我有所感悟時，她告訴我如何表達對人生的看法」。

6　白靈：〈站在蝕隱與圓顯之間──林煥彰詩中的「半半」美學〉《臺灣詩學學刊》第18號，2011年，頁128、142-143（也收入白靈：《新詩十家論》臺北市：秀威資訊科技股份有限公司，2016年1月）。另參林煥彰：《寫詩，折磨自己》，頁51-52。

7　收入林煥彰主編：《小詩磨坊》泰華卷1（臺北市：秀威資訊科技股份有限公司，2010年7月）。另參《寫詩，折磨自己》，頁138。

8　林煥彰：《寫詩，折磨自己》，頁283、287，《一個詩人的祕密》，頁79、91。

「現實」總是不如意的多，這不如意的現實，它不只是我個人
的遭遇和感受，也是大多數人的遭遇和感受。「文學」是「人
學」，是寫人的文學；因此從事寫作我不能不觀照「現
實」……「關懷」與「現實」是分不開的，至少，我是這樣認
為：由於關懷現實，我才能找到我寫作的動力和理由。[9]

無怪乎落蒂認為煥彰先生是生活的詩人，他的詩都提煉自生活的礦
源，多數十分淺白，但震撼十足，餘味無窮。[10]

　　煥彰先生在《一個詩人的祕密》書中，曾念茲在茲再三提到生活
對他創作產生刻骨銘心的體驗，譬如他說「我只把寫詩當成是我活著
的唯一憑藉，我認為我的生命是非常渺小，我這一生已不可能成就什
麼大事業，只有默默透過文字，對這個世界表達個人一點『愛意』」、
「我忠於我自己的感受和體悟，我也忠於我的誠懇，和我的笨拙與率
直，這是我的本性，我認定詩、音樂、繪畫，她們三者是永久的伴
侶。」、「寫詩對我來說是『一輩子』的事。詩讓我學會思考，詩不是
叫我喋喋不休。我不是靈感的信徒，我只注意生活上的任何一點一
滴。」、「詩是生活，詩是品味。詩，無處不在。」、「我要以詩的名義
來『品味』現實人生；人生的酸甜苦辣我絕對不會排斥。」、「詩就是
我的紓解壓力的一種生活方式，所以我說『再忙也要寫詩』，讓詩為
我留下生命的痕跡。」甚至他心悅誠服脫口而說「把詩當作宗教吧！

9　林煥彰：〈血點・現實・關懷與詩〉，《世界日報》，1999年7月5日，第21版，另參蔡
　　馨儀，《林煥彰現代詩研究》，頁46-47、白靈：〈站在蝕隱與圓顯之間——林煥彰詩
　　中的「半半」美學〉，頁128-133、142。

10　落蒂：〈生活詩人林煥彰〉，《林，詩的家》（臺北市：唐山出版社，2007年6月），頁
　　228。另參王耀梓，〈林煥彰童詩創作研究〉（高雄師範大學國文教學碩士班學位論
　　文，2012年），頁206-209。

我們就有了可以依賴的信仰」。[11]

　　煥彰先生曾寫過一首號稱最短的詩,只有七個字,標題叫作〈空〉,彷如他的人生觀座右銘,如下:

　　　　鳥,飛過——
　　　　天空

　　　　還在。

詩評家嶺南人認為這首詩引人遐思,富於哲理,詩味含而不吐,語近而意遠。林秀兒也為文提到閱讀這首詩,讓人學會謙虛。個體即使是英雄,在整個大自然宇宙中,人只是過客,非常渺小和短暫。[12]煥彰先生甚至有感而發說,「如果有一天我也有機會擁有一塊碑石,我要建議我的親人或朋友,請幫我把它刻在碑石上,作為我的『墓誌銘』;它可以代表我的一生。」[13]詩人作家李敏勇《墓誌銘的風景》收錄七十則世界各國代表性人物的墓誌銘及事蹟,認為墓誌銘是人一生的印記,是超越時空的人間徽章,訴說著永不磨滅的故事與情感,不但能瞭解當時的社會氛圍、歷史和文化,也可瞭解其一生,以及處世的哲學與智慧。[14]誠哉是言,煥彰先生這首最短的詩墓誌銘,「空」之一字的標題,連同七個字意在言外的蘊含,既訴說著悲苦謙遜的過往生涯,又勾勒出精彩絕倫的文學人生寫照。

---

11 分別參《一個詩人的祕密》頁53、64、77、79、80、91、116。

12 分別參《一個詩人的祕密》,頁21、24。

13 《一個詩人的祕密》,頁19。

14 李敏勇:《墓誌銘的風景》(臺北市:玉山社,2018年5月)。

二　童心的實踐

　　熟悉煥彰先生的人，都知道他的純真和率性，誠如蕭蕭所說「因為有這樣的一顆詩人細膩的心，我們反而喜歡林煥彰的率真，不假虛飾、不假思索。」[15]班馬在林煥彰印象的文中也指出，「我眼中的林煥彰也是一個率性卻從不狂放的名士，林煥彰先生的率性，卻從不狂放，可說率性又內斂」。[16]煥彰先生曾自我剖析本性說，「我忠於我自己的感受和體悟，我也忠於我的誠懇，和我的笨拙與率直，這是我的本性」，[17]他認為寫詩，折磨自己；但要能給別人愉悅和智慧。有人說他寫的是製造牙膏肥皂的社會性的詩，可是他卻對自己說：不要祈求「偉大」，但求「真摯」，所以詩是會說話的鳥，能唱出心底的聲音。[18]

　　成人為何要為兒童寫詩？煥彰先生曾自問自答說，這是一種愛心的表現，讓兒童擁有適合閱讀的詩，有機會透過有形象、有韻味的語言，體會人生的真、善、美；為兒童寫詩，是自動自發的，這是愛心的表現，因為他愛兒童，他關心兒童。[19]陳春玉在探討林煥彰童詩時，提到他的詠景詩、親情懷舊詩或動物詩，不同題材表現的都是相同「愛」的主題，對大自然的愛，對家鄉、親人的愛，對兒童與動物的愛，這種濃烈的情感，就是他童詩主要的內容與特色。[20]關於煥彰

---

15 蕭蕭：〈詩人的心——讀林煥彰詩集《無心論》〉收入林煥彰：《無心論》（臺北市：文鏡文化，1986年），頁11。

16 班馬：〈大源之行側記——兒童文學家林煥張影像〉《兒童文學家》第31期（2003年），頁54-55。

17 《一個詩人的祕密》，頁64。

18 《寫詩，折磨自己》，頁11、12、30。

19 《一個詩人的祕密》，頁120、126。

20 陳春玉：《林煥彰童詩研究》（臺東師範大學兒童文學研究所碩士論文，2002年），頁58。另參王耀梓，《林煥彰童詩創作研究》，頁80-114。

先生兒童詩中的情感表現特色，王耀梓詳細區分為：對生命的慈愛、對親人的惜愛、對鄉土的懷念、對兒童的憐愛、悲天憫人的情懷、愛護動物的情懷、對自然的喜愛、愛惜物資的態度等八種。[21]舉例言之，煥彰先生在洪建全兒童文學創作獎得獎童詩集《妹妹的紅雨鞋》中寫〈蟬〉，提到蟬唱歌很好聽，卻只愛在樹上唱，結果一到夏天，樹都變成了會唱歌的傘。樹形如傘，又因蟬鳴而彷如會唱歌的傘，童趣盎然且想像力豐富。其〈種花〉詩中，說要把愛花的心一起種下去，所以聽媽媽的話在花園裡，種了一棵康乃馨。這裡的康乃馨，代表著母愛，經由聽媽媽的話和愛花的心，真愛流露而出。[22]在《寫詩，折磨自己》書中，煥彰先生也經常剖析自己創作的手法和歷程，譬如寫到花和蝴蝶的仿生關係，說：「花是不會飛的／蝴蝶，蝴蝶是／會飛的花。／／蝴蝶是會飛的／花，花是／不會飛的蝴蝶／／花是蝴蝶，／蝴蝶也是花。」透過詩歌內在音樂性「迴文」連續反覆的意義節奏，使詩句富有鮮明節奏的音樂美感。[23]

同樣的，童趣和巧譬也見於其諸多作品中，其中〈鳥和海〉藉著鳥沿著波浪升降飛翔，因此鳥向海借來波浪，海也向鳥借來翅膀，所以鳥和海永遠在一起不停飛翔。〈鷺鷥隨想〉詩中勾勒出一幅天真曼妙的圖像，藉著鷺鷥縮起一隻腳的模樣，想像可以掂出天地的重量，當然也可以不費力，將天地輕輕舉起放下。[24]

---

21 王耀梓：《林煥彰童詩創作研究》，頁82-114。另參陳春玉，《林煥彰童詩研究》，頁50-52，將純真美好的情感簡化為手足之情、兒童對小動物的愛心與觀察、對父母的孺慕之情、對大自然的喜愛等四種。

22 林煥彰：《妹妹的紅雨鞋》（臺北市：純文學出版社，1976年12月），頁26〈種花〉，頁88〈蟬〉。

23 林煥彰：《寫詩，折磨自己》，頁77-79、陳正治：《兒童詩寫作研究》（臺北市：五南圖書，1995年），頁182-183。

24 《寫詩，折磨自己》，頁79-80、135。

　　煥彰先生號稱為貓詩人，他在九份的半半樓詩坊，佈置成像一個小型的博物館，也擅長畫貓的撕貼畫[25]，也由於愛貓成痴，想像力豐富，所以他才能寫出《童年的夢》中的〈小貓〉名詩，說「午睡時，／風走過窗口，／搖了幾下風鈴，／——叮噹地，／就走了。／我養的一隻／小貓，／跳上床來，／很驚奇地瞧著，／窗外。／那時，／一片白雲飄過，／以為是／一條魚，／牠很快地／衝出去。」不只是詠貓天真童趣，他也曾藉著幼稚園小孩學寫五的數字時，寫成像一隻長頸鹿的阿拉伯數字，顫抖的頸子垂吊一只喝空了的罐頭。陳正治在《兒童詩寫作研究》書中稱呼這種創作的手法是「物來感人」的胎生法，感動和想像是作品產生的要素。[26]

　　兒童詩評家陳正治指出，兒童詩的特質應包含獨有特質和共通特質，因此其特質可分為：兒童性、抒情性、精煉美、語言美四項。[27]衡諸煥彰先生一生創作，特別是兒童文學的品質和成就，可謂恰如其分。其中童趣和純真乃是近世以來有識的教育學者所講究的課題，與學習並行不悖。明代王陽明〈訓蒙大意〉和李贄〈童心說〉皆不約而同指出：

　　　　其栽培涵養之方，則宜誘之歌詩以發其志意，導之習禮以肅其威儀，諷之讀書以開其知覺。（中略）大抵童子之情，樂嬉遊而憚拘檢，如草木之始萌芽，舒暢之則條達，摧撓之則衰痿；今教童子必使其趨向鼓舞，中心喜悅，則其進自不能已：譬之

25　詳參《一個詩人的祕密》，頁42-43、林煥彰〈貓的系列〉《兒童文學家》第31期，頁68-74、蔡馨儀：《林煥彰現代詩研究》，頁86-100。

26　陳正治：《兒童詩寫作研究》，頁362-365、林煥彰：《童年的夢》（臺中市：光啟出版社，1976年），頁61-62、86-94。

27　陳正治：《兒童詩寫作研究》，頁8。

時雨春風，霑被卉木，莫不萌動發越，自然日長月化；若冰霜
剝落，則生意蕭索，日就枯槁矣。

夫童心者，真心也。若以童心為不可，是以真心為不可也。夫
童心者，絕假純真，最初一念之本心也。若失卻童心，便失卻
真心，失卻真心，便失卻真人。人而非真，全不復有初矣。童
子者，人之初也；童心者，心之初也。[28]

換言之，童心就是初心，也就是真心誠意，從教育兒童的方式言之，
循循善誘替代體罰嚴教，寓教於樂未嘗不可以誘之歌詩、導之習禮、
諷之讀書，三者齊頭並進不悖。莫渝說林煥彰是愛心、詩心、童心缺
一不可的創作者，[29]蕭蕭更進一步指出煥彰先生的兒童詩，是目及之
物＋童心，公式中物可隨生活不同而異動，「童心」則應該永不泯
除，童心至少要包括想像力與愛心。[30]劉屏〈論林煥彰的兒童詩歌〉
也剴切主張：「好的兒童詩應該是明朗的、親切的、快樂的、抒情
的、熱愛生活的、充滿童年情趣的、動人心魄的，總之是真正屬於兒
童的美麗的文字，並且是具有生命力的文字。」並指出林煥彰的兒童
詩歌，具備多樣化的特點：一、豐饒的想像力。二、盎然的兒童情
趣。三、蓬勃的生命力。四、富有表現力的兒童口語。五、簡潔明快
的音樂美。六、富有血液的繪畫美。[31]這個高度評價的桂冠，對煥彰
先生而言，可謂實至名歸，共三光而永光。

28 王陽明：〈訓蒙大意〉《陽明傳習錄》、李贄，〈童心說〉《李氏焚書》。詳參熊秉真：
　《童年憶往》（臺北市：麥田出版社，2000年），頁198-216。
29 莫渝：〈淺談——林煥彰的兒童詩〉，《書評書目》第86期（1980年），頁73。
30 蕭蕭：〈兒童詩理論的奠基——從妹妹的紅雨鞋得獎談起〉，臺灣新聞報，1979年。
31 劉屏：〈論林煥彰的兒童詩歌〉《文學教育》2008年3期。

情真，從一首詩開始

馬祖　劉枝蓮

在喧囂蒸騰的年代，林煥彰老師的作品，烙下赤子之心，在悠然的節奏下傳遞生活哲思，是一帖能讓人舒緩下來的良方。「我以為，我睡著了／但我沒有睡，是一大錯誤！／醒來，第一件事／我又睡著了」〈人生，我以為我——〉詩人以淺白文字的純赤感，不落輝芒勸人說己，有如楚辭《漁夫》中對白，即使是失望的詩中，也似有一股強韌生命力，鼓舞著人們，在行走坐臥、在黑白邊界間，有一股新天新地的覺悟與似曾相識的感動。

相識，從一首詩開始

年少時，雖也曾迷戀雪萊詩中如真似幻的情切，但從不想，有一天我會動筆寫詩，直到遇見林煥彰老師，我打破了文字的疆界，對我而言是意外，對林煥彰老師而言，或許也是。午後，Y 在 FB 發表一首小詩，我躺在沙發上胡亂謅了幾行回應她，三個女人兜圈玩著、鬧著。「枝蓮，極好」不經意地從視頻中跳出，那時的我正如火如荼為《天空下的眼睛——我的家族與島嶼故事》趕路，根本無力拉開另一扇城門，即便次幾日，林煥彰老師以乾坤詩刊之名，邀請 Y 的作品同時，也加我入列，但我仍然堅持散文是我書寫唯一標的。

「這老頭，亂做人情……」直到丫憨嘴與我說時，我羞紅了臉，那是在乾坤詩刊發表第二首詩〈蝶變蝶戀〉時，該不該辜負長者提攜的美意？即便秋已深了，從那日開始，我會日日讀詩讀論，少有間斷。次年，林煥彰老師受邀來馬祖，一次造訪海老屋，再次回訪海老屋，自此與我建立亦師亦父的情感。多年之後，我才知道老師為了鼓勵新手創作，都會這樣做（給新手供稿二次），我幸運的遇見撒苗的農夫。有時，生命伴隨小人與貴人同在，這樣的巧遇唯有自己身歷其中才會明白，不必向人解說，我是這般想。

不只是文稿，之於我是情真情深

那年，晚冬特別冷，我的手腳凍得慌。過完了年，冬雪化了，書要完稿了。我將《天空下的眼睛》書稿寄給老師，老師回函時，不只提供〈人類的共業〉推文的詩，而是在我的文稿中，已是用紅筆，用藍筆，密密麻麻畫線，指出符號、揀出錯字的珍貴手稿。比如：自序〈故鄉・故事〉中劈頭給了「優美感人」的評語；〈海盜〉中「嘆息、難過！」；在〈十五歲情報員〉中寫下「如詩，感人深沉」；〈爸爸藍色帳簿〉中「感人，情真情深。了不起。」；在〈名為父親好宅〉中，老師說「窗，可以寫一首詩」……詩人用生命寫詩，也將這首生命的詩注入我的字裡行間。於是，我決定記錄老師眉批，走進劇情精彩處，因為它不只是文稿紙本，而是之於我情真情深。

> 詩人的夜　是星星的化身
> 紛紛落在瓦屋的雨
> 喃喃自語說：日子倒轉了——
> 男人的孤單，貓的寂寞

　　在這裡遇到最熟的朋友　　〈貝殼與腳印──致詩人林煥彰〉

　　是的，連三年林煥彰老師來馬祖，二○一五年六月海老屋以「開卷詩」為名，辦了他在馬祖首場分享會。次年，馬祖藝文協會與攝影協會聯手「詩攝畫聯展」在馬祖民俗文物館展出，我們以老師為尊，列為聯展第一順位。「謙和柔軟，少了大師的霸氣」是老師最迷人的地方；「不挑剔，隨遇而安」是老師最素樸的生活態度；「以蒙童的赤子，詩筆自然」降低讀詩門檻是老師作品最大魅力。文字可以虛構，事件可以虛構，情感可以橫向移植，然而，人與人往來間折射出修為與態度是藏不住的，何況老師來海老屋，不只是以時間來計數，這般簡單。之所以，如此細微道出老師之與馬祖點滴，無非是在意而情深了，我們是，老師也是，從牛角灣開始，發生。

　　詩人在詩的國度中挑選合宜情感和思想，以文字的聲調來呼應。關於牛角灣，詩人林煥彰是如是吟唱著：

　　　馬祖的藍，不是借來的；
　　　天空的藍，海的藍
　　　一半一半
　　　所有的藍，所謂的藍，
　　　就不只一樣　　〈南竿，一彎一澳〉

　　　遠方的島嶼，其實都不遠
　　　在能見度的眼眶裡，
　　　朦朦朧朧，漂浮著
　　　不一定都能叫出它們的名字──
　　　　〈遠方的島嶼──我在牛角村〉

請給我一個日出之前，又一個日出之後的一個清晨的一個上
午。還有一個下午之後的無數個夜晚。的夜晚
請給我一個仰望的星空。一個仰望的星空又有一個月亮的夜
晚。還有遼闊的星空裡的無數顆星星。的心心　　〈夏日的牛
角村，的夏日〉

林煥彰老師在這兒遇到最熟的朋友，誰說不？

想說，這樣說。

晨起，海老屋潮汐報時，公雞不落後的啼叫，野菜花的種籽，在
眾詩家齊奏下，有了聲音和節奏。我想起造訪海老屋眾詩家，蕭蕭老
師、汪啟疆老師、辛牧老師、陳謙、顧顧老師、小實……（原諒我，
無法一一點名）他們來了，以飽滿情感透過島嶼的種種與自身情感連
結，留下了一篇又一篇動人的詩作，在島嶼美麗的彎點上，這讓我想
起：
「請不要埋沒成為優秀詩人的機會。」林煥彰老師，這樣說。

半半樓主
——賀煥彰兄八十大壽

臺北　白靈

一半工人，一半文人
一半生母，一半養母
一半新詩，一半繪畫
一半護兒童，一半顧成人
一半宜蘭，一半九份
一半臨海，一半靠山
一半現代，一半鄉土
一半域內，一半域外
一半小著詩，一半磨著坊
一半慢走，一半奔跑

黑暗之神瞧他不順
拼命想擄走這傢伙
他說：等一下，
我還有一半的年輕
熱心在紅塵

童心詩心

──祝賀林煥彰老師八十壽誕

桃園　劉正偉

　　二〇一八年十一月二十三日到十二月二日，經由緬甸華文作家協會王崇喜會長等人的邀請，林煥彰、白靈、夏婉雲、葉莎和我，一共五位臺灣詩人獲邀參加在緬甸故都曼德拉舉辦的「亞細安文學營」，三十週年慶大會系列活動。

　　會後，一行人除曼德拉外，還遠赴臘戌、仰光等地的中小學巡迴講座，林煥彰、白靈、夏婉雲三位老師擔綱大部分重要講座。除作文、現代詩外，林煥彰老師也介紹臺灣的兒童文學與他的撕貼畫以及兒童詩。

　　緬甸之旅的最後一天，十二月二日剛好是我的生日，大夥兒加上王崇喜、藍翔等緬華詩人，在緬甸仰光國際機場，齊聲為我唱起生日快樂歌，煥彰老師還當場贈我一幅撕貼畫，讓人感動不已。盛情一直讓我感到無以為報，今蕭蕭老師邀我寫文祝賀，剛好為文致意。

　　林煥彰老師是世界華文重要作家，原因是他的童詩幾乎被收到臺灣、中國以及世界各地華人世界的教科書裡面。尤其是〈妹妹的紅雨鞋〉這首經典童詩，更是被廣泛收入：

　　妹妹的紅雨鞋，

是新買的。
下雨天，
她最喜歡穿著
到屋外去遊戲，
我喜歡躲在屋子裡，
隔著玻璃窗看它們
游來游去，
像魚缸裡的一對
紅金魚。

　　林煥彰老師的童詩集，讓他獲得中山文藝獎兒童文學類與洪建全兒童文學獎的殊榮。〈妹妹的紅雨鞋〉更讓全世界華人，尤其是初讀的中小學生和老師印象深刻，因此緬甸之旅，讓我們見識他的魅力。而緬甸之旅這十天，我和煥彰老師是「同居」的室友關係，更能感受他親近平和、誠懇待人與溫文儒雅的態度與風範。

　　我與林煥彰老師的淵源，要從《乾坤》詩刊說起。二○○五年一月《乾坤》三十三期出刊後，原總編輯須文蔚教授因生涯規畫請辭，創辦人藍雲先生二度致電、一次到我家拜訪，希望我接總編輯，我一則因還經營公司業務繁忙；二則念博士中，學業論文焦頭爛額；三則自認年輕，社裡還有更多重要與有才華的詩人，因此婉拒。藍雲先生最後成功拜託煥彰老師來救援，接任總編輯。一則原來《乾坤》為方便在臺北市文化局申請出版補助，地址需在臺北，藍雲先生就已經邀請林老師當發行人了。

　　林煥彰老師在二○○五年四月的《乾坤》三十四期開始擔任總編輯，他邀請曾念、林德俊、許赫、陳思嫻等年輕詩人新血加入編輯團隊，頓時一新耳目。版面與專欄也不斷嘗試與更新。後來紫鵑與我也

陸續參與協助的編輯分工角色，所以算起來也有十餘年「同事」的經歷。

林煥彰老師與泰華的關係要從他編輯聯合報系的《世界日報》說起，後來他在曼谷也成立「小詩磨坊」，對推動當地的寫作影響深遠。而早在二十年前，他也數度向我邀稿，刊登在《世界日報》副刊，並不曾忘記寄贈稿酬，讓人感念。

他常說：「活著，在這一年，我做了什麼？」、「活著，什麼才叫活著？我喜歡問我自己；活著，活著的意義是什麼？」、「寫詩，是我一輩子的志趣；一輩子都不會改變的興趣，所以寫詩，我會一直寫，一直寫……」他對寫詩、畫畫執著的精神，一直影響著眾多年輕詩人。他近年常畫與生肖有關的詩畫，也玩拼貼畫，他的詩畫可說與時俱進、充滿童心童趣。

林煥彰老師常說：「活著，認真寫詩；死了，讓詩活著。」他是一路玩詩玩畫的快樂老頑童，生活在知足常樂的日常哲思裡。他不道人短長，自守自持、溫文爾雅，他就像鄰家慈祥和藹的爺爺：謙謙有禮。

在此祝福煥彰老師生日快樂，繼續愉快地生活、寫詩、畫畫到九十、一百、一百二。

寫於二○一九年五月四日五四運動百年

寫在天空的詩

──一朵一再出發的雲

羅東　游淑貞

「脫去厚重的大衣／冬日的枝椏，輕靈／我喜歡仰望天空，喜歡看雲。天空看似無垠，望似無物；但其實它每分每秒的形體都在變化，每時每刻的腳步都在移動。雲，是天空的鏡面；天空的臉。」

說這話的詩人，仰頭眺望；隨著天上的雲朵，跳過遠方的山和海，眼神緩緩。眼前的雲，一帶似龍般橫掛，看不見的風推動著，在說話的當下，不斷聚攏旋轉和飄逸。而類似的話，也曾經重複在三貂角燈塔前、初春羅東轉運站、夏日的臺北華山創意文化園區的草坪，或秋末時節的國圖「詩篇咖啡」餐廳梯階上，也在明池國家森林遊樂區微寒的冬景裡。

喜歡看天空雲腳走路，也喜歡地面拉起奮力向上提升的樹。移動的眼，不會錯過每個從捷運或路上遇到路人的臉；腳旁穿過的小花草葉石頭或藤蔓；海邊黃昏吹來的風；每回的旅行出發，或回汐止研究苑的家，或回到礁溪桂竹林老家的路上；詩人的眼睛很忙，心情或許閒靜或許思索或許飄揚，也或許不動如山；永遠有不斷的雲和天空容許有安置他的地方。

和他一起走路時，自己要抑制住跨步急走的匆忙，也要清空雜沓的念頭，隨時跟著他的語線，走進時光隧道或街邊每一扇景色，或像

風一樣飄止的每一句逗點、問號、頓號、驚嘆號、刪節號或句點等等
語意的馳騁與追尋。詩人的每一句話，未必經典，未必深奧，但總有
現身生活中的真誠和深沈的感受，總有迴旋世間路的辛勤、悲憫、感
傷或快樂；有輕盈沈重有冷清孤寂，也有輕鬆幽默平靜無爭；像他筆
下的詩。

　　詩，在他筆下、在心中、在眼前，也在一路走來的人生行路。以
溫泉聞名的礁溪鄉，往淇武蘭的六結路上，一座桂竹林圍成的小村
落，就是詩人出生地，亦是故居所在；是他口中所稱生命的血點。我
和詩人一樣，同在蘭陽平原，隔蘭陽溪兩岸；祖先同樣來自福建漳州
府。同是家鄉人，年齡相差十九歲；開始知道家鄉詩人的大名，是在
小姪子的童話故事書上，之後看到有關他的創作和報導，也都是在報
章上。這些都僅止於一個作家和讀者之間，文字或圖像線條所牽連出
的平面印象。

　　同是家鄉人的緣故，成名的詩人作家，常是縣內文化活動、藝文
講座邀請的對象；而我正汲汲於工作和營生，那些是我甚少駐足之
處，也是彼此錯身的角落。民國七十年左右，因長輩介紹加入「宜縣
文藝作家協會」，美其名是該會一員，實際上，甚少寫文章，大都是
著墨於工作之所需，或活動新聞稿之類；沒有作品，讓自己甚少迴旋
於文學創作，甚至連「與蘭陽作家有約」諸如此類的活動，都甚少參
與。直到某次因擔任作協會務工作，和我任職的學校教育基金會，商
議共同辦理「草嶺古道文學走讀」活動。這一天，從新北市貢寮區望
遠坑到宜蘭縣頭城鎮大里，蜿蜒近九公里的山區路徑上，我和年近七
十的詩人才有第一次近距離的接觸和互動。

　　記得山嶺上的風甚大，途中遇雨，山路石階高低起伏又滑腳，幾
位老前輩走得甚為辛苦。而詩人頭頂薄呢帽，身著一襲米色類唐衫的
上衣，深灰背心和長褲，背著米白側背包，均是棉麻一式的材質，胸

前一枚圓潤的古玉珮，整個人看起來一派輕鬆寫意；走在芒草幾近淹
沒的嶺頂上，有種說不出的出塵仙氣。這之後再見到的詩人裝扮，也
是簡單若此，給人俐落、溫文儒雅的感覺；幾已成為他的個人穿著風
格。

　　我們一行人走在山林中，一面走一面聽文史解說，許多時候，也
常圍坐一起，或仰頭，或蹲下身，看四周圍的林木、花朵、草葉或昆
蟲或飛過的鳥與蝶。那是生活之外，彼此遠離市聲塵囂的心靈通話，
也讓我在文字和言語影像之外，進一步對這些文學前輩們，有更自然
親近的深入了解。難得這樣的聚會，給了文學人們相互探望，彼此關
切的窗口。可惜的是，限於經費，這樣的聚會嘎然而止。

　　但也因為這樣的聚會，開啟我和詩人臉書上的接觸。智慧手機平
臺的分享，使人際關係很難只限平面，除非刻意隱藏；否則在電訊立
體時空交織牽連下，遠在天邊亦近如在眼前。民國一○四年元月，我
自公職退休剛滿半年；某天，我在詩人臉書上看到幾張樹木向天撐
掌，似張手索取，又似彼此拉扯的圖片，其上寫了一句：「誰能在天
空中寫詩？」彷似詢問般的一句話，讓我不假思索的回應以：

　　　　沒有錦衣，沒有掛飾；／換得素顏／清朗颯爽。／喜歡向上展
　　　伸的千枝萬椏／
　　　如筆，傾盡一季／寒霜熱血；／如刀，削去心中／盤根錯節。
　　　／如手，只管用力前伸，／像撒賴的小孩要糖般／一逕向天索
　　　詩，討畫／／滿天雲朵中，擁住／一朵，傾心眷顧，／萬般溫
　　　柔。／／冬日的枝椏輕靈，最美。

這首看似詩，實則是回應詩人的即時叩應；只是表達我喜歡看樹，尤
其是繁葉落盡，一身枝椏的樹。無從矯飾，沒有隱藏；一棵坦然以對

天地的樹，讓我動容。這首未臻純熟的詩，卻也引來詩人的即時回應，他談及元月二十七日下午在羅東「輕‧綠舍」簡食餐廳，和當地「蘭陽小詩磨坊」幾位詩友約好見面；歡迎我屆時能參加。詩人的邀請，在當下，只當是同鄉人一齊「鬥熱鬧」的聚會；殊不知，卻是引動我走入和詩人學寫詩的因緣。更值得一提的是，當天是「小詩磨坊」成立五周年的慶祝活動，我彷彿一腳踏進詩人群聚的國度。自那天起，詩人也成為引領我入門，開始在寬長的詩路上，學詩、說詩、寫詩。更像大船在茫茫無際的海上，出發與歸來時的「引水人」般；他就是後來我口中尊稱的「煥彰老師」。我與小詩的因緣，就像天空搖曳的雲與樹，彼此互看，彼此招呼，相互交流。

每個月像雁回巢般，「蘭陽小詩磨坊」的詩友，會依主題，各拿出一首以上的六行詩圍坐一起，每個人朗誦自己的詩之後，相互提出自己的看法，同時透過煥彰老師像庖丁解牛般，從支解詩的架構、紋理、思維、張力和轉化，到所謂的「詩的陌生化」等等；同時還要有生活的體會和感受，也要有豐富的想像力、聯想力和組織創作力。讓我開始了解：詩，不止是敏銳的感覺、情緒、心性、精神與個人經驗，更是「心」的體會和感動；重要的是也要有仔細的觀察和自我分析的能力，方能擇菁去蕪，成就一首令人感動的詩。煥彰老師說：如何取捨端看自己，情真意濃，其實「六行詩」已足夠詮釋，何需贅述？所以，「任憑三千弱水，我只取一瓢飲」；這取捨之間，真的是不容易。

小詩磨坊，光一個「磨」字，就讓人感到琢磨一首詩很折磨人；可，煥彰師說：我從二十歲出頭就開始讀詩、寫詩和畫畫。剛開始會很在意詩要寫得有意境，要很嚴謹地表現；但越寫卻越覺得：「詩」可以是遊戲的，文字可以用來玩，好像繪畫使用線條、用色彩來玩一樣。「詩，其實就是書寫生活」；毋須把詩看得那麼嚴肅，那麼不可親

近。或許源於此，老師三十多歲時，在詩與油畫之後，也開始為兒童寫作，他覺得跟兒童在一起是最快樂的事。所以從兒童詩開始到兒童散文、童話、繪本等等教學和推廣，都是他創作的一部分。參與這方面的教學和推廣，讓他在「詩人」之外，另外還擁有「中華民國兒童文學學會理事長」及「兩岸兒童文學研究會理事長」的頭銜；同時也獲得中山文藝獎等獎項。老師曾說他在現實的生活中，常遇挫折，尤其童年、少年時期很流離顛沛；在這之前的人生是苦的滋味，然而，體認過這樣的滋味，卻讓他在往後的人生更加努力也更懂知足。「詩」是可以玩得如同「畫」，如同與兒童在一起，童心不泯；人生當然也可以不用那麼嚴陣以待。

這些話，對方才入詩門的我而言，很難體會何謂「玩」的心態？我只不解老師為何光從臺北至宜蘭，一趟路下來就可寫（玩）出好幾首詩？「詩」對我而言，是很鄭重，必須很嚴謹去面對；在沒有詩思的情況下，我嘗以「沒有靈感」作為藉口，對詩，三心二意。對此，煥彰師態度很嚴肅地告訴我：「詩，不是靠靈感，而是要從生活周遭用心去看去體會；寫詩，有時就像談戀愛寫情詩，如果一次就成功了，大概就不會再繼續寫。」老師這個譬喻重點在「不斷地寫」；也在提醒我，詩不是空想，不是文字的雕砌，更不是坐以待「詩」。老師不只一次在詩會中談及：「寫詩不是生活的唯一，寫詩是一種興趣，借以抒發感情和想法；有時候沒有特別的感覺就不要勉強。寫詩難免會碰到瓶頸，寫不出來就不要勉強；可以去看書，或聽音樂，或睡覺，或做其他想做的事。」他認為一個喜歡寫詩的人，任何時刻都會認真的生活；這些都是在累積寫詩的能量。老師早年有一首詩，讓我印象很深刻：

〈一輩子〉

一首詩／也許只是三五行／你得用一輩子／來寫它／／一個人
／也許只愛那麼一回／你卻得一輩子／都在想她

用一首三五行的詩，來形容一輩子的摯愛和人生；詩很短，內中涵意
卻深遠。要寫出長詩不容易；相對的，要把一輩子用幾行字來寫，也
是很不容易。原來詩不在長短，而在精彩。精彩絕倫與否？全在自己
的生活和擷取的方式；詩是生活是情愛是柴米油鹽，更是生命中的每
一個能令自己感動的時刻。所以寫詩的人，不必空等詩的到來；因為
寫詩的人本身就是一首「詩」。

　　見過老師生活處處皆詩，詩的自然率直坦誠毫不矯飾；初看時，
或會對詩可以如此生活化又有哲理，覺得有所疑問，那麼或許該看看
煥彰師手繪的貓狗蛇羊雞豬及花朵樹木等等，也是筆觸線條隨意之所
至，色彩似淡若無；不完全脫離具體，也非抽象，卻神韻十足，一筆
到底；很具個人風格。

　　民國一○五年夏天，宜蘭縣政府文化局積極推廣文學、藝術、社
區營造相結合的文化沙龍活動；以宜蘭生活的多元與美學意象，來呈
現社區總體營造的成果。煥彰老師也是策展人之一，以其出生所在的
礁溪桂竹林林氏大家族的發展淵源，及舊時人家竹圍四合院的鄉村風
貌，結合詩文圖畫相片等元素；具體展現宜蘭在地文化。長達近半年
的展期，分別對老厝的活化、再生及村落美學、文化資產的維護保
存，作出貢獻。

　　「小詩磨坊」詩友和老師在三峽「插角藝術工作室」的創藝夥伴
們，在展場上看「時光‧借展」所展出的老照片及現場佈置中，可以
發現：看似隨興的擺飾收藏品，除了訴說時間的故事，更有根深柢固
的時光印記。老師的藝術鑒賞及創作行動力，從整個會場的佈置就可

看出端倪。當我三次進出會場，每一次的換展，都能看到詩書畫及空間設計的不同的美。老師曾感嘆在時運不濟的父親手中，無力修理，陸續賣掉的三幢紅磚厝及田畝，讓他每回進到桂竹林總有許多感慨，這次策展重回家族的老房子，童年生活在此的記憶益加鮮明。猶記得老師曾在詩會中提及一首老家印象的詩：

〈雨天〉
一口老甕／裝著全家人的／心，放在屋漏的地方／接水／彈唱
一家人的／／心酸……

當年的家，不在了。然而桂竹林老家還是放在他的心裡；猶如一口甕，永遠保留著當時下過的雨和幼時記憶。作為展間的這幢老屋子，實際的主人是老師在美國的堂侄；然而，這屋子在這段期間，卻成了煥彰師和許多人的暫時落腳處。屋猶在，經過歲月更迭，物換星移，這屋中人卻早已不同。或許煥彰老師有雲一樣變化的人生；就因為這樣的人生，才懂得每一次的出發與回歸都是一種幸福。雲，是流動的，因為不刻意駐足，整個天空都是它的家。沒有固定的家，才能心靈自由處處皆能安住。

民國一〇五年，於我，是一個重新開始的年；在這一年，我把死去公婆的難過與悲傷；把退休之後，無以安置的心全掛在每一首詩中。這一年，我從煥彰老師手上接過幾本詩集，有他的詩畫集，也有他轉贈自他人的詩。我從中慢慢讀詩，慢慢沈靜下來。而這一年的夏天，對煥彰老師而言，也是生活中轉折最大的一年。在他的詩中有一連串的數字密碼，記錄著從日常，無常，到如常；從醫院到太平間，再到殯儀館……直到妻後百日；老師以詩暗暗藏住裂心的痛。而我們在他面前也不說不問，只默默在師母靈前點上一炷香，把檀香灰靜靜

放在銅爐中。再度來宜蘭小詩磨坊指導我們寫詩的他，展開一首：

〈妻後・小詩〉
七七四十九之後——妻後自己燒水，煮飯……
茶壺煮茶，我沒告訴她／我的痛；我知道，／她也正在／痛！
／／一身煎熬，一身滾燙。

詩滾燙，瘦了身形的老師，眼睛裡裹著深沈的暝暗。他在詩中曾說：
「家是我放心的地方」，或許此刻他把心轉放在詩中；希望以詩把心
滾燙。這首〈妻後・小詩〉放在《千猴・沒大・沒小》詩畫集，隔了
一年之後的《先雞・漫啼・大吉》收錄的第一首詩，解答了當時我們
的心情，這是一首四行詩：

〈笑與哭〉
該笑的時候，我會笑／該哭的時候，我不一定哭；／／哭與
笑，也是另一種／笑與哭。

一個人的家中，老師用詩與畫去填補；也用不斷走動的行腳，去暖
身。老師寫在市府轉運站的兩首〈在路上〉，不只是寫給自己；

〈在路上〉
（1）
縱使我孤獨一個人，在路上／我也不孤單／／有風有雨，有陽
光／有日夜／／有我和我的影子和他們，／各自在心裡，溫暖
著。

（2）

縱使我孤獨一個人，我也不是／一個人／在路上，有許多你我
他／／我們都向前走，一點也不孤單／／有花草樹木有鳥蟲魚
蝦，我們都有／各自的朋友，在彼此心中

詩人的孤獨未必孤單，孤單也未必是孤獨；一生懸命的詩，藏在心中
的人事物，像鐘擺，不斷盪過來盪過去。一○八年的《犬犬‧謙謙‧
有禮》，有一首〈與時間拔河〉寫出了老師對漂流而去的「時間」，有
著豁達和不認輸的韌性和強勢：

〈與時間拔河〉

我常常與時間拔河，他是隱形的／巨人／／我明明知道，自己
肯定是／會輸的，我還是利用深夜／偷偷再一次去報了名……

這首詩，讓我看到多年前，和宜文協會走在草嶺古道上，一路說著古
道及虎字碑的由來，不時和我們詼諧說笑；並且在虎字碑巨石前，我
們一行人蹲下來合影時，煥彰老師咧嘴笑的臉，一樣幽默風趣；詩裡
詩外，老師永遠是童心未泯。

童心未泯的老師，心中總躲著一個小小孩；詩裡也藏不住一個灰
白頭髮，削瘦挺拔身軀，面容清癯卻精神矍鑠，聲音宏亮的老小孩。
每次看老師的童詩，詩的口語化淺白率真，喜歡用重疊、排比及比喻
技法，呈現詩的簡單樸實。再看老師寫的現代詩，也有童詩的味道；
詩中甚少瑰麗的字句，詩的內容和意境卻是包含人性與生命關懷在其
中；由不得不令人掩卷而深思。老師曾說要用生命寫詩，也要用土地
寫詩，這是說詩要有愛也要有正面的力量；而不是單純地用抽象的文
字來寫。這話，說得正是我在寫詩時，最難琢磨也最難捉摸到的詩的

精髓。向老師學習，這是最難的地方──我無法像他這樣，充滿歲月所賦予的智慧；和到處帶著詩雲遊四海，與人交換分享詩的血肉，也交換詩的生命，如同每一口呼吸一樣。誠如我最喜歡老師的一首：

〈活著，寫詩〉

什麼都會死，／只有詩才能活著；／／
詩，她會比你／活得更久。（2014年12月28日）

活著，認真寫詩／死了／／讓詩活著。（2015）

這詩，絕不是詛咒自己；相反的，這才是詩人生命的無窮無盡與無休無止。詩的成形絕不是窩在自己的舒適圈裡；而是要打開心眼的盲點，向外張望向外延伸擴展，更要向外汲取生命的養分。一〇七年下半年開始，「小詩磨坊」也開始學老師周遊列國般，開始跨出小小的一步；從靜態的咖啡或下午茶的席位上站起來，開始走出戶外，向大自然學習，也向山川大地學習。當我們開車馳向北濱、三貂角、馬崗……，當我們奔向牛鬥、員山、棲蘭、明池……，我們看到了許多未曾見過的人事物，不知名的景點和各類昆蟲植物，原來，詩中我們所能寫的，是如此單薄；視野範圍，是如此渺小。我們開始為了一株不知名的草花，一隻挺立樹端傳來悠揚叫聲的鳥；而想辦法去查索，去相互傳遞訊息；去了解那一朵小小紫色的花叫「通泉草」，那啁啾聲是「大卷尾」或「小彎嘴」……，活生生的都是和我們共用大地的生命，而不再只是一個名詞。像老師另一首我忘記詩名的詩，它是如此寫的：

　　海，在左邊／藍；藍給山看／山，在右邊／綠；綠給海看／／
　　我在濱海公路上，瞭望／／看藍看綠，看山看海

年過半百的我們，跟著八十高齡的詩人，像頑童般奔馳在不一樣的詩路上。原來，每一次聽說老師更改了詩會見面的時日，或看到老師習慣在詩後註明寫詩當下的時間和地名，那到處游移的腳步。一忽在東，一忽在西；一下是在香港般咸道，一下在九份半半樓；一會去吉隆坡，一會到無錫；這一刻在南竿海老屋，下一刻在曼谷帝日酒店……

　　原來，我們的腳步還是跟不上老師；八十歲的老師，像插上翅膀飛翔的鳥兒，也像他喜歡觀賞的天空雲朵般；自由自在，勇往向前。像一朵無拘無束無所不在的雲朵，穿梭在無垠的詩的天空中。每一次的歸來就是再一次的出發。

　　今年己亥年，正是我們敬愛的煥彰老師八十杖朝之年，謹以此文恭祝老師詩心不老，日月長明，九如詩頌，福壽康寧。

鬧熱的日子（擬童詩）

——恭祝煥彰老師八十嵩壽

美國　黃宗柏

嘶嘶嘶。喔喔喔。吱吱吱
喵喵喵。汪汪汪。咩咩咩。摻和著
雀雀躍躍的童言童語
他們忙著開會：
「請白髮皤皤的煥彰爺爺
暫停周遊列國的腳步」

沒有敲鑼打鼓舞龍舞獅
馬馬們。雞雞們。猴猴們
貓貓們。狗狗們。羊羊們
從他的詩裡畫裡蹦跳出來
愉快地唱著：
煥彰爺爺生日快樂！
還有他蹲下來同樂的孩童們
快樂地以 A Cappella 唱出：
H－A－P－P－Y. BIRTHDAY
煥彰爺爺！

附記

　　停筆近四十年。二○一四年蒙煥彰老師喚醒、鼓勵，重作詩的幼兒園生。萬分感激。是為註。

我們寫詩是折磨自己，愉悅別人

——行走中寫詩的林煥彰

新加坡　卡夫

> 寫詩，折磨自己；
> 但要能給別人愉悅和智慧。
> （2012年12月15日晚・研究苑）

這是林煥彰（1939-）在《寫詩，折磨自己——林煥彰的異類詩觀・詩論》（臺北市：秀威資訊科技股份有限公司，2013年6月，頁11）中提出的詩論。他在書中的自序說，「就因為寫詩需要琢磨自己，力求精進，我就不怕折磨自己了。」（同上書，頁4）

我認為林煥彰這種詩觀，很接近古人所說的「苦吟」。苦吟是寫詩其中的一種方法，最著名的例子就是唐賈島（西元779-843年）的「推敲」之說，這也正合了他所作的解釋，所謂折磨其實是琢磨，一字一句都不能馬虎，「推敲，推敲，再推敲」，「詩意、詩味的營造，要再三默念、玩味、修改、潤飾……」（同上書，頁32）

如果只從方法論來看林煥彰的詩論，也許你會覺得了無新意，因為古人對「苦吟」不但有十分完整的論述，而且歷代苦吟詩人比比皆是。其實，林煥彰的詩論還有後半句，這是古人沒有論及的，也是最重要的，我們也可以由此看出為什麼林煥彰要不停地寫詩、出詩集、

為詩的下一代鞠躬盡瘁的真正原因。

寫詩……要能給別人愉悅和智慧

這就是他寫詩的目的，所以他不怕「琢磨」的折磨。

當我還在求學時，就讀了不少林煥彰編選的童詩集，後來也陸續讀了不少他的詩選和詩論。他大概不會想到在遙遠另一方的孤島，竟然會有一個人在年輕時就與他的詩為伍。我更加沒有想到，在即將步入老年的今天可以與他相見，他確實是從詩裡走了出來。

這一切都要感謝蕭蕭（1947-）的安排，不然我不會有緣與他相識。二〇一四年十二月八日我和家人首次來臺灣時，蕭蕭伉儷做東，邀請了十五位詩人與我一家人聚餐，當時林煥彰就是其中的一位座上賓。過後，他還特地陪靈歌（1951-）、季閒（1959-）、葉莎（1959-）和我到碧潭，也就是從那時開始，我與他建立了深厚的友誼。

這些年來，林煥彰一直在路上為詩奔波，四處演講，尤其在兩岸小朋友群中推動詩寫作更是不遺餘力，難得有機會可以坐下來好好寫詩。不過，對他來說，無論身在何處都能寫詩，他不會錯過任何一個可以與詩神接觸的機會，他的詩幾乎都是在路上完成。

在上山或下山的社巴上、在捷運板南線上、在公車921去三峽途中、在嘉義返北高鐵往南港站上、在航班 CI509飛無錫途中、在羅東轉換站、在詩篇咖啡餐廳、在廈門海滄漁人碼頭愛築精選酒店四〇五……他雖風塵僕僕，卻是處處有詩，一日不可無詩。

他是一個與詩同行的詩人，他這種讓詩永不言倦的精神值得身為晚輩的我們學習。

從二〇一五年開始，我每年來臺灣時，他都會在百忙中抽出時間來陪我和家人共遊，尤其對於犬子一諾更是特別疼愛。二〇一八年十二月由於我抵達臺灣的第二天，他就要出國，他還特地安排在我抵達那天下午與我見面，聊了一個晚上。這些年來，他除了送我無數的詩

集、畫冊和畫作外，還推薦我進入乾坤詩社，三次在我來臺灣時，安排我參與《乾坤詩刊》「分享，讀一首詩的意外」討論會。二〇一七年和二〇一八年分別讓我給他的詩畫集《先雞‧漫啼‧大吉》和《犬犬‧謙謙‧有禮》寫推薦序。這使我對他的詩與詩想能有更進一步的認識。

〈醒來，想想自己〉

我已經醒來，我想到
雪有雪的白，我獨愛自己的顏色；

別怕，自己是一粒塵沙，
它，可以放大千萬倍
讓自己看到自己的渺小，
不必難過；

渺小，守著自己的渺小
在偉大聖潔之前，
它，一樣存在。

（2016年12月21日6:35‧研究苑）

林煥彰常常把寫好的詩發給我閱讀，我也會私訊他自己的看法。有一天他發給我這首詩，我讀了後發現他寫的就是自己，他常常對我說自己的白髮比雪花白，比擎天崗滿山的芒花還白，他是一個樂觀的老人，「白」不僅是他獨有的顏色，也是一種生活歷練的象徵。

所以，他「獨愛自己的顏色」。

　　詩的第一節，以「季節的顏色」，冬天雪花的白來暗喻自己老了！但他在詩的第二節，自勉說「別怕」，因為即使「自己是一粒塵沙」，也「可以放大千萬倍」，這句話很令人感動，他進一步以「形狀」來詩寫自己，即使渺小如一粒塵沙，他一人也可以猶如一支部隊，風塵僕僕地為詩努力，為下一代奔波，日日如此，從不言倦，這就是他最佳的寫照。

　　這幾十年來，他無怨無悔地為詩做了這麼多事情，但他並不認為自己偉大，反而自謙渺小如一粒「塵沙」，也正因為覺得自己是一粒塵沙，才能「讓自己看到自己的渺小」，但他並不為此感到難過，也不妄自菲薄，繼續「守著自己的渺小／在偉大聖潔之前」，為詩努力與貢獻，這是一種多麼動人的一種情操。

　　《尚書・堯典》中說「詩言志，歌永言」。林煥彰這首詩正是以他獨特的文字來總結一生的志向。他堅定地告訴我們，不要從外貌上看他已經白髮蒼蒼，不要以為他只是渺小的一個人，他這一生為詩的努力都是你我未必能做到的，他還會繼續做下去⋯⋯

二〇一九年五月七日新加坡

跟著兒童文學家林煥彰玩童詩

三義　羅文玲

序曲——

　　柔柔今年要上大學了。柔從小喜歡畫畫、喜歡貓咪、喜歡狗狗，也喜歡讀詩，小學三年級開始，隨著我參與濁水溪詩歌節的活動，隨著蕭蕭爺爺一起認識詩歌、認識好多詩人爺爺，詩人林煥彰爺爺是他極喜歡的文學家。

　　那一年，我帶著柔柔準備回迪化街看阿公，在捷運雙連站馬偕醫院前巧遇煥彰老師，老師站在路上隨手拿出一張卡片畫了一隻貓咪送給柔柔。還寫了一首詩關於貓咪，柔柔愛不釋手，大量閱讀煥彰爺爺的童詩，連結起畫動物的詩人林煥彰。

　　充滿趣味性的詩，跟著生肖主題的精彩繪畫是煥彰老師獨特的風格，讓孩子們自然靠近文學靠近生命。這些年，在明道大學或者福建的詩歌活動，蕭蕭老師總會邀約林煥彰老師同行，古琴村、武夷山、閩南師大，連結起珍貴的溫馨的情誼。

二〇一五羊年　帶來人的吉祥

　　二〇一五那一年的閩南詩歌節，以茶與琴為主題，二〇一五年四

月二日我們相遇在漳州長泰縣龍人古琴村，福建閩南師範大學林繼中前校長，黃金明院長，北京作家協會著名詩人安琪、燎原，詩人林煥彰老師、蕭蕭老師、明道大學書法家陳維德講座教授、李憲專老師，一行來到龍人古琴文化村，在香樟樹下，以琴、茶、書、畫為題，舉辦「文人雅集」，品賞詩歌、茶香，聆聽古琴音樂，創造著「美麗的價值」！

在老樟樹下，閩南師大林繼中校長，為所有與會者說詩說文學教育的重要，文人風骨與氣韻，讓所有在場的人儼然身處五四時代的大學課堂。

蕭蕭老師，即席創作了一首新詩〈古琴村的老樟樹〉，在涼風徐徐中，聽著詩人朗誦詩歌，心也清涼了。「我六十八歲，他一千歲，我靜靜抱著他。當我一千歲時，大約我也不認識那些抱著我的人。」蕭蕭老師寫古琴村的老樟樹，傳神的將千年香樟樹的翠綠與巨大表現出來。讀詩的兒童文學專家林煥彰老師，彈撥古琴演奏高山流水的錦冰老師，在福建龍人古琴村進行一場特別的文人雅集。

煥彰老師，拿起書法家的筆，跪在地上自在揮灑毛筆，畫下了吉羊圖案，並寫下了「活著寫詩　死了　讓詩活著」，傳遞著文學生生不息的力量呀！

草木中人最有情，在千年老香樟樹下，隨風飄揚的花，花香四溢，聽琴悠揚，一切都可以如實，如實自在。

七月，二〇一五年的七月閩南師範大學文學院在明道參加「文學研習營」，我們邀約煥彰老師講「撕貼畫‧拼貼詩——你也可以這樣玩」，他以撕貼畫帶著閩師大學生貼出一首詩。文學原屬人類生命最精微細膩的表現，充盈人類心靈最敏銳易感的悸動，飽含存在意義、生命意義的觀照與探索。因此文學作品能夠透過同體共感的共鳴，讓個人生命與人類整體生命，乃至大宇宙的生命，取得貫串彼此的繫聯

與呼應。透過文學能夠將作者的生命經驗或人類文明的共通經驗，內化為讀者的精神內涵、生存意志與生命力量。

二〇一六猴年　帶來生命的活潑生動

二〇一六年三月適逢明道大學建校十五周年，蕭蕭老師帶著國學所設計策畫了「諸侯祝福・千猴報到・林煥彰千猴圖展」以及一系列的圍繞著煥彰老師的畫猴以及演講活動，安排了明道幼兒園的小朋友們「林爺爺教你畫猴子」，兩個小時的時間，小朋友或坐或站或趴在地板上，真的畫出有故事性的猴子，小朋友隨著畫說出畫裡的故事，充滿趣味性的課堂。

明道附近的八卦山有二水獼猴自然保護區，我們帶著閱讀寫作班的學生一起陪著林煥彰老師與千猴對望，學生也開心記錄著沿途所見的人與猴子互動風光。回到教室，煥彰老師對著大學生以及中學國文老師演講「十二生肖教學演講」，為猴年的三月校慶活動注入許多有趣珍貴的回憶。活潑了明道幼兒園教學，也增強「閱讀與書寫」計劃學生繪畫與製作海報能力，更協助中學國文科教師增能。

趣味，讓閱讀與寫作多了許多生命力。

二〇一八狗年　帶來忠誠的詩的堅持

二〇一七年歲末，明道大學囑咐我主持設計二〇一八年詩歌月曆，主題是「濁水溪詩歌節十年回顧」，我重新整理梳理十年走過的詩歌活動足跡，整理過去十年活動精彩照片，從幾百張照片中挑選經典照片十二張，其中十月份以林煥彰老師為主題，挑選古琴村的文人雅集照片，月曆上的文字是：

明道大學跨越海峽抵達漳州辦理閩南詩歌節，詩人林煥彰在福
建龍人古琴文化村的千年香樟樹下，以詩以畫繫連兩岸親情。

古琴村林煥彰跪在地上畫羊的照片，詩人凝神專注，令人動容。
月曆印製完成之後，我以快遞寄送煥彰老師，過幾天收到回信了：

「文玲所長晚安：
　承蒙您悉心安排照顧，我佔了好多篇幅；所選照片，我也很喜
歡。非常感謝您。
　這幾年有機會跟著您們走，獲益良多。十分榮幸，銘感於心。
　祝福
　煥彰敬上」

是啊，這些年跟著蕭蕭老師，策畫海峽兩岸詩歌活動，所以認識
並與煥彰老師相遇在許多場域中。每一次的相遇，煥彰老師總是充滿
童心與豁達自在，很像現代老頑童般瀟灑，記得二〇一八年五月前往
武夷山的旅途，飛機起飛往武夷山十分鐘前，他突然發現將隨身行李
遺忘在候機室咖啡廳裡，但他依然淡定不驚惶，人在囧途，煥彰老師
卻說就讓行李安靜待在廈門幾天吧！真的，那行李真的靜靜地躺在廈
門機場三天，後來的三日武夷山的講詩行程，老師依然悠然自得在山
林間，不得不令人佩服啊！

平常的日子偶爾會收到老師 LINE 上給我的詩，讀詩讓生活裡多
了趣味，例如夏天暑熱，收到這樣的一首詩：

〈夏天趕走春天〉

很熱很熱，春天說；

一年四季，春夏秋冬
各有三個月；不知是誰規定的，
很公平。

不過，春天總是慢慢來
夏天不一樣，他是用跑的
他一來，就很熱很熱的
把春天趕走！
（2018年5月17日23:30・研究苑）

二〇一九豬年　帶來單純的價值

或者，我奔忙在行政公務中，收到〈小蝸牛，慢慢走〉，也會停下腳步，學小蝸牛，慢一點：

〈小蝸牛，慢慢走〉

小蝸牛，慢慢走
這是一種修養；

慢慢走，慢慢走

有慢慢走的好處；
小蝸牛，常常會
自言自語，自己對自己
說，你是聽不到的

就是不要你聽到；
這是一件很重要的事，
為什麼要讓你知道？

今天，是小蝸牛的生日
牠對自己說，
慢慢走，慢慢走
我要把今天當作一年過，
要慢慢走，
慢慢走……
（2019年4月17日7:22‧研究苑）

　　這些年來隨著蕭蕭老師做事，老師時時叮嚀我，要讓孩子接觸詩歌、繪畫、音樂，讓孩子的心靈填滿高尚的情趣。我一直相信這些高尚的情趣會支撐孩子的一生，能夠讓孩子遇艱險時，在最嚴酷的冬天也不會忘記玫瑰的芳香。老師常說，理想會使人出眾。

　　我也在詩人林煥彰老師的詩畫中，看見詩歌對孩子們的影響，從生活裡發現趣味，發現美好。

　　這些年與煥彰老師接觸，感受到「開心」：讓心迎向光明與快樂。「開悟」：在文字及生活中領悟，成為自己生命的亮光。生命的過程就應該是這樣開心，開悟，讀煥彰老師手機傳來的短詩，也感受煥

彰老師隨緣隨時為有緣人開示。面對生命所有的遇見，用兒童單純的口吻，展示了人間處處皆有溫情、趣味，呈現出生命豁達自在的人生智慧。他用靈魂深處的力量勾起我們的詩心，創造了人性裡的「單純的價值」！

單純的人會有恆久的幸福，祝福煥彰老師八十後的幸福恆久……

愛的綻放
──呈此文敬賀林煥彰老師八十大壽

福州　盧昌昊

〈老師的微笑〉

白髮　是
一條蜿蜒的河流
我彷彿聽聞　每一泓流水中
靈動的迴響

白髮　是
一聲悠遠的洪鐘
我彷彿看見　每一次震顫中
滄桑的容顏

白髮　是
一陣輕盈的微風
我彷彿觸及　每一縷氣息中
溫暖的懷抱

　　是　一抹被陽光勾起的弧度

　　「你好呀！」

　　煥彰老師的微笑。

　　蒼蒼白髮，精神矍鑠，仙風道骨。這是我初見林煥彰先生時，心裡所浮起的感覺。林煥彰先生是兩岸著名的童詩詩人，是我非常非常崇敬的長者。自1989年林煥彰先生帶動兩岸兒童文學交流破冰之旅以來，已歷三十年。三十年來，他為海峽兩岸兒童文學交流，尤其為童詩交流打開了一扇大門；三十年來，他為兩岸童詩的推廣與發展，貢獻了無窮的智慧和力量；三十年來，他對兩岸兒童文學界的後生晚輩，總是和藹近人、殷殷教導。在許多個日夜裡，我得以享受煥彰先生「新鮮出爐」的詩作，這些詩作，成為我晨起的朝陽，成為我日暮的辰宿，也成為融入我血液中的情懷。在詩作的律動中前行，有詩，有美，有愛，我也逐漸有了前行的方向。雖然未曾正式拜過師，但在此，我仍腆臉稱呼煥彰先生一聲「老師」，在老師八十大壽之際，衷心地祝福：「老師，生日快樂！」

　　老師的文學成就我無需多言。他已然是兩岸現代詩壇頂尖的存在——在長期以來和老師的詩作交流中，我深有體會且堅信這一點。但在此，我仍不禁想要表達以下三點感想：

一　老師的詩閃動著知識的光芒和童趣的靈動

　　例如老師在二〇一八年六月二十二日和九月二十三日創作的兩首詩——〈鱻，真鮮美〉和〈犇・笨〉：

〈鱻，真鮮美〉
一尾魚，兩尾魚／游來游去，很得意／／三尾魚，我擠你擠他
也擠／漁夫看到了最高興／／鮮美，鮮美，真鮮美／他一網打
盡

〈犇‧笨〉
一隻牛，慢慢走／二隻牛，並肩走／三隻牛，一隻在前頭／二
隻在後頭／牠們走不動，翻翻字典說／我們真的很笨很笨！

　　這兩首詩，實際講述的是兩個較為生僻的字：鱻與犇。這兩個
字，到了老師的眼裡，就成了詩。三尾魚「我擠你擠他也擠」，三隻
牛「一隻在前頭／二隻在後頭」，用很淺白簡短的文字，非常生動地
把「鱻」和「犇」寫得畫面感十足，既表現出字形的特點，同時也寫
出了童趣。另外，兩首詩用了「一尾魚，兩尾魚」、「鮮美，鮮美，真
鮮美」、「一隻牛，二隻牛，三隻牛」，反復的句式，一、二、三的疊
加，讓整首詩充滿了節奏感。同時，鱻與鮮的諧音，犇與笨的諧音，
讓兩首詩在朗讀時非常有趣。

二　老師的詩顯現著歷經滄桑的情懷和內心從容優雅的微笑

　　例如老師在二〇一八年九月二十日創作的詩〈我終於趕上〉：

我一生守舊，念舊／縫縫補補，童年曾經捱過／現在，卻又碰
上／年輕一代裝窮，追求時髦／穿破衣褲，以為時尚／而我，
老毛病還在／穿破了的舊衣褲，仍不捨得丟／又不想補它，還

繼續穿著／我終於也算，趕上時代！

讀這首詩，彷彿在品一杯茶。茶香四溢，回味雋永。品第一口，感受的是舊時代童年的苦和苦中作樂的情景；品第二口，感受的是現代飛速發展變化的「流行」和紛繁多樣的審美；品第三口，感受的是一顆心，這顆心拖著一些時代的烙印，在現代的時空中微笑。

又如老師在二○一九年一月三日創作的詩〈咖啡加思念〉：

咖啡是苦的，我試著／加思念；當然／要苦的，美式意式／都無妨／／窗外有雨，整個屋外／都有雨；我不能只要一點點，／一杯總該可以，／但雨不是這樣，要嘛／整個，天空都給你／整個，大地都給你／／灰濛濛，有雨／雨，綿綿，有霧／霧，濃濃／咖啡濃濃，／鄉愁濃濃，／思念濃濃⋯⋯

讀這首詩，似乎也忍不住為自己泡一杯咖啡。咖啡是苦的，可按自己的需要添加糖或奶精。但老師往杯中的咖啡裡添加了思念。老師的思念是什麼？是鄉愁。鄉愁的味道是老師滄桑的情懷。加了思念的咖啡，變得更濃，更有味道；加了思念的咖啡，彷彿把窗外的天地都囊括進去。濛濛、綿綿、濃濃，三個疊聲詞喚起了每位讀者對咖啡口感細膩潤順的回味。同時，這三個疊詞也讓我感受到老師對他的「思念」的回味，也許未必是苦澀的，我彷彿看到了老師從容、優雅的微笑。

三　老師的詩是愛的綻放和毫無保留的心靈的付出

例如老師在二○一九年二月十八日創作的詩〈春天，留在夢裡〉

春天，留在夢裡／讓我們利用早春，／冷，又不太冷／／微雨，若有若無／喜歡飄飄的，／輕風微風，都知道／讓櫻花知道／一路驚豔，沿路讚歎／她們怎麼這麼大方，／愛，就毫不保留／綻放，獻給我們蘭陽──／一群愛詩的人！

春天，多麼詩意的季節。冷，也許是天氣，又不太冷，這對比產生的暖意是誰帶來的呢？一路的櫻花帶來的。早春、細雨、微風、櫻花，構成多美的早春櫻景。老師將擬人法賦予了櫻花，並點出詩眼──「愛，就毫不保留／綻放」，獻給了一群愛詩的人。綻放的是景，更是心。而這也是老師心境的寫照。老師用無數首詩，描繪了眼中的、心中的美，毫無保留地付出他所有心頭的愛，帶給了無數個孩子內心的春天，在春天中綻放花香，無論冷與不冷，內心都是暖的。

老師雖然已經八十歲了，但包括我在內的華文文化圈內的大朋友們、小朋友們，那些老師的粉絲們，一定都還希望著老師能創作並出版更多優秀的作品，也祝福老師：容顏不老，童心不老，有更多優秀的作品問世！

牧雲的詩人
—— 致林煥彰老師

宜蘭　林秀蓉

　　開始從欣賞別人寫詩到自己學寫詩過程並不遠，因詩人劉正偉老師熱心推介，我數著臺階走入乾坤。抬頭仰望已入秋，記得初次與當時是發行人兼總編輯的煥彰老師您見面時，是在二〇一五年第七十五期《乾坤》秋季號出刊前的那次歡樂聚會中。印象最深刻的是老師在寫詩之外，總是樂於分享您的人生智慧，無論是來自生活中的體驗或者是表達創作過程中的理念與想法。

　　歷史脈管中我們的血點很相近，先祖同從福建漳州來臺，定居宜蘭礁溪鄉。您住六結村而我生於二結村，您跟我說宜蘭人要默默耕耘，守本份就好。是的，愛讀書的小蝸牛會記得慢慢學走，邊走邊想就要寫好人生這首詩。您的文學花園裡已經百花齊放，我才剛剛在山的那邊筆耕。海在微笑，如果可以活在童話裡，我想央請不老太陽揹一座山回家，爬梳在祖先留下的淨土上，阡陌成林讓風輕輕拂過。

　　故鄉是您流浪的起點，以童心飛翔是生命的追問。詩愛旅行，還有必備的孤獨與寧靜。玩心情如玩文字，您說「在寫詩時，感覺自己玩得很快樂！寫詩，就是自己和自己玩，沉浸其中，也陶醉在其中！」。詩海何懼洶湧的波濤，來自蘭陽平原上的詩人，您的詩篇早已自由揚帆，名播四海！

　　在詩的深林裡催耕播種，我遇見春天的布穀鳥一直都在。二〇一六年三月，我參加明道大學「生命閱讀與書寫國文研習會」。聆聽煥彰老師您談如何回到心靈的故鄉為兒童寫詩，也看著您筆下墨韻，使每隻猴子活靈活現，超級開心。開心是一種哲學，是一種人生觀！玩活躍的線條，追求新鮮創意，您為創作永不言退休，值得晚輩學習。同時非常榮幸，在《乾坤詩刊二十週年詩選》歷史回顧中，老師囑我擔任詩選初審工作，期間見識不同詩的表現方法和形式，詠物抒情，豐富想像力及精準語言能力，用心思索、解讀選錄作品，過程中反得到更多意外的收穫。

　　穿梭手機不夜城，交織臉書、LINE 與 WeChat，流動的文字河，點點是繁星。

　　無須排演，繁星沒有藍綠，右邊是雪山，左邊是大海。天空了昨夜的話，有時枯坐雲端，有時結伴風景中，關於詩的不同方向，凡鳥兒飛過的我都想再聽您說。

　　夢想和誰玩？寫詩的精靈，給了我一片大草原，可以聽雲說、雨說或風鈴說。大自然是一部無字天書，是我們最好觀察及發想的讀本。許是時間總是忘了時間，小時候的夢怕苦不敢來找。於是啊！那段頗有海的樣子的想念距離，從一九三九起算的夏日濤聲，全數被我悄悄地剪下。因為您說：「啊！其實，我那小小的一個海，就是一首靜止的詩！」

　　眾所皆知的煥彰老師您是兒童文學家，更是宜蘭的國寶級作家。多元的創作，作品被翻譯成多國語言，重要著作有《牧雲初集》、《國小兒童詩歌選集》、《夢和誰玩》、《一個詩人的秘密》、《妹妹的紅雨鞋》、《詩情‧友情》、《臺灣，我的血點》、《近三十年新詩書目》、《大陸新時期兒童文學》等一百一十餘種。編入兩岸及新加坡中小學語文課本的詩作中，有一首很勵志的《椰子樹》，欣賞小詩轉化著心境，

我想著每天都很努力向上伸長的椰子樹，用那一隻很長的手及不懈的意志力，終有一天定會得到自己想要的。

關於詩的無限可能，我最喜歡收集您夏天寫的詩，探究的心情彷彿妹妹的那一雙紅雨鞋，好像一對紅金魚等著何時才能下雨；或者慢慢等到，最後那一隻鷺鷥飛過黃昏，好讓我的夢也開始降臨。在我出生前您就開始寫詩了，用堅持的心寫出一首首明朗的好詩！敬佩寫詩已經一甲子的您，至今仍然筆耕不輟！

您說寫詩求新也求變，生活再忙也要寫詩。「蔚蘭海陽，墨舞風華」何其美，當我沿時序層層裁剪成長的印記，彷彿聽見故鄉在對我輕喚。唯有對文學懷抱不滅的熱情，方顯最高貴靈魂。是蘭陽絲絲多情的雨，喜歡走著蜿蜒的山路回家。

二〇一八年十一月雀躍回到守護我童年的老火車站旁，在那棟百果樹紅磚屋隆重舉辦的頒獎典禮上，領到此生夢寐以求的《第八屆蘭陽文學獎》新詩獎。當天四組的評委代表中，感恩有您、辛牧老師及紅磚屋的主人黃春明老師，當面給我諸多珍貴的勉勵。詩是貓，您在文學無限想像空間，豢養的千萬隻貓就活在心裡。我們都崇尚自然，拾光在山與海之間，雲霧山嵐間筆端的焦距都是詩意。撫掌摩挲，丈量青春平疇。雪隧後，我也走入更久的童年。

藉物言志，寫詩是一種抵抗。您以善感憐憫的愛心，轉化了詩的社會性。詩是能讓世界一切變得更美的事！讀您的詩不須多做解釋，就可以讓彼此的心靈對美感產生共鳴。我是一株小小草，能夠在有詩有文的地方，側記著屹立不搖的紅檜扁柏。精益求精，十年磨一劍，不想錯過的是季節，張開羽葉甜美的丰姿，我要像您一樣「飛，只是想飛而已」。無所為而為，開開心心在詩領空上，如鷹般享受自由翱翔之趣！

老師曾說「林家，以詩為志業」，在文字堆疊的星空，一首詩也

許只是三五行，但您得用一輩子來寫它。大地為證，我也期待用心寫出屬於自己風格的好詩，同以林家詩人為榮，走向世界。星漢燦爛，文以詠志，秀蓉能有多次機會親炙哲人風采，在詩人節前夕，謹以〈牧雲的詩人〉為題，牧雲是煥彰老師的第一個筆名，提筆寫下心中美好感懷並向老師致敬。藉桃李春風酒一杯，祝壽謝師恩，誠摯

　　祝福煥彰老師八十嵩壽生日快樂，松柏長青，經霜彌茂！

　　快樂揮灑詩化人生！

寫於二〇一九年五月六日立夏

祝福
——回憶與詩人林煥彰交往二、三事

南投　岩上

　　文學因緣會因不同時代、空間、環境影響，而形成脈絡歸屬。作家個人因緣也因而有其聚散而形成個人風格的流向。

　　我和林煥彰的認識是在我加入《笠》詩刊以後。代表臺灣本土文學精神的《笠》詩刊，創刊於一九六四年六月，我是在《笠》詩刊創刊的第二年（一九六六）加入。林煥彰大概也是在這個時候加入的。他比我少一歲，當時我們都很年輕，同待在一個詩社，大家都很有話聊，又因為對詩充滿了熱情，積極想要去探索詩的各種面向，所以彼此之間有了接觸的機會。林煥彰個性樸實、實在，我們很聊得來，所以是當時與我談得來、興趣相投的詩友之一。猶記得一九七一年的夏天，我和太太以及五歲的兒子，特地從草屯到臺北去找林煥彰，那時他還在南港臺肥工作，他請我到他的住所，中午就在住所吃飯，吃飯時，我那五歲的小孩問道，「你們這裡吃飯為什麼沒有葡萄酒？我們在家吃飯都有葡萄酒。」他聽了，立刻去開了一瓶自釀的葡萄酒給大家喝。當時兒子童言童語，林煥彰卻很認真地看待，可以看出在那個年代，彼此交往的樸實與真誠。

　　一九七〇年代是臺灣現代詩狂飆的年代，很多年輕詩人紛紛結社，各自成立詩社。一九七一年，林煥彰與蕭蕭、陳芳明、喬林、高

信疆、蘇紹連、林佛兒等人共組《龍族》詩社，成為《龍族》的一員時，同時也離開了《笠》詩社。

我於一九七六年七月和王灝等人創辦《詩脈》詩社，發行《詩脈》季刊，其後李瑞騰、向陽等也加入成為同仁。我當時在南投草屯成立《詩脈》，主要是因為南投草屯地屬偏遠，文學風氣與發展不如都會興盛。但七○年代是臺灣年輕詩人紛起結社的時代，我希望南投文學不要缺席，所以決定結合當地詩友，為臺灣的現代詩共同努力。雖然我在南投創辦了《詩脈》，但實際上我並沒有離開《笠》詩社，只是當時因為個人工作、生活等因素，較少與《笠》同仁來往，同時也與林煥彰相隔遙遠，逐漸較少聯絡。

後來《笠》詩社在一次詩的討論會中，《笠》的同仁有人談到詩社同仁系譜歸屬時，把我和林煥彰稱為《笠》詩社的私生子。林煥彰知道後，對於這樣的稱呼非常生氣，是否因此而創辦《龍族》，離開《笠》，我並不確定。實際上我也因為工作的忙碌以及和林煥彰兩人相隔遙遠，並沒有常常來往，與林煥彰的會面也僅止於那一次的臺北之行，其它多是在文學活動的場合中，才有幸得以碰面。

一九八○年我出版第二本詩集《冬盡》，蕭蕭為我寫了一篇文章〈岩上的位置〉發表於《臺灣日報》副刊，我將之收錄在《冬盡》附錄中。在這篇文章中，蕭蕭提到了我與林煥彰的一些共同點：我們都曾加入《笠》，後來也各組詩社，試著找尋詩的位置與自我定位；我倆均有不少實驗性的作品，力求題材的多樣性。林煥彰重視形式與詩想上的嘗試，我則力求語言的突破，我倆都具有一種過渡時期的色彩，同屬詩壇「前行代」與「新生代」兩代之間的關鍵人物，具有轉變期的特徵。另外，我倆都喜歡從「日常事物中發現特殊事義」，語言介於《笠》的淺白與《創世紀》晦澀之間，力求新路線的開拓。

蕭蕭對我們兩位共同之處相當了解，分析非常正確，但是我們兩

人也有一些不一樣的地方。例如：我也受過一九五〇、六〇年代存在主義與超現實主義的影響，加入《笠》詩社以後，我的詩才有了一些轉向；林煥彰除了繼續寫詩，也投入兒童詩的創作，在兒童詩方面與海峽兩岸做了許多詩的交流，有很豐碩的成果。

一九八三年，林煥彰主編《布穀鳥》兒童詩學季刊，他向我邀稿，我寄了〈山與海〉這一首童詩給他，發表在《布穀鳥》第十四期。這是我第一首童詩作品，也因為林煥彰向我邀稿，我從此開始投入童詩創作。其後在兒童詩方面，我曾出版過兩本童詩集，還擔任兒童文學學會理事長，這都要感謝林煥彰在最初向我邀稿，讓我開始有機會創作童詩，因此與兒童文學結下不解之緣。從這一點來說，我倆皆有童詩的創作，也是相同之處。

二〇一四年《笠》詩社創社五十週年年慶，舉辦許多活動。其中一場在臺北紀州庵，林煥彰受邀參加，在此次的詩座談會中，林煥彰約有三十分鐘的時間，都在談過去「私生子」的事情。從他的敘述中，能感受他的心情非常激動，也頗委屈，現在回想起來，雖已記不清他當時說了什麼，但是，仍能感受到他耿耿於懷的心情。林煥彰談完以後，李敏勇雖有給予回應，但是林煥彰似乎不領情，悻悻然離開。

林煥彰除了寫現代詩、兒童詩以外，也會畫畫。猴年時畫猴子，雞年畫雞，狗年畫狗，今年畫豬。他認為寫詩與畫畫都非常好玩，因為他有詩心，也有童心，僅管已經八十歲，在文壇上仍然非常活躍，許多文學活動的場合都能看到他的影子。他四處演講，除了臺灣，大陸、香港皆有他的足跡，四處為兒童文學播下希望的種子。從年輕到老年，年歲忽過，我倆都老了，但林煥彰依舊精神矍鑠，我為他這樣的精神感到非常高興。

林煥彰今年八十歲大壽，祝福他生日快樂，也祝福他永遠健康、

有活力，繼續創作、畫畫，活躍於詩壇！

　　　　　　　　　　二〇一九年五月七日於岩上農舍

詩壇長青樹與老頑童
──敬賀林煥彰前輩八十大壽

雲林　楊子澗

日日有詩，是詩壇高拔的長青樹
年年生肖像畫展，頑皮猴可愛狗
快樂豬，都來自一顆赤誠的童心
他推廣童詩，讓每個人心皆靜好

一個小書包裝滿他對詩的信仰和
濃郁的熱情，全給了新書發表會
一棵長青樹是佇立詩壇的引航人
一卷頑皮猴長軸，鋪展在我心中

　　註：生肖猴年，煥彰前輩在明道大學特展；我應邀演講，得以和前輩閒聊並欣賞前輩畫作，其中一卷長軸，每隻猴子就像頑皮的孩子，充滿童趣！
　　我少次參加文學聚會，每次都見前輩背一只小書包，著輕盈便裝；我想：小書包裡裝的是他對詩的信仰，以及對詩友晚輩的熱情！
　　時值煥彰前輩六十年創作、八十大壽，謹以詩一首表達賀忱。

境地

蘆洲　曾念

鳳凰花開
我們渴望分享
所有季節裡關於成長的秘密
一如這些美好的時光
行經生命的曲折處
終於有了幸福的發聲
在今天

就在今天
座中的獅子前三後一
那搏兔的眼捕捉更年輕的神
慈藹的雙眉又笑成哲學家
竄出的星光，以詩
信筆一落成蝶
在一路新綠的花園
翩飛起舞
不忘笑稱如此寫詩
才是活著

直到，有這麼一天
換詩活著

活著，每天像極一首詩
一口氣引蛇入畫
畫筆一出，千猴靈動
何其自由
何其自在的章節
如此龐沛的一生
等長一首波瀾壯闊的詩歌
流傳，讓眾神聆聽

〔後記〕

　　還記得那是十五年前的午后，林老師擔任我們行動讀詩會的指導老師，那是我第一次親近前輩詩人的重要時刻。席間，我和幾個寫詩經常出神的年輕詩人，往往針對詩的看法提出意見，有時歧見紛陳，林老師總是以十分包容的氣度，適切地予以引導和疏通，也經常和我們分享他多年對詩的看法，這也成為我退伍後每個月最期待的讀詩聚會！後來，我跟著林老師到乾坤詩社，當時，詩人林德俊正好要入伍，我順勢承接他現代詩卷編輯的工作，但因為年輕氣盛，不知林老師的栽培之心，加上創價學會的使命，於是，我慢慢淡出行動讀詩會和乾坤。

　　我帶著對林老師的虧欠，一別詩壇就是十二年，期間，致力於新詩教學以及詩結合各種藝術形式的可能，卻始終未曾想過有一天能回到乾坤為詩壇盡心。

　　直到三年前，因詩友劉正偉和林老師的鼓勵，我重回乾坤，重新

和陌生的詩壇取得聯繫，只是一切的風景已然不同。不變的是，林老師對詩的熱情，以及那份對詩傳承的美好，我心懷感動更是感謝。於是，為回應林老師的真心，我接下乾坤現代詩卷編輯的使命。對我來說，這一切是分擔，也是承繼林老師多年對詩的用心。故為詩一首〈境地〉，向其龐沛如詩的一生致意！

林煥彰「做中學」文學年表初編
2019年8月

一九三九　民國二十八年八月十六日（農曆七月初二），生於臺灣宜
　　　　　蘭礁溪鄉六結村（桂竹林）；祖籍漳州平和五寨鄉后巷，
　　　　　林添郎公遷臺第六代；歷代務農。

一九四二　三歲，日據時期，據說父親經商販賣日本政府管制民生物
　　　　　品（米、油、鹽等）逮捕坐牢，生母出走，由大媽扶養；
　　　　　因此有兩個母親。父親出獄後，賣掉所有家產；三間紅磚
　　　　　屋及所有稻田。

一九五〇　大堂哥讚勳在礁溪派出所當侍應生，派去臺北受訓，期滿
　　　　　帶回一雙球鞋給我，才開始有鞋子穿。

一九五二　七月，礁溪國小第三十八屆畢業。中學入學考試落榜，當
　　　　　牧童，和二堂哥讚顯種田。

一九五五　二堂哥見我不堪農務，帶到基隆中山區公所後面，找一家
　　　　　肉類食品加工廠當學徒；約十個月。

一九五六　父親請託養鴨認識的南港農友之子陳久連先生，爭取工作
　　　　　機會，順利進入臺灣肥料公司新建的南港廠，當單身宿舍
　　　　　清潔工；拿起掃把就掉眼淚！

一九五七　約一年後，經工廠內部招考，轉至檢驗股當原物料煤焦檢
　　　　　驗工；開始「做中學」，接受在職訓練，化驗課程。

一九五七　報名參加李宗黃先生創辦的「中國地方自治函授學校」國
　　　　　文先修班進修。同事楊源波借閱古之紅先生在虎尾創辦的
　　　　　《新新文藝》雜誌，對新詩產生興趣。

一九五九　二月，中國地方自治函授學校第十三屆普通班結業。

一九六〇　七月應召入伍，在新竹新兵第一訓練中心受訓，四個月後
　　　　　結訓，留任教育班長；苦讀新詩。

一九六一　八月，參加馮放民先生創辦的「中華文藝函授學校」軍中
　　　　　班詩歌組，讀詩人覃子豪編撰的講義，喜歡他引用楊喚的
　　　　　《詩的噴泉》小詩系列；新詩習作第九次作業〈雲〉，四
　　　　　行小詩，批改老師上官予評語：輕巧精細，好詩。給八十
　　　　　五分，並批註：可發表。（原稿保存完好）

一九六二　六月，役滿退伍，回南港廠復工。慕名拜訪武昌街擺書攤
　　　　　專賣詩集的詩人周夢蝶，並提習作請其講評，因此他介紹
　　　　　軍中兩位詩人：沙牧和管管。

一九六三　開始與沙牧書信往來，承其指點和鼓勵。同年參加陳健夫
　　　　　先生創辦的「新儒書院」函授學校，研讀新儒學。

一九六四　第一次投稿，〈雲〉四行小詩發表在《葡萄園詩刊》第四
　　　　　期，之後該刊主編藍雲經常主動聯繫，邀稿、鼓勵。

一九六四　九月，與兩位同事陳秋分、林錫嘉創辦《新地文藝》雙月
　　　　　刊，擔任社長；出版兩期，發現刊名與他人所辦刊物雷
　　　　　同，又因考量後續經費和發行問題，毅然停刊。

一九六四　秋天，參加中國文藝協會第二期「文藝創作研究班」詩歌
　　　　　組，每周上課一次，為期六個月；詩人紀弦擔任組長，指
　　　　　導老師是瘂弦和鄭愁予；蘇武雄、黃彬彬、施善繼、林錫
　　　　　嘉等近十位同學。

一九六五　經法院任職的前輩詩人林郊、李莎推薦，擔任臺北市地方
　　　　　法院少年法庭榮譽觀護人，開始不定期探訪、輔導誤入岐
　　　　　途的少年。

一九六五　八月，在臺肥南港廠禮堂參加《笠》詩社年會，認識省籍

　　詩人前輩吳瀛濤、桓夫及年輕詩人古貝、吳宏一、王憲
　　陽、趙天儀、黃騰輝、黃荷生等，會後經同事李魁賢（楓
　　堤）介紹加入該社，成為編輯委員，參與同仁會、「作品
　　合評」等編輯會和編務；勤跑印刷廠，校對和刊物發行
　　等。

一九六五　為感念詩人沙牧、藍雲的鼓勵，取筆名「牧雲」。

一九六六　參加臺肥南港廠西畫社，從國立師範大學美術系水墨名家
　　　　　鄭月波教授學習素描。

一九六六　八月，中國美術設計協會美術設計講習班，第二期結業。

一九六六　整理編輯第一本詩集，經詩人李魁賢建議，以筆名牧雲作
　　　　　為書名：《牧雲初集》，請前輩詩人桓夫寫序〈五月牧
　　　　　雲〉。

一九六六　詩人節，意外獲得中國詩人聯誼會頒贈「中國優秀青年詩
　　　　　人獎」。

一九六六　十二月，油畫〈農忙〉入選第二十一屆全國美展。

一九六六　十二月一日，在香港發表第一首詩〈詩簡〉；《文壇》第二
　　　　　六一期刊載。

一九六七　二月，第一本詩集《牧雲初集》出版，列入「笠叢書」第
　　　　　十四號；封面由畫家龍思良設計。集中〈月方方〉係詩人
　　　　　鄭愁予老師上課時命題作業，他的評語是：這個作品可愛
　　　　　極了，是富有童話意味的一首兒童詩。（原稿保存完好）

一九六七　五月，第一屆蘭雨詩畫巡迴展，由同鄉詩人羅明河主催；
　　　　　二、三日礁溪鄉農會，四、五日宜蘭縣府禮堂，六、七日
　　　　　羅東鎮農會，八、九蘇澳民眾服務站展出；提供詩畫作品
　　　　　參展，計詩作〈觸覺〉、〈黃昏打電話撥叫夜〉、〈捷徑〉、
　　　　　〈禱之外〉、〈詩人日記〉、〈不是秋〉、〈虹的故事〉等，並

以本名和筆名雙木，利用實物裝置的現代藝術概念製作詩
人喬林的〈破鞋〉，以水墨潑墨方式製作辛牧的〈月末
惑〉，也以本名為吳敏顯的〈太魯閣〉等詩做畫參展。

一九六七　十二月，油畫〈風景〉入選第二十二屆全國美展。

一九六八　鄭月波教授應聘赴美任教，改從國立師範大學美術系油畫
　　　　　名家張道林教授習畫。

一九六九　七月，油畫〈夏日〉入選第三十二屆臺陽美展。

一九六九　八月，第二本詩集《斑鳩與陷阱》，詩人白萩寫序，自費
　　　　　出版，由詩人趙天儀等創立的田園出版社印行。集中〈母
　　　　　親縫在我身上的一些小紐扣〉、〈素描四張〉、〈小溪〉、〈那
　　　　　年那晚〉、〈那年我們很傻〉等十餘首，有童詩意味的作
　　　　　品，後來編入第一本童詩集《童年的夢》。其中有〈小
　　　　　溪〉、〈那年那晚〉等數首獲詩人余光中英譯，發表於中華
　　　　　民國筆會英文會刊。

一九六九　兼任臺肥南港廠職工福利社學術組幹事，執編《工作與生
　　　　　活》月刊，長達六年。

一九六九　十一月，應邀參加礁溪鄉第三屆美展。

一九六九　十二月，油畫〈風景〉入選第二十四屆全省美展。

一九七〇　四月，油畫〈靜物〉獲中華民國第一屆全國書畫展邀請
　　　　　展。

一九七〇　五月，油畫〈靜物〉入選第三十三屆臺陽美展。

一九七〇　七月，《當代文藝作家名錄》收入英文簡歷；國立中央圖
　　　　　書館編印，中華叢書編審委員會出版。

一九七〇　十二月，油畫〈靜物〉入選第二十五屆全省美展。

一九七〇　五四文藝節，意外獲得中國文藝協會頒贈「文藝獎章」詩
　　　　　歌創作獎。

一九七〇　應邀擔任「中華文藝函授學校」詩歌組批改老師，並撰寫
　　　　　該組習作系列講義。

一九七一　一月，與同輩詩友：辛牧、施善繼、陳芳明、蕭蕭、景
　　　　　翔、喬林、林佛兒、蘇紹連等成立「龍族詩社」，出版
　　　　　《龍族詩刊》，負責聯繫工作。退出笠詩社。

一九七一　四月，油畫入選第六屆全國美展。

一九七一　七月，油畫〈漁船〉入選第三十四屆臺陽美展。

一九七二　四月，水彩畫〈風景〉，中華民國第二屆全國書畫展邀請
　　　　　展。

一九七二　五月，整理「中國現代詩壇總目」；同年六月，在《龍族
　　　　　詩刊》第二期開始連載。

一九七二　四月，為《龍族》同仁、詩人喬林詩集《基督的臉》繪製
　　　　　封面畫並設計。林白出版社印行。

一九七二　九月二十二日，第三本詩集《歷程》自費出版，列為「龍
　　　　　族叢書」第三號；同仁陳芳明寫跋，畫家陳文藏設計封
　　　　　面。編輯《龍族詩選》。

一九七二　十一月，開始撰寫第四本詩集《公路邊的樹》，在《龍族
　　　　　詩刊》第五、六、七期連載。

一九七二　應聘擔任「吳濁流新詩獎」評審委員。

一九七三　四月，油畫〈靜物〉，獲中華民國第二屆當代名家畫展邀
　　　　　請展。

一九七三　六月五日，《龍族詩選》出版。接著執行《龍族評論專號》
　　　　　（《龍族》第九期，七月七日出版）編務，由同仁高上秦
　　　　　（高信疆）輪值主編。

一九七三　開始兒童詩寫作和推廣。

一九七三　十一月，被推薦擔任第十一屆世界詩人大會籌備委員，並
　　　　　以中國詩人代表身分出席大會。

一九七三　十二月，油畫〈虹的故事〉入選第二十八屆全省美展。

一九七四　《龍族詩刊》停刊後，開始專注寫作兒童詩。

一九七四　臺肥聯合工會推薦參加全國總工會及亞洲勞工學院合辦「工會幹部新聞講習班」，研習新聞寫作、編輯和採訪。

一九七四　三月，獲南港區第三十一屆青年節優秀青年獎。

一九七四　五月，臺北地方法院續聘榮譽觀護人，任期三年。

一九七五　童詩〈妹妹的紅雨鞋〉等二十首，應徵洪建全教育文化基金會「第一屆兒童文學創作獎」童詩組，得佳作獎。

一九七五　晚上兼差，經小說家符兆祥拉拔，擔任《法律世界》月刊編輯。

一九七五　《書評書目》主編隱地先生建議，著手蒐集整理編輯《近三十年新詩書目》。

一九七五　十月十日，第一本散文集《做些小夢》，再興出版社出版；請兒童文學家林良先生寫序：〈雲在天上飄過〉。

一九七五　詩人姑媽陳秀喜提議合編《我的母親》專集，負責執行邀稿及編務。

一九七六　二月，《近三十年新詩書目》獲隱地先生支持，由書評書目社印行。

一九七六　兒童詩再次獲得「洪建全兒童文學創作獎」童詩組佳作獎。

一九七六　二月，韓國詩人許世旭編譯《中國現代詩選》，選譯〈陷阱〉、〈清明〉、〈黃昏〉，漢城乙酉文化社印行。

一九七六　三月，與詩友孫密德、吳德亮、碧果、沈臨彬、管管、藍影等成立「詩人畫會」，在臺北幼獅畫廊舉辦「第一屆詩人詩畫展」，香草山出版公司出版《青髮或者花臉》詩畫作品合集。

一九七六　四月，第一本兒童詩集《童年的夢》，獲臺中光啟社出版；請前輩詩人、兒童文學作家張彥勳寫序〈林煥彰這個大孩子〉；自己設計封面。

一九七六　母親節，和詩人姑媽陳秀喜共同主編《我的母親》，委由臺北巨人出版社印行，所有經費由陳姑媽提供。作者包括詩人、作家、畫家、音樂家、學者、教授、教師、學生、國大代表、醫生、記者、公務員、軍人、工程師、書記官、觀護人、工人、家庭主婦等各階層各行業都有；前輩作家有：衛聚賢、蘇雪林、吳濁流、左曙萍、王詩琅、郭水潭、張雪茵、巫永福、紀弦、劉心皇、祝澧蘭、郁珩、周伯陽、尹雪曼、琦君、林海音等112位；最年長七十八歲，最年輕十五歲。

一九七六　五月，調任管理部門擔任工業關係管理員。

一九七六　七月十三日，第一次出國，應香港「詩風社」慶祝創社五週年邀請，訪問香港，為期一周；詩人黃國彬接待住在他家。期間，黃國彬及詩風社同仁王偉明等陪同遊中國邊界勒馬洲，眺望大陸邊界時，感慨萬千，返臺後撰寫兩首詩：〈一條臍帶〉、〈殘廢了的手〉，次年一月十九日「聯副」發表。

一九七六　十月，臺北市中山北路泉屋西餐廳選印〈思念〉在菜譜扉頁上。之後又經韓國朋友金泰成譯成韓文，印在漢城 Castle 西餐廳菜譜上。此詩一九七四年六月寫於南港，同年七月發表於《葡萄園》第四十九期，然後又在《新文藝》第二〇〇期刊載。詩人胡品清、民歌手蘇來分別譜成民歌。

一九七六　十二月，第二本兒童詩集《妹妹的紅雨鞋》，得前輩名家

　　　　　林海音先生邀稿，由純文學出版社出版；畫家劉宗銘配
　　　　　圖，並設計封面。

一九七七　童詩第三次獲得洪建全兒童文學獎童詩組佳作獎。晚上兼
　　　　　差，轉任《法論月刊》編輯。

一九七七　十月，李立明著《中國現代六百作家小傳》，收錄小傳；
　　　　　香港波文書局出版。

一九七七　十一月，承蒙左宗棠嫡孫、前輩詩人左曙萍介紹，結識詩
　　　　　人舒蘭，並與其合作設計印製「中國新詩人史料卡」，擬
　　　　　向全國新詩人徵求個人資料，預備長期從事新詩史料蒐集
　　　　　和整理。

一九七八　童詩應徵洪建全兒童文學獎童詩組徵稿，落選。

一九七八　十一月，兒童詩集《童年的夢》、《妹妹的紅雨鞋》經臺肥
　　　　　公司總管理處秘書室推薦，獲第十一屆「中山文藝獎」
　　　　　（此獎兒童文學類第一個獲獎者），獎牌一座及獎金新臺
　　　　　幣八萬（悉數用於治療二女兒牙齒），給予極大鼓舞。自
　　　　　此立志，畢生為兒童寫作，並推廣兒童文學。

一九七八　十二月十三日，應桃園縣政府教育局邀請，擔任該縣國小
　　　　　教師「童詩研習會」講師，主講「童詩創作經驗談」。

一九七八　應香港詩風社邀約撰寫〈臺灣兒童詩的現況〉。

一九七九　二月，應民生報兒童版主編桂文亞邀請，撰寫「兒童詩
　　　　　選」專欄，每周一篇，畫家劉宗銘配畫。

一九七九　四月，臺北地方法院續聘榮譽觀護人，任期三年。

一九七九　七月一日，首次赴韓國漢城出席「第四屆世界詩人大
　　　　　會」；五日遊韓國南部慶州，一千五百年前南韓三國時代
　　　　　百濟國古都；七日轉赴日本大阪、奈良、名古屋、京都、
　　　　　伊勢志摩等地觀光。在韓國結識韓日詩人：金宗文、金光

　　　　　林、金良植、金仁煥、安榮鎬、李洋雨、李潤守、林憲
　　　　　道、閔英、井川博年、國井克彥、前田孝一、木村嘉長、
　　　　　槙浩史、秋谷豐等。

一九七九　七月二十日，應耕莘文教院「暑期寫作班」聘請，擔任講
　　　　　師，談「兒童詩欣賞與寫作」。

一九七九　九月，應文復會聘請，擔任「兒童文學研習班」講師，主
　　　　　講「三十年來的童詩發展」。

一九七九　編輯第五本詩集《生活詩抄》（後易名《現實的告白》），
　　　　　請前輩詩人郭楓寫序：〈在生活中紮根〉。

一九七九　十月，開始寫作第六本詩集《孤獨的時刻》。

一九七九　十一月，應爾雅出版社負責人隱地先生邀請，編選兒童詩
　　　　　集《童詩百首》；撰寫自序〈談我們的兒童詩〉。

一九七九　十二月，第三本兒童詩集《小河有一首歌》，詩人謝武彰
　　　　　推薦，漢京書店出版；畫家王存武配畫，並設計封面。

一九八〇　三月，當選中國青年寫作協會第十九屆理事。計劃編撰
　　　　　〈三十年來童詩發展史〉。同月，《童詩百首》爾雅出版社
　　　　　出版；畫家王谷插畫。

一九八〇　三月十八日，與詩人舒蘭、薛林發起成立「布穀鳥兒童詩
　　　　　學社」，邀集全省二百餘位小學老師及同好創辦《布穀鳥
　　　　　兒童詩學》季刊，擔任總編輯。

一九八〇　三月二十九日，撰寫《布穀鳥》發刊辭。四月四日，第一
　　　　　期出版。

一九八〇　六月十五日，編著《中國新詩集編目》（一九一九-一九七
　　　　　九），由臺北成文出版社印行。

一九八〇　七月七日，應救國團臺中市團委會聘請，擔任「臺中市幼
　　　　　獅文藝營」講座，談「兒童詩欣賞與寫作」。

一九八〇　七月十四日，應救國團總團部與教育部聯合主辦「中小學
　　　　　教師復興文藝營」（淡水）聘請，擔任「兒童文學創作」
　　　　　課程講座。

一九八〇　應《少年週刊》總編輯顏炳燿邀請，主編該刊「兒童詩欣
　　　　　賞」專欄。

一九八〇　八月三日，應救國團臺東縣團委會聘請，擔任「臺東縣幼
　　　　　獅文藝營」講座，談「兒童詩的寫作」。

一九八〇　八月十八日，應高雄市教育局聘請，擔任該市國民小學教
　　　　　師第二屆「兒童文學研習會」講座，談「兒童詩欣賞與寫
　　　　　作」。

一九八〇　九月一日，應洪建全教育文化基金會聘請，擔任第七屆洪
　　　　　建全兒童文學獎評審委員。

一九八〇　十月，應臺中市梅華文化事業有限公司總經理曾錦芳聘
　　　　　請，主編「梅華兒童叢書」。

一九八〇　應《作文月刊》邀請，為該刊主編「兒歌、童謠、童詩比
　　　　　較欣賞」專欄。

一九八〇　十一月十九日，應臺北市南港國小教師研習活動邀請，談
　　　　　「兒童詩寫作與教學」。

一九八〇　十一月二十六日，應板橋市莒光國小邀請，談「兒童詩寫
　　　　　作與教學」。

一九八一　一月一日，散文〈鴿子和我的心事〉入選張曉風編選《有
　　　　　情天地》，臺北爾雅出版社出版。

一九八一　一月，吳天才編《臺灣當代詩人簡介》收錄簡介；大馬蕉
　　　　　風出版。

一九八一　一月二十四日，應臺中市自由日報「快樂青少年版」主編
　　　　　方光后邀請，為該版撰寫「兒童詩比較欣賞」專欄，每週
　　　　　一篇。

一九八一 二月，主編「布穀鳥兒童詩學叢書」，出版《海浪的聲音》、《海寶的秘密》、《母鴨帶小鴨》、《季節的詩》、《鈴鐺之歌》、《跟影子遊戲》、《種子加油》等七種。

一九八一 二月十日，應宜蘭縣教育局聘請，擔任「六十九學年度兒童文學研習會」講座，「談兒童詩的比較欣賞」。

一九八一 應《兒童月刊》總編輯顏炳耀邀請，為該刊主編「兒童詩」專欄。

一九八一 三月，芝山教育文化服務團聘任名譽顧問暨指導員。

一九八一 四月四日，編著《兒童詩選讀》，臺北爾雅出版社出版。

一九八一 八月，應邀改寫格林童話故事《說什麼就是什麼》，香港新雅文化事業有限公司印行。

一九八一 十二月，應邀出席中華民國建國七十年全國第三次文藝會談。

一九八二 一月一日，應邀為香港《大拇指半月刊》撰寫「看詩寫詩」專欄。第一篇〈看那小小的螢火蟲〉，賞析小朋友張繡春〈螢火蟲〉及選讀林良同題詩。

一九八二 二月，應臺中《臺灣日報》邀請，義務在副刊「臺灣兒童」版負責開闢《文學街》月刊，規劃策展兒童文學作品。

一九八二 六月，應詩人、聯副瘂弦主編邀請晚上兼差，為聯合報「聯副三十年文學大系」執編《總目卷》、《索引卷》，本月完成出版；歷時一年多。

一九八二 七月，應聘為國軍第十八屆文藝金像獎評審委員。

一九八二 十月三十一日，南韓詩人金仁煥推薦，應釜山無窮花會（兒童文學教育團體）邀請演講：〈兒童文學，教育的基石〉；無窮花係韓國國花。在釜山感受到韓國重視兒童文學，激發自己返臺毅然發起籌組中華民國兒童文學學會。

一九八二　十二月，第四本童詩集《壞松鼠》，首度被列入「中華兒
　　　　　童叢書」，臺灣省教育廳印行。

一九八三　一月二十至二十六日，與詩友羅青、德亮、景翔、商禽、
　　　　　胡寶林、沈臨彬、李男、杜十三、白靈等詩人畫會同仁在
　　　　　臺北來來百貨公司藝廊舉行「一九八三詩畫上街展」及座
　　　　　談會，編印活頁詩畫手冊。在會場結識韓國青年金泰成。

一九八三　二月，因臺灣肥料公司南港廠服務滿二十五年，獎勵提前
　　　　　退休，由詩人瘂弦推薦，轉進聯合報副刊組擔任助理編
　　　　　輯。

一九八三　六月，詩集《公路邊的樹》自費出版，臺北布穀出版社印
　　　　　行。

一九八三　八月，應臺北市教育局聘請，擔任國小教師兒童文學研習
　　　　　講座。（連續五年）

一九八三　八月，獲中國青年寫作協會頒贈「青年文學獎」。

一九八三　九月，出版兩本童詩集《牽著春天的手》、《大象和牠的小
　　　　　朋友》，臺北好兒童教育雜誌社印行。

一九八三　九月，應聘為國軍第十九屆文藝金像獎評審委員。

一九八三　十二月二十三日，具名函邀兒童文學工作者林良先生等三
　　　　　十位兒童文學作家，發起籌組「中華民國兒童文學學
　　　　　會」，恭請林良先生為主任委員，自任籌備會祕書，積極
　　　　　展開籌備工作。

一九八四　二月，應聘擔任嘉義市明山書局「中國兒童故事百科全
　　　　　書」編輯顧問。

一九八四　三月，《亞洲華文作家雜誌》（季刊）創刊，經「亞洲華文
　　　　　作家協會」會長、小說家陳紀瀅提拔，擔任副總編輯兼執
　　　　　行主編。總編輯符兆祥。

一九八四 十二月二十三日，中華民國兒童文學學會在臺北成立；林良當選第一屆理事長，應聘為總幹事。

一九八五 十二月一日，詩集《現實的告白》自費出版，臺北布穀出版社印行。第六本詩集《無心論》，因詩人蕭蕭推薦，由文鏡文化事業公司印行，不再自己花錢出書。

一九八五 十二月二日，第二屆亞洲華文作家會議，在馬尼拉大飯店召開，為期三天，撰寫〈華文文藝在亞洲地區的薪傳〉，發表於次年一月三十日《商工日報》春秋版。

一九八五 三月二十日，中華兒童叢書出版第一本幼兒童話繪本《鵝媽媽的寶寶》，畫家洪義男繪圖。臺灣省教育廳印行。

一九八五 四月，出版《愛的童詩》，香港晶晶幼童教育出版社印行。

一九八五 四月，與林良、馬景賢先生應香港晶晶幼教出版社邀請，做童詩教學與寫作專題演講。

一九八五 五月五日，馬來西亞《南洋商報》星期副刊，刊載大巫〈另一種喜樂──《童詩百首》讀後感〉。

一九八五 五月二十日，出版幼兒童話繪本《麻雀家的事》，列入中華兒童叢書，臺灣省政府教育廳印行。

一九八五 六月二十日，應隱地先生邀請，配合釜山兒童文藝協會邀訪，負責執編《童詩五家》；作者包括林良、林煥彰、林武憲、謝武彰、杜榮琛；臺北爾雅出版社印行。

一九八五 六月二十日，應邀在宜蘭縣立文化中心舉行畫展，為期二周，並於開幕式作專題演講：〈漫談個人詩畫創作經驗〉。

一九八六 與現代畫家姜新、陳勤、陳永慶、黃歌川、劉庸等成立「各各藝術群」，參加聯展。

一九八六 五月，應統一企業股份有限公司聘請，擔任第一屆蜜豆奶全國兒童詩創作比賽評審委員。

一九八六　七月，耕莘文教院青年寫作會聘請，為第二十一屆暑假寫
　　　　　作班教授，主講兒童詩的欣賞與創作。

一九八六　八月，雷諾汽車七十五年全國交通安全繪畫著色比賽評審
　　　　　委員。

一九八六　八月十六日，應邀編選海外作家小說選集《夢的流浪》，
　　　　　臺北希代出版有限公司印行。

一九八六　九月十日，第一本在國外出版的詩選，中韓文對照《林煥
　　　　　彰詩選》，金泰成選譯，首爾第一出版社印行。

一九八六　九月二十六日，幼兒童話《鵝媽媽的寶寶》獲臺灣省教育
　　　　　廳第四期中華兒童叢書文學類最佳寫作獎——「金書
　　　　　獎」。

一九八六　十月，和林良先生應菲律賓菲華兒童文學協會邀請，首次
　　　　　到馬尼拉講學。

一九八六　十月，陳紹偉編《詩歌辭典》，收錄小傳；廣州花城出版
　　　　　社印行。

一九八六　十月，應邀編選《臺灣兒童詩選》，嘉義全榮文化事業有
　　　　　限公司印行，附錄〈試論早期臺灣兒童寫作的詩〉，約二
　　　　　四○○○字。

一九八七　《大同雜誌》元月、二月、三月號封面，使用畫作《人生
　　　　　系列》。三月號並刊載詩人杜十三評介〈談詩人林煥彰的
　　　　　繪畫——人生系列〉。

一九八七　三月，吉隆坡馬來西亞寫作人（華文）協會會刊《寫作
　　　　　人》第十五期封面選用壓克力畫作〈兩個人〉，並有專文
　　　　　介紹。

一九八七　四月四月至六日，馬來西亞寫作人（華文）協會主辦第二
　　　　　屆文藝營，在吉隆坡美馬高原，邀請主講新詩課程。

一九八七　四月十日，應邀在臺北美國文化中心新聞處舉辦首次繪畫
　　　　　個展，以「人生系列」為主題，展出壓克力彩繪作品七十
　　　　　餘幅，為期七天；出版少年詩畫集《飛翔之歌》，林良、
　　　　　陳正雄、何寄澎寫序，臺北幼獅文化公司印行。

一九八八　三月，應聘兼任總編輯，規劃《全國兒童周刊》；同年五
　　　　　月八日母親節創刊。

一九八八　四月三日，父親林公洽濱逝世，五日寫祭父詩〈給我在天
　　　　　上的父親〉。

一九八八　四月，黃邦君、鄒建軍編《中國新詩大辭典》，收錄小
　　　　　傳；時代文藝出版社印行。同月，曼谷泰華寫作協會會長
　　　　　方思若聘為該會顧問。

一九八八　六月二十日，與畫家龔雲鵬合作，出版故事詩繪本《敲敲
　　　　　打打的一天》，臺灣省政府教育廳印行。同月農委會邀請
　　　　　撰寫故事繪本，與畫家曹俊彥合作《流浪的狗》，國語日
　　　　　報印行。

一九八八　八月二十六日，獲澳洲建國二百週年（一七八八-一九八
　　　　　八）現代詩獎章（AUSTRALIAN BICENTENARY 七 th
　　　　　POETRY DAY AUSTRALIA）。同月，圖畫書《爺爺和磊
　　　　　磊》（畫家洪義男）、《嘰嘰喳喳的早晨》（畫家劉伯樂），
　　　　　臺北親親文化公司印行。

一九八八　八月，由兒童文學名家謝武彰建請親親文化公司代表人歐
　　　　　陽林斌先生，以該公司出版楊喚童詩〈夏夜〉、〈水果們的
　　　　　晚會〉等繪本版稅為基礎，設立「紀念楊喚兒童文學
　　　　　獎」，邀集與陳木城、杜榮琛和他們兩位組成管理委員
　　　　　會，公推為主任委員。計辦理十二屆。

一九八八　九月十一日，與兒童文學作家謝武彰、陳木城、杜榮琛、

　　　　　李潼、曾西霸、陳信元、方素珍等成立「大陸兒童文學研
　　　　　究會」，公推為會長，積極從事大陸兒童文學研究和交流。

一九八八　十月，出席曼谷第十屆世界詩人大會，提交論文〈詩在現
　　　　　代世界中所扮演的角色與地位〉，譯成英文收入大會專
　　　　　輯。

一九八八　十一月，出版短詩集《孤獨的時刻》（中英泰文對照；黃
　　　　　國彬英譯、張望泰譯），臺北蘭亭出版社印行。

一九八九　四月，童詩〈快樂的大傻瓜〉獲上海《少年報》小讀者票
　　　　　選「一九八九年小百花獎」詩歌組，得獎作品之一。

一九八九　四月四日，為臺北《小狀元雜誌》製作「大陸兒童文學專
　　　　　輯」，選刊陳伯吹等童詩、童話，並抽印單行本《精緻的
　　　　　奉獻》，同時發行。

一九八九　六月，應邀撰寫生活故事《薇薇吃傻瓜》、《奇奇自己跌
　　　　　倒》、《魔鬼捉達達》、《大明小涵去上學》；高雄市：愛智
　　　　　圖書公司印行。

一九八九　八月十一日，以大陸兒童文學研究會會長名義，首度應邀
　　　　　率團進入大陸，團員包括：謝武彰、陳木城、杜榮琛、方
　　　　　素珍、李潼、曾西霸，在合肥與安徽兒童文學研究會舉行
　　　　　「皖臺兒童文學交流會」，會後遊黃山，登天都峰。接著
　　　　　前往上海、北京，展開兩岸兒童文學破冰之旅，為期十二
　　　　　天；全程由上海童話名家洪汛濤陪同，先後認識安徽劉先
　　　　　平、潘仲齡，金華蔣風，北京葉君健、羅英、王一地；在
　　　　　上海拜會陳伯吹，認識任溶溶、聖野、葉永烈、張秋生、
　　　　　梅子涵、周銳等，在北京認識束沛德、樊發稼、金波、孫
　　　　　幼軍、浦曼汀、張美妮、鄭淵杰、王泉根等，並由王一
　　　　　地、洪汛濤陪同拜會冰心、嚴文井、葉君健前輩。

一九八九　九月，應邀擔任國軍第二十五屆文藝金像獎評審委員。

一九八九　十月，徐迺翔主編《臺灣新文學辭典》，收錄小傳；四川人民出版社印行。

一九九〇　四月二十日，出版童詩劇《三個問題的答案》、生活故事《給姊姊的禮物》及幼兒童話《母雞生蛋的話》，列入「中華兒童叢書」，臺灣省政府教育廳印行。

一九九〇　五月七日，以大陸兒童文學研究會會長名義組團赴長沙，出席《小溪流》雜誌社主辦「首屆世界華文兒童文學筆會」，為期四天。

一九九〇　六月一日，以童詩〈小貓〉獲第九屆（一九八九）陳伯吹兒童文學獎（詩歌類）。

一九九〇　六月二十六日，赴泰國曼谷出席第四屆亞洲華文作家會議，提發言稿〈世界華文兒童文學的播種〉。泰國華文作家協會會長司馬攻聘任為第五屆理事會顧問。

一九九〇　八月十日，與洪文瓊應邀赴首爾出席、韓國兒童文學學會會長李在徹發起召開「首屆亞細亞兒童文學筆會」，提論文宣讀。會後韓日臺三方代表（中國大陸代表蔣風等缺席）協議通過共同組成「亞洲兒童文學學會」，提議以地區為名，成立四個分會：首爾、東京、北京、臺北，每兩年輪流舉辦一次「亞洲兒童文學大會」；擔任臺北分會會長，長達八屆。

一九九〇　十一月，應聘兼差規劃《全國兒童樂園雜誌》（月刊，對象學齡前兒童及父母），任總編輯；該刊於次年一月創刊。

一九九〇　當選中華民國兒童文學學會第三屆理事。

一九九〇　十二月，撰寫談寫作專文〈經驗、愛和真誠〉；後應邀提

供收錄在東瑞、瑞芬合編《我怎樣寫作》，香港獲益出版
公司，二〇〇二年一月出版。

一九九一　一月一日，獨力創辦《兒童文學家》季刊，推動兩岸兒童
　　　　　文學交流，認識大陸兒童文學作家、學者、工作者及其出
　　　　　版。自任發行人兼總編輯，邀請馬華詩人旅臺任職廣告創
　　　　　意總監、詩人游川擔任社長、青年作家方素珍擔任主編
　　　　　（均為無給職）。創刊號如期出版。

一九九一　二月十六日，擔任發起人及主任委員，召開「中國海峽兩
　　　　　岸兒童文學研究會」第一次籌備委員會議。

一九九一　三月，非馬編選《臺灣現代詩選》，選入〈清明〉、〈德惠
　　　　　街的下午〉、〈星期六〉；文藝風印行。

一九九一　四月，現代詩集《愛情的流派及其他》，臺北石頭出版社
　　　　　印行。

一九九一　五月四至八日，馬來西亞《新明少年》周報，刊載朵拉
　　　　　〈臺灣文壇傻傻瓜——林煥彰〉，並介紹新創辦的《兒童
　　　　　文學家》季刊。

一九九一　六月十一至十五日，馬來西亞《新明少年》周刊，以三大
　　　　　版製作專輯，刊載照片、簡介、訪談、著作書目及兒童散
　　　　　文和童詩等作品。

一九九一　六月，應臺北正中書局邀請，主編出版《書夢》文集。

一九九一　六月，紀光碧責編《兒童文學辭典》，收錄小傳；四川少
　　　　　兒社印行。

一九九一　七月，臺北新中國出版社聘請，為建國八〇年徵文活動詩
　　　　　歌類評審委員。王晉民編《臺灣文學家辭典》收錄小傳；
　　　　　廣西教育出版社。

一九九一　八月二十三日，應丹麥福恩島安徒生研究中心邀請，在奧

登塞大學出席《第一屆國際安徒生學術研討會》，參觀安
徒生博物館，並致贈《兒童文學家》冬季號《安徒生在臺
灣專輯》（上）及插畫家洪義男、龔雲鵬畫作。

一九九一　九月一日，經新華詩人王潤華教授推薦，應新加坡政府新
　　　　　聞及藝術部邀請，出席「國際作家周」活動，演講、朗
　　　　　誦、座談等，為期十天；大陸王蒙、陸文夫、黃蓓佳及馬
　　　　　華詩人吳岸同時受邀參加。

一九九一　十月，國家文藝基金會聘請為第十七屆國家文藝獎兒童文
　　　　　學類評審委員。在大陸出版第一本書，詩人樊發稼主編
　　　　　《林煥彰兒童詩選》，安徽少年兒童出版社印行。

一九九一　十月十五日，撰寫〈黃金半島上的華文文學──八〇年代
　　　　　泰華文學的鳥瞰〉二萬三千餘字，在泰國《世界日報》副
　　　　　刊，分六天連載。

一九九二　一月，與大陸兒童文學家樊發稼、香港兒童文學作家何紫
　　　　　共同主編《中國當代兒童文學作家小傳》，湖南少年兒童
　　　　　出版社印行。負責臺灣部分。

一九九二　二月十六日，召開「中國海峽兩岸兒童文學研究會」第一
　　　　　次籌備委員會議，擔任主任委員。

一九九二　二月二十日，湖南著名詩評論家李元洛〈敲自己的鑼──
　　　　　臺灣詩人林煥彰作品欣賞〉，在泰國《京華中原聯合日
　　　　　報》泰國華文教師公會季刊、李少儒主編《啟明星》第三
　　　　　十七期刊載。

一九九二　三月六日，與兒童讀物插畫家曹俊彥應邀赴海南島海口出
　　　　　席「世界華文幼兒文學研討會」，提論文發表。

一九九二　五月三日，以大陸兒童文學研究會名義組團赴北京、天津
　　　　　進行兩岸兒童文學交流活動。

一九九二　五月六日，北京中國社會科學院文學所當代室等主辦「林煥彰兒童詩研討會」，由兒童文學名家樊發稼主持，蔣守謙、錢葉用、束沛德、陳子君、金波、浦漫汀、張美妮、錢光培、孫幼軍、常瑞、楊匡漢、王一地、高洪波、古繼堂、朱先樹、尹世霖、彭斯湧、古遠清、吳珹、湯銳、張錦貽、羅辰生、柯玉生、張同吾、李小雨、李昆純、聰聰、何群英、關登瀛、劉丙鈞、劉士傑、劉福春、王焰、巢揚、韓小蕙、章萍萍、孫武臣、何火任、江楓等近四十位學者專家與會，發表二十餘篇論文。

一九九二　六月七日，「中國海峽兩岸兒童文學研究會」在臺北成立，以籌備會主任委員身分主持成立大會。

一九九二　六月二十一日，在臺北光復書局會議室召開「中國海峽兩岸兒童文學研究會」第一屆第一次理監事會，當選理事長。

一九九二　同月，兩本現代詩評論集《善良的語言》、《詩・評介和解說》，宜蘭縣文化中心出版。

一九九二　八月，蔣風編著《世界兒童文學事典》收入小傳，希望出版社印行。

一九九二　八月三日，率團赴昆明出席「昆明臺北兒童文學研討會」，提論文發表。

一九九二　八月十一日，率團赴廣州出席「中國兒童文學研討會」，提論文發表。

一九九二　十一月二十八日，以「中國海峽兩岸兒童文學研究會」名義，與信誼基金會合辦「亞洲華文兒童文學現況探討會」，邀請泰國、新加坡、馬來西亞、菲律賓、美國、加拿大等作家與會。

一九九三　一月，童詩作品首度被收入教科書；新加坡國家教育部課
　　　　　程發展署小學華文教材組通知選用兩首童詩：〈椰子樹〉、
　　　　　〈不要理他〉，作為小學四年級「華語深廣教材」課文；
　　　　　林玉玲編；童詩首度編入教材。

一九九三　一月四日，馬來西亞《新明少年》（周報）第八十三期
　　　　　「兒童文學家」製作專輯介紹，並刊載六首童詩，其中包
　　　　　括丹麥奧登塞詩抄、新加坡詩抄各兩首。

一九九三　二月五日晚上，臺北誠品書店主辦「詩的星期五」，與詩
　　　　　人蕭蕭共同主持，談自己的詩、朗誦自己的詩。

一九九三　五月一日，應泰國華文文藝作家協會邀請赴曼谷，在「五
　　　　　四文友聯歡會」演講：〈臺灣現代詩和現代廣告〉。講稿全
　　　　　文約一萬字，六月二十七日在泰國《世界日報》副刊連
　　　　　載。

一九九三　八月，大陸北方婦女兒童出版社出版崔坪、郭大森、高帆
　　　　　主編《新中國兒童文學名作大觀》，收錄童詩〈妹妹的紅
　　　　　雨鞋〉、〈公雞生蛋〉。

一九九三　八月十日，率團赴成都出席「兩岸兒童文學研討會」。主
　　　　　編臺灣詩人兒童詩選《借一百隻綿羊》，由臺北民生報及
　　　　　四川少年兒童出版社以兩種不同字體同步出版。

一九九三　十月，童詩集《我愛青蛙呱呱呱》，由臺北小兵出版社印
　　　　　行；《春天飛出來》由臺灣省政府教育廳出版。

一九九三　十一月，童詩集《回去看童年》，由臺北國際少年村圖書
　　　　　公司出版。

一九九三　十二月，兒童散文集《人生禮物》，由臺北國際少年村印
　　　　　行。

一九九三　十二月，應聘第十九屆國家文藝獎兒童文學類評審委員。

一九九四　二月二十日，應馬來西亞砂勝越華文作家協會會長、詩人吳岸邀請，參與文學活動，主講〈回去看童年——從現代詩、兒童詩到少年詩〉。

一九九四　五月三十日，中國海峽兩岸兒童文學研究會第一屆理事長任內，主辦「兩岸兒童文學學術研討會」，負責編印《童詩童話比較研究論文特刊》，信誼基金會贊印；邀請十四位大陸學者、作家來臺與會，並發表論文；撰寫序文〈兩岸兒童文學交流與發展〉及論文〈「五家」、「十家」的童詩比較〉。

一九九四　五月，古繼堂編，《臺港澳暨海外華文新詩大辭典》收錄小傳；瀋陽出版社出版。

一九九四　九月十四日，在兒童文學界的朋友合力催促下，以中華民國兒童文學學會、中國海峽兩岸兒童文學研究會及國語日報社共同設置「世界華文兒童文學資料館」，借國語日報所屬空間順利掛牌成立，擔任館長（義務職），負責徵集相關圖書、資料和管理。

一九九四　十一月二十六日，應邀出席馬來西亞文化藝術旅遊部及亞洲華文作家協會大馬分會合辦，在吉隆坡亞洲華文兒童文學研討會，主題演講〈兒童文學為亞洲華文文學的曙光〉。

一九九四　十二月一日，馬來西亞《豆苗》周報，刊載冰谷〈詩人兼兒童文學家——林煥彰先生〉，並選刊兩首童詩〈小獵狗〉、〈公雞生蛋〉。

一九九五　三月十五日，中華民國筆會英文季刊《The Chinese PEN》第九十一期，齊邦媛主編，選刊粉彩畫〈童年的家〉做封面，內頁鄭永康英文評介〈林煥彰的兒童畫與

詩〉，附五幅畫作及陶忘機英譯三首童詩：〈鏡子〉、〈小溪〉、〈我們很傻〉。

一九九五　七月，應聘國語日報出版中心圖書出版策劃諮詢委員。

一九九五　十一月，出席上海亞洲兒童文學學會北京分會主辦「第三屆亞洲兒童文學大會」，發表〈五年以後──迎接二十一世紀，談未來臺灣兒童文學的發展〉，收在中國海峽兩岸兒童文學研究會編印《經濟騰飛為兒童文學帶來什麼》。

一九九五　十二月，臺北市政府新聞處高麗鳳主編《臺北公車詩》（七月詩）選用〈十五・月蝕〉。

一九九六　元月，受邀為國語日報印行的《小作家》月刊撰寫專欄「文學步道──詩的表演」。

一九九六　一月三十一日，開始寫《詩的告白》第一篇：〈談「這兒的冬天」〉，為國語日報《小作家》月刊開闢專欄。後來又在《師友》月刊設專欄發表。

一九九六　三月二十一日，應邀和小說家陳若曦、廖輝英、應平書等首次到美國，第一站，羅德島州布朗大學，夜宿研究生宿舍一一四房，第二天展開「中文作家長桌會議」；大會主題《寫作與自由》，準備發言稿〈溫柔敦厚之外〉。主辦單位是大陸流亡海外作家組成的《傾向》雜誌，以貝嶺、孟浪等為主。會後順道訪問波士頓、哈佛燕京、紐約等；在波士頓受到兩位名學者卜學潢、趙如蘭夫婦熱誠接待，在紐約中華文化中心與大陸詩人作家嚴力、芒克、貝嶺、孟浪等舉行當代中國文學朗誦座談會。

一九九六　三月二十九日，凌晨一時三十一分，在長榮客機上，由紐約飛回臺北途中，寫一首〈家是我放心的地方〉，一九九六年五月二日發表在中華日報副刊。之後，作為一本童詩

集書名，詩人葉維廉主編、邀稿，列入「小詩人系列」，由三民書局印行。

一九九六　六月一日，私立中國文化大學城區部胡慧馨教授邀請：談〈怎樣規劃一個文學副刊版面及如何準備當一個文藝作家？〉

一九九六　六月，王泉根主編《世界華文兒童文學大系》，北京開明出版社印行，收錄：〈妹妹的紅雨鞋〉、〈花和蝴蝶〉、〈媽媽的心〉、〈冬風〉、〈未來的太空〉。

一九九六　十月十九日，宜蘭文化局配合「縣籍作家藝文展」，舉辦贈書簽名會，有三本書：散文集《詩情・友情》，論述集：《善良的語言》、《詩・評介與解說》，各一百本，約七、八十位讀者排隊，其中有三位小朋友，因贈書非兒童讀物，不在贈送對象之內，經徵得主辦單位和他們同意，在他們 T 恤上彩繪。

一九九六　十二月，臺北市宜蘭縣同鄉會聘請擔任會刊《蘭陽雜誌》編輯委員。

一九九六　十二月，當選中華民國兒童文學學會第五屆理事長。

一九九七　七月，《孤獨的時刻》（中英韓文對照版，黃國彬英譯、金泰成韓譯），漢城漢聲文化研究所出版。

一九九七　八月一日，應邀出席韓國全州市古河文藝館舉辦《孤獨的時刻》中英韓文版出版紀念會，及專題演講〈詩，生活的思索〉，金泰成翻譯；由該館館長、詩人崔勝範教授主持。

一九九七　十月二十日，在國語日報文藝版開闢「童詩專欄」，發表〈影子說〉。

一九九七　十二月，榮星合唱團四十週年慶音樂會，選用〈吃玉蜀黍的心情〉譜曲、演唱。

一九九八　一月二日，偶得一本《閱讀理論》，Michael Payne 著，李奭學譯，書林版，頁一九〇作者引德希達說索緒爾的發現「書寫就是遺忘」，我心為之一震，因為自己早在三十年前即已體悟到「寫詩是在學習遺忘」。

一九九八　一月二十六日，應邀擔任高雄市兒童文學獎評選委員。

一九九八　二月一日，召開第五屆亞洲兒童文學大會籌備會第一次執行委員會議；身為現任中華民國兒童文學學會理事長，責無旁貸，得承擔重任，擔任募款委員會主任委員兼大會會長。

一九九八　二月九日，應邀到臺北縣深坑國小上課，談兒童詩。

一九九八　二月十五日，飛北京洽商辦理「臺灣兒童讀物展」。

一九九八　二月二十七日，撰寫中華民國兒童文學學會《會訊》理事長的話：〈關懷本土，了解自己之必要——向全體會員報告之八〉。

一九九八　四月十六日，出席行政院新聞局「中小學生優良讀物評審會」。

一九九八　四月二十二日，收到日本作家、學者中由美子寄贈《彩虹圖書室》第八期，發表她翻譯我的童詩，附稿費日幣二千元新鈔。

一九九八　五月十日，第十屆紀念楊喚兒童文學獎揭曉；班馬創作獎，孫幼軍特殊貢獻獎。

一九九八　六月，國立臺東師範學院教育研究所，碩士生郭子妃完成碩論：《布穀鳥兒童詩學季刊》與兒童「詩教育」。

一九九八　七月九日，應邀到彰化少年輔育院上課，談閱讀和寫作。

一九九八　七月十四日，應邀為正中書局整理一本兒童散文集《每一個日子都是一份禮物》。

一九九八　八月十五日，韓國全北大學文學院院長、詩人崔勝範教授，為我六十歲生日專程來臺祝壽，好友金泰成陪同通譯。次日生日感言：平安就好，健康更好，不用羨慕別人，該感謝的，都要感謝，每天都要有感恩之心。

一九九八　八月，應國家文化藝術基金會聘請，擔任文學類評審委員。

一九九八　十月，詩人葉維廉主編三民書局「小詩人系列叢書」邀稿，交一本童詩稿《家是我放心的地方》，賣斷，得稿費五萬元。

一九九八　十月，舒蘭編著《中國新詩史話》收錄小傳、照片，選用〈朋友〉手稿，附錄《歷程》、《公路邊的樹》、《無心論》、《斑鳩與陷阱》、《飛翔之歌》等詩集封面書影；臺北渤海堂文化事業公司發行。

一九九八　十月，蔣風、韓進主編，《中國兒童文學史》收錄評介，近二千字；安徽教育出版社印行。

一九九八　十一月，亞太國際文化藝術家交流促進會，聘請為書刊問編委，為期兩年。

一九九八　十一月八日，苗栗三義木雕之鄉舉辦「詩鄉」徵詩活動，應徵詩作〈雨歌重唱〉，設置詩牌，揭幕、頒獎典禮受獎。

一九九八　十二月十一日，應邀臺南國立成功大學演講，談童詩創作和欣賞。

一九九九　一月九日，花蓮縣府教育局舉辦兒童文學研習會，應邀上課，連續兩天。

一九九九　一月十三日，開始寫「照片詩」，在泰國《世界日報》副刊設置專欄，在九份半半樓完成第一首：〈我在紐約和一隻松鼠對話〉。

一九九九　一月二十一日，意外接到兩封信，一是散文名家王鼎鈞先生寄自紐約，影印古繼堂編著《中國文學大辭典》，收錄簡介。一為安徽銅陵市財經專科學校陳發玉先生，評論《孤獨的時刻》中的五首小詩：〈壺與杯子〉、〈椅子和我〉、〈無師〉、〈回家〉、〈影子〉。

一九九九　二月二十二日，為籌備第五屆亞洲兒童文學大會，擔任執行長，向文建會爭取到二百萬補助經費。

一九九九　三月，第五屆中華民國兒童文學學會理事長任內，主辦《文苑雅集・墾丁之旅》，十七至十九日，分別在臺南白河典傳陶舍捏陶彩繪、高雄澄清湖圓山大飯店及墾丁歐克山莊舉行兩場座談會，以《跨世紀臺灣兒童文學的展望——與大地有約・與候鳥對話》為主題，計有一百位兒童文學界人士參加，擔任召集人，提出〈在現有基礎上〉引言，林良、張水金、伐伐、張子樟、李潼、林世仁、許建崑、徐守濤、蔡清波、傅林統、邱各容等提交發言稿參與對談。

一九九九　四月十五日，應香港中文大學邀請，以觀察員身分出席「香港文學國際研討會」，不用提論文報告。

一九九九　五月一日，應邀擔任宜蘭市立復興國中駐校作家，和學生座談及演講等活動，為期一周。

一九九九　五月二十五日，應邀到中央大學中文系二年級「讀書會」談詩與兒童文學。

一九九九　五月，行政院文建會主辦、國立清華大學盲友會承辦，發行《與春天有約》（盲人唸書給你聽），製作 CD 選用詩作〈春夏秋冬〉。

一九九九　六月二十日，應曼谷泰華文藝作家協會邀請，擔任文藝講

座，主講〈認識極短篇〉。第二天轉赴清邁，下午專題演
講及座談。

一九九九　七月，以亞洲兒童文學學會臺北分會會長身分，擔任籌備
　　　　　會執行長，林良為主任委員，主辦第五屆亞洲兒童文學大
　　　　　會，在臺北市立圖書館總館舉行，邀請李登輝總統蒞臨開
　　　　　幕致詞；漢城、東京、北京分會代表及香港、菲律賓、新
　　　　　馬泰菲等兒童文學作家學者一百三十餘人與會。

一九九九　八月，小傳收入博夫主編《世界華人當代名人大辭典》，
　　　　　中國文聯出版社出版。

一九九九　八月十四、十五日，中華民國兒童文學學會第五屆理事長
　　　　　任內，主辦「兩岸兒童文學研究發展研討會」，編印論文
　　　　　集《新世紀兩岸兒童文學研究發展》。

一九九九　八月十六日，自聯合報副刊組屆齡退休，退休金二五九
　　　　　五,四八八元；留任負責主編泰國《世界日報》副刊。

一九九九　八月二十八日，中國海峽兩岸兒童文學研究會主辦，慶祝
　　　　　六十歲生日作品討論會，討論童詩集《家是我放心的地
　　　　　方》（三民版），由理事長馬景賢主持，林良、蕭蕭引言，
　　　　　作者創作背景說明及自由討論。

一九九九　八月，香港詩人王偉明編著《詩人詩事》，由詩雙月刊出
　　　　　版社印行，訪談詩人，依序：香港王良和、路雅、黃燦
　　　　　然、陳德錦，大陸辛笛、鄭敏、袁可嘉、杜運燮、屠岸、
　　　　　顧城、馮至，南韓許世旭，新加坡陳劍，臺灣余光中、向
　　　　　明、張默、林煥彰、鄭愁予等。篇名是〈三十年辛苦不尋
　　　　　常〉。

一九九九　九月，臺北縣文化局邀請參與卯澳漁村美展。

一九九九　九月，吉隆坡彩虹出版公司邀稿，列入「世界華文少兒文
　　　　　學系列」，出版童詩散文卷《走向大自然》。

一九九九　十二月，應聘中華民國兒童文學學會榮譽理事長。

二〇〇〇　四月，受聘宜蘭社區大學試辦期講師，任兒童詩課程。

二〇〇〇　五月，印華陳冬龍譯《一〇一首小詩選》，漢印對照，選
　　　　　入一首小詩〈門〉；雅加達印尼文學社印行。

二〇〇〇　五月二十九日，幼兒童話故事詩《三百個小朋友》，湖南
　　　　　少兒一九九四版，獲北京第五屆宋慶齡兒童文學獎幼兒文
　　　　　學類提名獎。

二〇〇〇　《遇見臺灣詩人一百影音計劃》黃明川製作影像紀錄片，
　　　　　國立臺灣文學館指導。

二〇〇〇　六月，《宜蘭社大學報》紙上教室版，發表寫於五月十三
　　　　　日的〈談「在羅德島的第一個早晨」〉，有一小段引言：
　　　　　「寫詩的感覺來自生活經驗，把微妙的心境設法釋放出
　　　　　來，就能夠產生寫詩的動機。」此時，已在宜蘭社大兼任
　　　　　教師，開設寫詩課程，約二個學年，每周六晚上開車往返
　　　　　走北宜公路一趟；學員不多，只達十位以上可以開課。這
　　　　　首詩，一九九六年五月十日追記同年三月二十一日在美國
　　　　　羅德島州布朗大學度過的第一個早晨。

二〇〇〇　八月，龔鵬程、楊樹清編《酒鄉之歌》，賢志出版社印
　　　　　行，選入〈親愛的，金門高粱〉，之後以花崗石刻成詩
　　　　　碑，設置於金門酒廠。

二〇〇〇　十月二十日，中華民國韓僑協會出版《阿里山》雜誌二
　　　　　〇〇〇年冬季號（第五期），刊登韓譯小詩〈最後一行〉，
　　　　　附簡介。未註明譯者。此詩金泰成翻譯曾發表於韓國全州
　　　　　市《金北文學》季刊。

二〇〇〇　十一月七日起，每週二上午為臺北市公館國小「媽媽寫詩
　　　　　班」上課，共十堂。剛開始有七、八位媽媽和一位男士參

　　加，最後剩下五位，每位都提交作品，集結成書《五顆心》（媽媽童詩集），公館家長會於次年三月三十一日出版。作者：何秀雀、林寶雪、黃玉玲、謝孟玲、劉碧玲。首卷刊我一首小詩〈行道樹〉。

二〇〇〇　十二月，浙江少兒社「世界華文兒童文學書系」，出版《小貓走路沒聲音》童詩、童話及兒童散文合集。

二〇〇一　二月，辛鬱、白靈、焦桐主編《九十年代詩選》，選入〈翅膀的煩惱〉、〈微型小說〉、〈不跟您說笑話〉、〈一條妙齡的黑色的魚游過一座城市的一條街道〉、〈雨天〉及附簡歷。

二〇〇一　三月，謝冕、楊匡漢主編《中國新詩萃》，選入〈中國‧中國〉。北京人民出版社印行。

二〇〇一　三月二十九日，應邀回母校礁溪國小參加「九十週年校慶」，特闢專室展出個人著作、手稿、繪畫、文學生活照等資料，為期四天，並以傑出校友名義寫篇短文在校慶特刊刊載。

二〇〇一　四月，行政院新聞局聘請擔任九十年金鼎獎評審委員。

二〇〇一　五月十日晚，應邀至竹南育達商業技術學院「蘭友會」主辦文藝活動演講，談〈自學過程、詩及兒童文學〉。

二〇〇一　五月，應臺北市立圖書館邀請，擔任第三十九梯次「好書大家讀」文學類綜合 B 組評選委員。

二〇〇一　六月二十三日，當選第四屆中國海峽兩岸兒童文學研究會理事長，聘請方素珍擔任秘書長。

二〇〇一　六月，擔任臺南縣文化局主辦「南瀛文學獎」兒童文學組評審委員。

二〇〇二　六月，第一部以《林煥彰童詩研究》碩士論文，由國立臺

東師範學院兒童文學研究所研究生陳春玉完成。指導教授林文寶。

二〇〇二　九月，應邀為康軒版小學五年級國語課本撰寫課文〈我設法改變自己——我，不是現在的我〉，定稿為〈我，不是現在的我〉，是第一篇成為教科書的文章。

二〇〇二　十月十九日，香港新亞洲文化公司邀請專題演講：《童詩大解碼——漫談童詩欣賞寫作和教學》。

二〇〇三　元旦，規劃泰國、印尼《世界日報》副刊改版，特闢「刊頭詩三六五」專欄，開始提倡六行小詩（含以內）。

二〇〇三　三月，應邀擔任《臺灣文學辭典》編纂小組委員，撰寫「中華民國兒童文學學會」有關兒童文學條目十餘則。

二〇〇三　三月，應聘擔任臺北市公館國小駐校作家，為該校教師及三、四、五年級學生分別談詩，並在該校舉行著作及有關個人資料展；上課研讀詩作均做成網頁輸入「公館國小學習網站」，提供公眾閱覽。

二〇〇三　四月，應行政院新聞局聘請擔任「第二十七屆圖書金鼎獎」文學語文類評審委員。

二〇〇三　四月，「好書大家讀」頒獎典禮，獲主辦單位教育部頒贈「全年度評審委員」感謝牌；二〇〇二年度共進行二梯次及年度「好書大家讀」評審工作。

二〇〇三　四月十四日，應鶯歌陶瓷博物館館長吳進風邀請，以中國海峽兩岸兒童文學研究會名義，聯合邀請兒童文學作家、畫家首次駐館陶瓷彩繪，並舉辦「瓷畫童話，說童話」活動，為期三個月。十位作家、畫家：林良、馬景賢、林煥彰、方素珍、王金選、鄭明進、洪義男、曹俊彥、劉宗銘、施政廷等。

二〇〇三　四月三十日，農委會、臺北藝術大學、聯合報副刊共同主
　　　　　辦「送花一首詩」，〈我的是您的──給百合〉應徵入選；
　　　　　五月十五日見報。

二〇〇三　五月六日，應邀為中國文藝協會「新詩創作班」授課，談
　　　　　童詩寫作。同意私立佛光大學佛光人文社會學院、文學所
　　　　　當代詩學研究中心「當代詩學」網站，無償使用〈從瘂弦
　　　　　詩抄到深淵〉。

二〇〇三　六月二十日，聯副發表一首詩〈我，胡思亂想〉，經發行
　　　　　部門徵求同意無償授權使用，作為巨型廣告公益燈箱，設
　　　　　置於臺北捷運中山站地下街，自同年七月二十日起，為期
　　　　　半年。

二〇〇三　七月，香港教育學院霍玉英教授著《童心詩心──兒童詩
　　　　　歌集導讀》，「林煥彰詩作導讀」：〈在孤寂的旅途中〉、
　　　　　〈飛，只是想飛而已〉、〈尋找自己的天空〉三首；螢火蟲
　　　　　文化印行。

二〇〇三　七月，宜蘭縣教師研習中心舉辦母語教師九十二年度專業
　　　　　課程研習活動，邀請主講〈臺灣文學詩與母語教學〉。臺
　　　　　南縣政府舉辦第十一屆南瀛文學獎，擔任兒童文學組評審
　　　　　委員。

二〇〇三　八月十六日，中國文藝協會邀請，舉辦《詩，生活展》個
　　　　　展，包括專題演講、詩朗誦、詩與畫、手稿與著作等，為
　　　　　期兩周。為配合展覽活動，臺北市宜蘭同鄉會會刊《蘭
　　　　　陽》季刊八月號及馬來西亞《小作家》月刊七月號分別製
　　　　　作專輯。

二〇〇三　八月二十三日，發表一首小詩〈我的血點〉「我出生在地
　　　　　球上，／一個沒有名字的小地方；／／地球是，我的血

點。」和一則「心靈小品：如果你已經錯過春天，你一定要牢牢記住，用詩彌補。」刊在泰國、印尼《世界日報》副刊。

二〇〇三　八月二十六日，臺南縣文化局主辦第十一屆南瀛文學創作獎，擔任兒童文學類評審委員，負責撰寫評審感言〈多元化選擇之必要〉。

二〇〇三　八月，陳幸蕙編選《小詩森林》，選入〈雨天〉、〈不跟您說笑話〉，幼獅文化公司印行。

二〇〇三　九月八日，國立政大實小教師沈惠芳帶領六年孝班參觀《詩，生活展》，撰寫報導〈寫出喜怒哀樂──訪問詩人林煥彰〉，刊載於《國語日報》。

二〇〇三　九月二十七日下午，在臺北西門町紅樓成立「行動讀詩會」，應邀擔任指導老師；成員進進出出，大多為網路詩愛好者，較固定的有馬修、白水、莫傑、歐團圓、蘇家立、曾念、欣生、康康、不二家、谿硯、巫時、劉碧玲、良、馮瑀珊、詠墨、方月、林林、秋岑等；每月聚會一次，成員作品互相討論。

二〇〇三　九月，書信體小品文〈我，不是現在的我〉，首度收入康軒版國小國語第九冊（五下）課文。

二〇〇三　九月，統一千禧之愛系列活動「手稿情詩、情歌、情人卡設計比賽」，〈想妳・等妳〉入選，聯副製作專輯刊載。

二〇〇三　與兒童文學作家陳木城等受邀參與香港新亞洲教育出版公司「教學創新《中國語文》」小組，編寫小學一至六年級課文，為期三年。

二〇〇三　應邀擔任臺北市立公館國小九十二年度駐校藝術家，協助推展童詩教學。

二〇〇三　十二月，《兒童文學家》第三十一期（冬季號），推出「林
　　　　　煥彰專輯」，內容相關評介：徐錦成〈誠懇而善良：淺談
　　　　　林煥彰的兩本詩論——《善良的語言》及《童詩二十五
　　　　　講》〉、陳春玉〈蹲下來看世界的林煥彰〉、樊發稼〈一首
　　　　　為幼兒創作的長詩——讀《三百個小朋友》隨記〉、孫建
　　　　　江和王宜清〈童年的守望者——讀林煥彰作品集《小貓走
　　　　　路沒聲音》〉、霍玉英〈導讀林煥彰的三首少年詩〉、羈魂
　　　　　〈跳舞的衣服〉、楊顯榮〈陽光地球〉和〈太陽金蛋〉、沈
　　　　　惠芳〈揭開想像的神秘面紗〉、楊慧思〈從〈媽媽真好〉
　　　　　談起〉、林秀兒〈玩詩的饗宴——動態閱讀詩人林煥彰的
　　　　　詩〉、韋伶〈煥彰大哥〉、凌春痕〈心靈座標——陪詩人回
　　　　　去看童年〉。

二〇〇四　一月十二日，臺北市龍安國小邀請演講，五年級十個班，
　　　　　三百多位學生聽講，講題〈說詩、唱詩、演詩、玩詩〉。

二〇〇四　一月，臺北立緒文化出版公司編選《家族書寫百年文
　　　　　選——我的父親母親》，收錄〈我有兩個母親〉。

二〇〇四　一月，佛光人文社會學院聘請，擔任世界華文文學研究中
　　　　　心名譽研究員。

二〇〇四　一月，臺北市立圖書館邀請擔任九十二年度「好書大家
　　　　　讀」故事文學組評審委員。

二〇〇四　三月六日，香港教育學院邀請，擔任「童詩童話學與教研
　　　　　討會」講座，講題〈玩詩、說詩、演詩、唱詩〉。

二〇〇四　三月七日，香港理科大學邀請演講，講題〈玩詩、說詩、
　　　　　演詩、唱詩〉。

二〇〇四　三月八日，香港真光中學邀請演講，講題〈玩詩、說詩、
　　　　　演詩、唱詩〉。三年級六個班，二百六十多位參加。

二○○四　三月十九日，臺北市南湖國小邀請，四年級十一個班參
　　　　　加，並同步全校實況轉播。

二○○四　三月三十日，臺北市永吉國小邀請，演講主題〈我的詩生
　　　　　活和我的自學經過〉；五六年級師生參加。

二○○四　四月七日，臺北市南湖國小舉辦教師研習，邀請擔任講
　　　　　座，全校教師參加，講題〈童詩與修辭學的運用〉。

二○○四　六月，第四屆中國海峽兩岸兒童文學研究會理事長卸任前
　　　　　執行主編臺灣兒童詩十家：詹冰、林良、林鍾隆、林煥
　　　　　彰、馮輝岳、謝武彰、杜榮琛、陳木城、洪志明、方素珍
　　　　　等各一首，及十位畫家：林鴻堯、趙國宗、洪義男、鄭明
　　　　　進、劉伯樂、施政廷、王金選、郝洛玟、曹俊彥、蘇阿麗
　　　　　等義務配畫，爭取維京國際公司合作印行《打開詩的翅
　　　　　膀》臺灣當代經典童詩，所得版稅永久悉數捐贈兒研會。

二○○四　六月七日，在泰國《世界日報》副刊「湄南河」開闢「甲
　　　　　申端午節‧詩與木刻專輯」系列；首篇發表〈刀刀入裡‧
　　　　　刀刀傷痛〉，介紹一九四三年六月上海出版《木刻紀程》
　　　　　（作者待考）畫集（限量版一二○本），全書二十四幅黑
　　　　　白單色版畫，計劃——配詩刊載。

二○○四　八月四日，組團赴日本名古屋，出席第七屆亞洲兒童文學
　　　　　大會。

二○○四　八月十日，由名古屋飛往首爾，拜會韓國朋友、翻譯家金
　　　　　泰成，在他家突發奇想，開始利用書報、雜誌試作撕貼
　　　　　畫，從中發現獨特隨意性和意外、富有想像空間的詩性創
　　　　　作。

二○○四　九月，國立臺東大學兒童文學研究所，承辦「二○○四年
　　　　　文建會兒歌一百」徵選活動，擔任複審委員。

二〇〇四　十月，臺北市立文昌國小聘請兒童文學寫作計劃講座，為期一學期。

二〇〇四　十二月六日，出席印尼華文作家協會主辦，在萬隆舉行的「第五屆世界華文微型小說研討會」。

二〇〇五　一月，應《乾坤詩刊》發行人藍雲請託，接任該刊發行人兼總編輯；無給職。

二〇〇五　一月十四日起，帶詩進校園，首站臺北市文山溪口國小「與作家有約」，談童詩；五年級班級群三百多位學生參加。一月十八日，萬興國小，談個人成長和寫作；五年級班級群近百個學生參加。四月二十七日，臺北縣北新國小教師研習，三十多位教師、志工參加；談寫詩。五月六日起，臺北市文昌國小，義務指導「童詩寫作課程」，一學期三次六節。

二〇〇五　二月五日起至二〇〇六年三月二十五日，應邀在《歐洲日報》兒童版發表童詩：〈誰最快樂〉、〈小貓走路沒有聲音〉、〈小蝸牛〉、〈山前山後〉、〈壞脾氣的春天〉、〈香樟樹的女兒〉、〈鏡子裡外〉、〈放音樂給蘑菇聽〉、〈詩是文字的家〉、〈輪子的心事〉、〈水之戀〉、〈不能沒有你〉、〈鋼琴上的貓〉、〈有問題〉、〈公雞生蛋〉、〈庭訓〉、〈我要吃橘子〉等。

二〇〇五　三月二十一日，應邀為任溶溶譯《安徒生童話全集》撰寫序文。臺灣麥克印行。

二〇〇五　四月三日，臺北市立圖書館邀請演講，談安徒生。

二〇〇五　四月十二日，香港教育學院霍玉英教授邀請，和任溶溶、孫建江會合，參加兒童文學研討會。

二〇〇五　四月十四日，應邀出席廈門第六屆東南亞華文文學研討會。

二〇〇五　四月二十六日，天母國小邀請演講，低中高班級群，各講一小時。

二〇〇五　四月二十九日，臺北市立圖書館中崙分館演講。

二〇〇五　五月十四日，臺北金陵女中邀請演講。

二〇〇五　六月六日下午，從印尼泗水到日惹的火車上，用臘筆畫了一隻公雞。旅行是愉快的。

二〇〇五　六月，臺北市立圖書館邀請，擔任第四十八梯次「好書大家讀」故事組評選委員。

二〇〇五　民生報童書出版主編桂文亞策劃「文學‧開門」北縣校園巡迴講座，第一場八月十七日，新店私立康橋中小學，談〈玩文字‧玩寫詩〉，近百位教師參加。第二場，九月十四日石碇和平國小，二十餘位教師參加。第三場，十一月九日新店國小，四十餘位中高年級學生參加。

二〇〇五　夏天，成立「安徒生研究中心」（讀書會），每個「悅讀安徒生」月會，選定一篇安徒生童話作品，進行研讀和討論。文本以著名詩人任溶溶翻譯、臺灣麥克公司印行的《安徒生童話全集》。成員有帥崇義、方素珍、康逸藍、劉碧玲、麥莉、侯維玲、林文茜等兒童文學作家。

二〇〇五　九月，大韓民國全羅北道世界書藝全北雙年展組織委員長崔勝範邀請，開幕、採訪、觀覽貴賓。

二〇〇五　九月，臺北縣樟樹國小邀請「回歸童真戲童年」講座。

二〇〇五　板橋市故事協會主辦「動態閱讀故事媽媽志工培訓」，談〈玩文字‧玩寫詩〉：第一場九月十五日，在中和景新國小。第二場九月十六日，汐止樟樹國小。

二〇〇五　板橋市故事協會主辦「動態閱讀故事媽媽志工培訓」，《詩的動態閱讀》，與該會理事長林秀兒老師共同主持：第一

場，九月二十二日在中和景新國小；第二場，九月二十三
日在汐止樟樹國小。

二〇〇五　十月十九日，汐止市樟樹國小「與作家有約」，和五年級
班級群二百多位學生談〈玩文字‧玩寫詩〉。

二〇〇五　十一月二十一日，汐止北港國小「與作家有約」，和五年
級班級群學生談〈玩文字‧玩寫詩〉。

二〇〇五　十二月十三日，蘆洲國中校園詩歌節，談〈親近詩‧給親
近的機會〉。

二〇〇五　十二月十四日，臺北市仁愛國小詩歌節，為五年級班級群
十四班學生（分二場）談〈玩文字‧玩寫詩〉。

二〇〇五　臺北市立天母國小邀請擔任天母國小「詩的秘密花園與詩
人有約」講座。

二〇〇五　十二月，在泰國、印尼《世界日報》湄南河及梭羅河副刊
開闢「旅人筆記」專欄，利用城市街頭影像或老樹照片書
寫札記或小詩刊載。

二〇〇六　一月，《妹妹的紅雨鞋》童詩集，湖北少兒社列入「百年
百部中國兒童文學經典書系‧54」印行。

二〇〇六　一月，成立「林家詩社」，同仁包括：林宗源、林錫嘉、
林煥彰、林文俊、林良雅、林文義、林仙龍、林世崇、林
康民、林世仁、林于弘、林群盛、林啟瑞、林立婕、林德
俊、林泰瑋、林佳儀、林哲仰等（依年齡長幼為序），第
三期後陸續有林芙蓉、林武憲、林秋芳、林偉雄加入）；
每年依元宵、端午、中秋三大節出版「林家詩叢」，擔任
主編，計出版：一、《森，林家的詩》；二、《詩，林家
的》；三、《林，詩的家》；四、《明月，來相照》；五、《春
風，動百草》等五輯，因經費關係而停刊。

二〇〇六　二月，香港《三隻貓》月刊刊載〈臺灣讀者貓詩人林煥彰〉，內容包括貓詩兩首和七幅貓畫。

二〇〇六　二月，陳肇宜著《華麗的寫作鋼管秀》（兩冊），下冊第六章〈從童詩的欣賞與創作談修辭〉，無償引用〈鷺鷥〉、〈夏天來了〉、〈蟬〉、〈鴿子〉、〈快樂的思想家〉、〈椰子樹〉、〈公雞生蛋〉等十餘首範例。

二〇〇六　四月，香港圓桌詩社聘請為「圓桌詩獎」評審委員。

二〇〇六　五月六日，配合泰華文藝作家協會舉辦《二〇〇六泰華文藝雅集》，在泰國《世界日報》副刊「湄南河」製作專輯，上卷推出整版刊載《一個詩人的告白》，並於次日下午在曼谷帝日酒店國際廳作專題演講：〈一個老農的心聲〉。

二〇〇六　六月十八日，為慶祝中國海峽兩岸兒童文學研究會成立十二周年，首度演戲，率領「安徒生研究中心」成員，演童話劇——安徒生童話〈老頭子做的事總是對的〉，擔任主角，扮演「老頭子」；林良、馬景賢受邀客串咖啡館客人。

二〇〇六　六月二十一日，大馬《南洋商報》童書系列專欄刊載，年紅評介〈林煥彰兒童詩選〉。

二〇〇六　七月，在曼谷泰華詩人曾心的小紅樓，共同發起成立「小詩磨坊」，同仁包括：嶺南人、博夫、今石、楊玲、苦覺、藍燄等，暱稱「7＋1」（泰國境內七位加我境外一個），推動六行小詩寫作，每年七月出版《小詩磨坊・泰華卷》，負責主編；曾心任召集人，楊玲任聯絡人。

二〇〇六　八月二十一日，應邀出席首爾第二屆國際兒童文學大會。

二〇〇六　八月，在《歐洲日報》兒童版開始刊載有關貓的童詩和畫。

二〇〇六　九月十八日，臺中市美群國小教師研習講座：「我的寫作經驗」。

二〇〇六　十一月，私立育達商業技術學院中外文學欣賞社邀請，擔任「新詩的經驗與分享」講座。

二〇〇六　十一月，臺北市立公館國小聘請，擔任九十五學年度駐校藝術家，推展童詩教學。

二〇〇六　十一月底，自動請辭自一九九九年八月聯合報副刊組屆齡退休後延聘泰國、印尼《世界日報》湄南河和梭羅河副刊主編，正式離開媒體工作。

二〇〇六　十二月，臺北縣汐止市樟樹國小邀請童詩講座。

二〇〇七　一月，在《乾坤詩刊》發行人兼總編輯任內，為慶祝《乾坤詩刊》創刊十週年，主催同仁出版一套「乾坤詩叢」個人詩集計十四冊，自己編印一本小詩集《分享‧孤獨》，委由唐山出版社印行。

二〇〇七　一月，臺北市立河堤國小邀請與作家有約「童詩創作教學」講座。

二〇〇七　一月，臺北市立實踐國小五年級班級群「文學創作歷程與經驗分享」講座。

二〇〇七　二月二十四日，應邀出席新加坡「世界首屆華文兒童媒體文化國際研討會」，發表論文〈當前兒童媒體文化的省思〉，為期三天；宗翰、哲皞兩個外孫同行。會後馬華作家小曼接到新山再到吉隆坡，由他女兒送到檳城，拜訪作家小黑、朵拉夫婦；又到大年拜訪詩人冰谷、蘇清強，參觀油棕園、油棕工廠。

二〇〇七　五月，嘉義縣中埔鄉灣潭國小教師進修「寫作知能與技巧」講座。

二〇〇七　五月，臺北市立南湖國小邀請演講：「兒童文學的奧妙」。

二〇〇七　六月二十七日，泰國《世界日報》副刊「湄南河」刊出
　　　　　《二〇〇七小詩磨坊》編後記：〈小詩・磨坊與詩外〉，是
　　　　　我在泰國推動六行（含以內）小詩所主編的，第一本同仁
　　　　　合集，七月初由香港世界藝文公司印行，在曼谷舉辦發佈
　　　　　會及專題演講。

二〇〇七　七月二十八日，泰國《世界日報》湄南河副刊，發表朵拉
　　　　　〈用詩彌補錯過的春天──林煥彰的詩畫〉。

二〇〇七　八月十一日，在我的血點（宜蘭礁溪）和宗親、晚輩談
　　　　　詩，桂竹林詩社第一堂課。

二〇〇七　九月，應邀參加宜蘭縣文化局舉辦，文藝作家登龜山島采
　　　　　風寫作活動，夜宿龜山島，之後完成〈龜山島〉、〈龜卵
　　　　　石〉、〈龜尾湖〉、〈格雷陸方蟹，早安〉、〈通泉草的秘密〉
　　　　　等系列詩作，發表於二〇〇八年二月「林家詩叢」第五
　　　　　輯：《春風，動百草》。

二〇〇七　九月二十三日中午，棉蘭文友「中秋雅集」，有二十位文
　　　　　友出席，以〈空〉這首七個字小詩為對象，舉辦一場辯論
　　　　　會，全程由梁瑞嬌記錄整理，題為〈中秋雅集話新詩〉，
　　　　　全文近七千字，於同年十一月二十二日，由棉蘭印廣日報
　　　　　綜合版整版刊出。

二〇〇七　十月，臺北市立公館國小聘任，九十六年度駐校文學家。

二〇〇七　十月，應邀為印華寫作者協會擔任印尼第三屆「金鷹獎」
　　　　　散文創作比賽評審委員，並於同年十二月十五日出席雅加
　　　　　達安卒漁家酒店頒獎典禮。

二〇〇七　十一月，國立臺北教育大學語文與創作學系邀請，主講
　　　　　「童詩與兒歌的欣賞與寫作」。

二○○七　十一月，臺北市立公館國小邀請，協助推展童詩教學活動。

二○○七　十一月十三日，應臺北南湖國小二年級談詩：《玩，寫詩》，上第一堂課。

二○○七　十一月二十一日，國立臺北教育大學講座：欣賞、寫作與教學──我對「童詩」的一些些想法。

二○○七　十二月十五日，雅加達印華作協邀請演講：〈打開心扉，讓位給詩坐──和敬愛的文友們談詩〉。

二○○七　十二月十八日，應棉蘭茶藝聯誼會邀請，擔任詩詞文學講座，假棉蘭怡馨演講〈詩在空白裡──給一對想像的翅膀〉。

二○○七　十二月，臺北市立圖書館聘請擔任第五十三梯次「好書大家讀」故事文學組評審委員。

二○○八　一月，應臺北爾雅出版社創辦人隱地先生邀約，出版第十四本詩集《翅膀的煩惱》。

二○○八　二月，應臺北市立圖書館聘任，第五十四梯次「好書大家讀」故事文學組評審委員。

二○○八　二月十九日，應聘擔任香港大學首任駐校作家，講學、創作及詩畫展，為期兩個月；撰寫以香港為題材的六行小詩三十餘首發表，作為駐校成果報告，並有數首獲香港啟思出版社選入中學教材。

二○○八　三月二十七日，香港大學首任駐校作家創作課程第一堂課「六行小詩的寫作」。

二○○八　四月二日，香港大學中文學院首任駐校作家活動之一：「和詩畫作朋友」，與港大同學會書院同學談詩畫創作。

二○○八　四月二日，香港大學中文學院首任駐校作家活動之二：創作課程第二堂課「六行小詩的創作與修改」。

二〇〇八　三月十三日，下午在港大因駐校規定，第一場公開演講
　　　　　前，意外獲得一份十分珍貴的禮物；是香港中文大學圖書
　　　　　館館長黃潘明珠女士列印她從「香港文學資料庫」檢索結
　　　　　果一一〇篇篇目，是我歷年在香港發表的詳細篇目資料。
　　　　　最早一篇是〈詩簡〉，一九六六年十二月發表在《文壇》
　　　　　新年號第二六二期第五十四頁。從這份篇目，有助於了解
　　　　　和香港文壇的關係，下列期刊是我發表過作品的：《文
　　　　　壇》、《中國學生周報》、《詩風》、《大拇指》、《羅盤》、《文
　　　　　星雜誌》、《素葉文學》、《香港文學》、《文學世界》、《臺港
　　　　　文學選刊》、《詩雙月刊》、《香港文學報》、《詩世界》、《文
　　　　　采》、《詩網路》、《木棉樹》、《圓桌詩刊》等。
　　　　　五月，臺北市立公館國小邀請「童詩教學」講座。

二〇〇八　六月二十一日，中國海峽兩岸兒童文學研究會年會上，淡
　　　　　水天生國小童詩班，由張家瑜編舞，帶領陳俞安、黃匯
　　　　　雯、鍾雄任共四位小朋友，表演童詩〈小貓走路沒有聲
　　　　　音〉，以創新的歌舞劇形式演出，博得滿堂彩。

二〇〇八　六月二十四日，民生報少年書城悅讀活動，應邀演講：
　　　　　〈花非花・蝶飛蝶——談花和蝴蝶的親密關係〉。

二〇〇八　七月二十五日，宜蘭縣史館閱讀季活動，邀請演講：「讀
　　　　　一本書——給自己機會」。

二〇〇八　七月，臺北縣中和庄文史研究協會邀請，擔任中和庄文學
　　　　　獎評審委員。

二〇〇八　七月，主編《小詩磨坊・泰華卷・2》，曼谷留中大學出版
　　　　　社印行，飛曼谷主持發佈會及主題演講〈六行小詩的新美
　　　　　學〉。

二〇〇八　七月，《二〇〇八海峽兩岸兒童文學學術研討會論文集暨
　　　　　會議手冊》，李明足評論林鍾隆和林煥彰的童詩〈童詩中
　　　　　生態保育觀：論《山中悄悄話》與《我愛青蛙呱呱呱》中
　　　　　生物多樣性之表現〉。

二〇〇八　十月三十日，宜蘭縣立宜蘭國小「多元悅讀活動計劃」系
　　　　　列講座：玩詩・玩畫・玩詩畫，和小朋友有約。

二〇〇八　十一月一日，宜蘭縣文化局銀髮族藝文講座：玩詩・玩
　　　　　畫・玩心情。

二〇〇八　十一月十五日，國立屏東教育大學教育系主辦「繪本創作
　　　　　中的文字創作」，情意教育繪本設計創作工坊研習講座。

二〇〇八　十一月，應邀擔任臺北縣樹林市武林國小「書香滿校園」
　　　　　閱讀巡迴講座。

二〇〇八　十二月，應溫世仁文教基金會邀請，二〇〇八國小教師研
　　　　　習活動：「書香滿校園」巡迴演講，花蓮縣文蘭國小。

二〇〇八　十二月，臺北市立幸安國小「與作家有約」活動，指導
　　　　　「童詩賞析與寫作」。

二〇〇八　十二月十七日，應邀到印尼棉蘭訪問，並於蘇北怡馨苑舉
　　　　　行文學講座，談六行小詩。

二〇〇八　十二月二十三日，和臺北市明湖國小五年級小朋友有約：
　　　　　寫詩，和自己玩──玩文字・玩心情・玩創意。

二〇〇八　十二月，應臺北市立圖書館聘任，第五十五梯次「好書大
　　　　　家讀」故事文學組評審委員。

二〇〇九　一月，臺北市立玉成國小邀請「與作家有約」講座。

二〇〇九　一月八日，康軒文化公司安排進校園，在南投縣竹山國小
　　　　　五年級班級群二百多位小朋友與課文作者有約，談：
　　　　　〈我，不是現在的我〉。

二〇〇九　二月，臺北縣淡水文化國小承辦中小學教師寒假兒童文學研習活動，應邀擔任講師。

二〇〇九　二月，吳茂松編著《宜蘭文學讀本》（國立宜蘭高中文學課程教材／二〇〇九），〈我們，都在一起──林煥彰訪談〉。

二〇〇九　二月，應臺北市立圖書館聘任，第五十六梯次「好書大家讀」故事文學組評審委員。

二〇〇九　二月二十四日，大媽媽百歲仙逝，守靈第七夜凌晨二時三十分，在礁溪宗祠寫成祭母文〈拼貼零星記憶──緬懷母親百歲百行詩〉，於同年四月二日、四月二十二，分別在菲律賓《世界日報》文藝副刊及泰國《新中原報》大眾文藝版刊載。

二〇〇九　三月，臺北縣政府編印《春江水暖鴨先知》，臺北縣國民中小學韻文教學補育教材三，選用童詩〈鳥和海〉。

二〇〇九　三月十三日，生母逝世，享年九十七，撰寫〈再祭母文──拼貼記憶之外，緬懷我至親的生母〉，發表於二〇〇九年四月二十二日曼谷《新中原報》副刊「大眾文藝版」。

二〇〇九　四月，應邀擔任臺北縣鶯歌鎮二橋國小教師研習講師。

二〇〇九　第六十一屆香港學校朗誦節比賽誦材，選用詩作〈未來的太空〉。

二〇〇九　四月，應聘擔任「第四屆蘭陽兒童文學獎」童詩類評審委員。

二〇〇九　四月，臺北縣政府文化局聘請擔任林本源園邸「我們的故事──二〇〇九林園文學」評審委員。

二〇〇九　五月十三日，臺北縣秀朗國小教師兒童文學研習講座，談童詩創作：〈玩文字・玩寫詩・玩心情〉。

二〇〇九　五月，高雄市政府教育局聘任，國教輔導團九十八年度國
　　　　　語文領域「與國小國語課本作家對談」講座，為期四次。

二〇〇九　五月，應邀出席印尼蘇北二〇〇九文學節，專題演講〈地
　　　　　景文學書寫的魅力──我的想法我的經驗〉。

二〇〇九　五月，《香港作家》雙月刊，刊載二〇〇八年港大駐校成果
　　　　　報告詩作《般咸道小詩抄》節選〈香港很小〉等七首。

二〇〇九　六月，世界福州邑同鄉總會文教部聘請擔任「第六屆冰心
　　　　　文學獎」臺灣地區薦書人。

二〇〇九　七月一日，臺北市明德國小教師兒童文學研習，民生報邀
　　　　　請・思想貓兒童文學講座：玩文字・玩寫詩・玩心情。

二〇〇九　七月五日，適逢大書法家于右任一百三十歲冥誕，詩寫
　　　　　〈半半哲學〉致敬，在中華日報副刊發表。

二〇〇九　七月，中和庄文史研究會邀請擔任二〇〇八年中和庄文學
　　　　　評審委員。

二〇〇九　七月，主編《小詩磨坊・泰華卷・3》，曼谷留中大學出版
　　　　　社印行；飛曼谷主持發佈會及主題演講〈六行小詩多元藝
　　　　　術美學之探求──小詩是詩，不是格言亦非警句〉。。

二〇〇九　八月，板橋市「第三屆枋橋藝文獎」評審委員。

二〇〇九　八月，鍾理和文教基金會邀請，擔任「二〇〇九笠山文學
　　　　　營兒童文學──童言童語話文學」授課講師，主題《玩文
　　　　　字・玩詩・玩寫心情》。

二〇〇九　八月三日，美濃鍾理和紀念館主辦笠山文學營・童詩課
　　　　　程，主講：「寫詩，就是玩玩──玩文字・玩寫詩・玩心
　　　　　情・玩創意」。

二〇〇九　九月，應邀宜蘭市宜蘭國小演講：〈是我非我──我一直
　　　　　在蛻變中，我有幾個我？〉。

二○○九　九月，應邀宜蘭市中山國小演講「當文學家走入課本」巡迴講座。

二○○九　九月二十五日，應邀撰寫〈走進九芎古城〉近八十行，慶賀宜蘭建市七十周年，設置於宜蘭縣治園區古城牆上。

二○○九　十月五日，和臺北市仁愛國小五年級小朋友有約：〈我，怎樣變成一個詩人〉。

二○○九　十月二十四日，著名小說家黃春明創辦的《九彎十八拐》文學雜誌（雙月刊），舉辦第四屆《悅聽文學》活動，應邀朗誦自己作品〈走進九芎古城〉等四首詩，並刊載於同年十一月出版的第二十八期。

二○○九　十月，花蓮縣大興國小「書香滿校園」教師研習講師。

二○○九　十一月五日，和臺北縣新和國小五年級小朋友有約：〈打開詩的想像的翅膀——可愛的小朋友，我們一起來寫詩〉。

二○○九　十一月，行動讀詩會成立五周年，策劃出版《詩，行動》選集，馬修主編，秀威資訊科技公司印行。同月，苗栗縣三義設置「詩路」徵稿，小詩〈母親的願望〉獲選錄用。

二○○九　十一月二十四日，私立育達商大邀請演講，談〈玩詩·玩童詩·玩創意〉。

二○○九　十二月一日，臺北市雙溪國小五年班群演講：〈玩文字·玩寫詩·玩心情·玩創意〉。

二○○九　十二月，臺北縣政府文化局印行《在水金九——與藝術家邂逅》，訪談收入〈探尋藝術家的創作世界〉。

二○一○　一月二十六日，在羅東運動公園旁「芥菜種子舖」咖啡餐廳成立「蘭陽小詩磨坊」，成員多為退休教師，以帶領練習寫作六行小詩為主；每月聚會一次，討論成員作品。成

員七位：陳良欽、鍾耀寧、簡淑茹、練伯雲、王沁怡、劉月鳳、黃美雲等退休老師。

二〇一〇　一月，二〇〇九年仲夏，畫家陳永模、林秋芳夫婦成立桂竹林國際文化工作室，舉辦「礁溪，桂竹林國際藝術創作營」，邀請越、新、馬、泰、印、菲、日、丹麥、大陸和臺灣等藝術家駐營創作、展覽等活動，為期一個月，並由策展人林秋芳擔任總編輯，編印《村落美學》專輯，以及《桂竹林國際詩人──林煥彰詩展》製作單元，選錄〈我種我自己〉、〈綠色的隊伍〉、〈散步〉、〈空〉、〈落葉〉等詩作。

二〇一〇　三月，國立臺灣大學杜鵑花詩歌節「五行超連結」詩與視覺藝術跨界創作展聯展。

二〇一〇　三月二十四日，臺北市公館國小「小朋友有約·駐校系列」活動：〈送花一首詩──我怎樣寫花的詩〉、〈送花一首詩──詩和誰玩·詩和我玩〉等講座。

二〇一〇　四月十三日，臺北市新生國小二年級小朋友有約：〈送花一首詩──詩和誰玩·詩和我玩〉。

二〇一〇　五月二十五日，和南投前山國小五年級小朋友有約：〈給想像一對翅膀──給自己更多機會〉。

二〇一〇　六月二日，宜蘭縣東興國小教師研習：〈打開詩的想像的翅膀──給自己更多機會·童詩欣賞及指導兒童寫詩〉。

二〇一〇　六月九日，臺中縣成功國小教師研習：〈讓閱讀成為悅讀──閱讀從「小」開始〉。

二〇一〇　七月十一日，主編《小詩磨坊·泰華卷·4》，曼谷留中總會出版，赴曼谷帝日酒店主持發佈會及演講：〈六行小詩的抒情基調──變，永遠不變的道理就是「變」〉。

二〇一〇　九月，教育部國審康軒版，國民小學《國語》第十一冊，六上第七課，收錄〈冬天的基隆山〉。

二〇一〇　十月，大馬詩人冰谷出版第一本童詩集《水翁樹上的蝴蝶》，臺北秀威印行，受邀撰寫序文，並提供撕貼畫七、八十幅，作為封面及插畫。

二〇一〇　十月，臺北縣政府文化局編印《二十堂北縣文學課──臺北縣文學家採訪小傳》，收錄：齊邦媛、陳若曦、林煥彰、張香華、王邦雄、秦賢次、季季、施淑、李元貞、樸月、奚淞、莫渝、蔣勳、心岱、簡政珍、袁瓊瓊、凌拂、舒國治、吳念真、陳幸蕙。

二〇一〇　十月二十七日，宜蘭市小學巡迴演講・育才國小：〈玩詩・寫詩──給自己機會〉。

二〇一〇　十一月，花蓮縣政府聘請擔任「九十九年度推動閱讀績優學校徵選」評審委員，為期兩天。

二〇一〇　十一月，臺北市立東新國小邀請演講，分享創作歷程。

二〇一〇　十一月，宜蘭市光復國小高年級「童詩・童畫」講座。

二〇一〇　十二月，鶴山二十一世紀國際論壇邀請擔任第三十屆世界詩人大會顧問委員。

二〇一〇　十二月，臺北市立光復國小邀請專題演講。

二〇一〇　十二月，新北市埔墘國小邀請「與作家有約」講座，〈讀詩，零距離──從課本走出來的作家和小朋友握手〉（12/9、12/16）。

二〇一〇　十二月，臺北市立圖書館聘請，擔任第五十九梯「好書大家讀」故事文學組評審委員。

二〇一〇　十二月二十五日，臺北「圖克藝術伊甸園」畫廊，邀請《林煥彰繪畫創作展──貓樣》，為期一個月，並出版《貓樣》畫冊。

二〇一一　一月，新北市實踐國小邀請童詩創作演講。

二〇一一　三月，臺北市立圖書館第九十九年度「好書大家讀」故事組評選委員。

二〇一一　三月十九日，香港啟思出版社舉辦「小學中國語文教材研討會」，邀請主講〈文學在課本中的教學策略及其實例〉。

二〇一一　五月二十一日，臺北市立圖書館舊莊分館演講：〈花和蝴蝶一起飛舞——我們來寫一首詩，畫一幅畫，給自己機會〉。

二〇一一　七月十五日，韓國外國語大學校大學院，中語中文學科中國文學專攻研究生鄭美華完成碩論：《臺灣林煥彰詩研究》。

二〇一一　七月，主編《小詩磨坊‧泰華卷‧5》，曼谷留中總會出版，赴曼谷主持發佈會及主題演講。

二〇一一　八月十三日，臺北市鄉土教育中心：〈我愛青蛙呱呱呱——談詩的欣賞與寫作／一首詩的誕生〉

二〇一一　八月十九日，臺南市政府、國立臺灣文學館指導，臺南市政府教育局主辦，第三屆「府城台語文兒童文學營」，擔任講座，講題：〈白話臺灣囝仔歌詩創作〉（撰寫講稿）。

二〇一一　九月五日，《國語日報週刊》第五十三期，「夢想會客室」專版，針對學生提問話題撰寫回答，編者下題報導〈詩人，為兒童寫詩半世紀不停筆〉。

二〇一一　十月，新北市鶯歌二橋國小邀請，演講童詩創作。

二〇一一　十月七日，宜蘭市立圖書館主辦，宜蘭市南屏國小和黎明國小演講：〈我的聲音會去旅行——和我故鄉的小朋友有約〉。

二〇一一　十月二十八日，聯合報 C10 版製作「大學學測試題及解

答」，國文第一部分：一、C8 選用摘自《孤獨的時刻》三首小詩：〈椅子和我〉、〈蘆葦〉、〈我想到的〉，標示：A、偶然的遭遇，B、淒涼的晚景，C、孤獨的時刻，D、虛擲的光陰；作為選擇題。

二〇一一　十一月，應邀在廈門出席福建少兒社主辦「海峽兩岸兒童文學論壇會議」，主題發言：〈攜手同行向未來——展望兩岸兒童文學的未來發展與合作的空間〉。會後到鼓浪嶼旅遊，在中國工商銀行鼓浪嶼分行，以一萬人民幣開立新戶頭。

二〇一一　十二月，蕭蕭、羅文玲編《臺灣詩人手稿集》，明道大學中國文學系出版，收錄七個字一首小詩〈空〉。

二〇一一　十二月，主編《烙印的年輪》乾坤詩刊十五週年詩選（2002～2011），並撰寫序文〈感恩‧包容‧永續〉。

二〇一一　十二月，主編「蘭陽小詩磨坊」同仁作品集《蘭陽‧小詩磨坊》，獲得宜蘭縣政府文化局補助出版，列入「蘭陽文學叢書」。

二〇一二　二月二十二日，應邀嘉義市嘉北國小五六年班級群「讀詩，玩心情」及教師演習活動講座；〈寫詩，玩創意——童詩的另類教學〉。

二〇一二　三月二日，康軒文化事業公司安排，課文作家進校園，童詩引導教學——主題「春天」，羅東北成國小三個班學生現場直接聽講，另全校三～六年級各班級，視訊同步轉播教學。

二〇一二　三月四日，新世紀兒童文學家養成班研習活動，第一場：〈散文和童詩新視野——如何玩詩、玩心情、玩創意〉。中國海峽兩岸兒童文學研究會主辦，臺北市政府文化局指導。

二〇一二　三月，行政院研究發展考核委員會聘請，擔任「第四屆國家出版獎──優良政府出版品評選」評獎委員。

二〇一二　四月十一日，應農委會林務局嘉義林區管理處邀請，上阿里山踏查、寫詩，為期二天。這回觀日出，認識了一葉蘭、臺灣紅榨槭、阿里山十大功勞、玉山假沙梨等植物和樹種。數日後完成〈塔山上的夕陽〉等有關阿里山的小詩；〈塔山上的夕陽〉成為阿里山文學步道詩碑之一，設置於山峰高架步道之上，遙對鄒族聖山，同時收入《阿里山詩集／現代詩情》，二〇一三年六月出版。

二〇一二　四月，應現代畫家卜華志邀請，為其三十一幅現代畫作以六行小詩形式，完成三十一首詩，以手稿和呂享英英譯對照，出版《不人不類──面具之上・下》詩畫集；臺北秀威印行。

二〇一二　四月，新北市鶯歌鳳鳴國小邀請，推動閱讀教育講座。

二〇一二　五月，《臺港文學選刊》總第二八八期，封面及內頁刊出三十幅撕貼畫作：「林煥彰跨界遊戲」專輯。

二〇一二　七月十三日，聯副、臺北故事館、臺積電合辦「繆思的星期五：文學沙龍」第五十六場，和詩人林德俊對話，白靈主持。

二〇一二　七月八日，主編《小詩磨坊・泰華卷・6》，曼谷留中總會出版，在曼谷帝日酒店國際廳主持發佈會及主題演講：〈讓你驚喜的獨特表現──細讀品賞《泰華小詩集》〉。

二〇一二　八月，臺北市立圖書館聘請，擔任第六十二梯次「好書大家讀」文學讀物 A 組評選委員。

二〇一二　八月，國立高雄師範大學中國文學系，國文教學研究生蔡馨儀完成碩論《林煥彰現代詩研究》，指導教授林文欽。

二〇一二　十月九日，康軒出版公司安排，課文作家進校園，和新竹雙溪國小「小朋友有約」：〈我的聲音會去旅行〉。

二〇一二　十一月，應邀澳門大學講學，共三場；第三場小學老師〈撕貼畫的遊戲創作〉。

二〇一二　十一月二十六日，中華民國兒童文學學會「火金姑讀書會」講座：〈讀詩・賞詩・寫詩〉。

二〇一二　十二月，臺北市立圖書館聘請，擔任第六十三梯次「好書大家讀」文學讀物 A 組評選委員。

二〇一二　十二月，秀威資訊科技股份有限公司聘請，擔任出版顧問。

二〇一二　十二月七日，康軒出版公司安排，課文作家進校園，明湖國小「與作家有約」講座：〈環境＋機遇＋努力──冬冬是誰？如果你是冬冬……〉

二〇一二　十二月二十二日，康軒出版公司安排，課文作家進校園，學進國小「與作家有約」講座：〈環境＋機遇＋努力──冬冬是誰？如果你是冬冬……〉

二〇一三　一月，受邀在《未來少年》月刊第二十五期開始，以「詩與畫」專欄發表詩作，每月一次；第一首〈夢中樹〉。

二〇一三　生肖蛇年，起心動念，決定開始為生肖畫畫，每年畫當年生肖。在畫蛇的過程中，感悟到：人生總在曲直中前進……

二〇一三　一月四日，桃園市私立康萊爾小學演講：〈如果我遇到詩──與康萊爾小朋友有約〉。

二〇一三　一月十五日，康軒出版公司安排，課文作家進校園講座，羅東國小「與作家有約」：〈環境＋機遇＋努力──冬冬是誰？如果你是冬冬……〉。

二〇一三　一月十六日，康軒出版公司安排，課文作家進校園講座，
　　　　　臺北市景興國小「與作家有約」:〈環境＋機遇＋努力——
　　　　　冬冬是誰？如果你是冬冬……〉。

二〇一三　一月，提供撕貼畫約一五〇幅及十多幅貓畫，配合杭州兒
　　　　　童文學作家孫建江「一行寓言」，出版《試金石》文圖
　　　　　集，由福建少兒社印行。

二〇一三　三月六日，嘉義縣政府教育局主辦、康軒協辦，南新國小
　　　　　教師研習講座:〈童詩的天空〉。

二〇一三　三月十六日，中華民國筆會主辦——我的文學因緣:〈詩
　　　　　與畫的交響〉。

二〇一三　三月十九日，康軒出版公司安排，課文作家進校園講座，
　　　　　羅東小「與作家有約」:〈春天的歌〉。

二〇一三　三月二十一日，康軒出版公司安排，課文作家進校園講
　　　　　座，宜蘭縣順安國小「與作家有約」:〈春天的歌〉。

二〇一三　三月，臺北市立圖書館聘請，擔任一〇一年度「好書大家
　　　　　讀」文學讀物 A 組，評選委員。

二〇一三　三月，秀威資訊科技公司聘請，擔任「第一屆秀威青少年
　　　　　文學獎」評審委員。

二〇一三　三月，宜蘭羅東國小「與作家有約」活動，專題演講。

二〇一三　四月十七日，佛光大學人文藝術研究中心邀請「跨界詩歌
　　　　　系列」講座:〈詩畫交響——玩詩＋畫〉。

二〇一三　四月十九日，《大自然的心聲》（童詩集‧小魯版）獲頒年
　　　　　度最佳少年兒童讀物獎；臺北市立、新北市立圖書館及國
　　　　　語日報合辦。

二〇一三　五月一日至十九日，在臺北紀州庵文學森林舉行《就是，
　　　　　貓》撒／詩畫展。會後捐贈十件撕貼畫作品，供《文訊》
　　　　　義賣。

二〇一三　五月五日，紀州庵文學森林／小魯主辦文學講座：傾聽
　　　　　《大自然的心聲》。

二〇一三　五月十四日，嘉義市文湖國小五六年級及世賢國小四年級
　　　　　「童詩研習寫作」：〈詩，我會讀我會寫——傾聽《大自然
　　　　　的心聲》〉。

二〇一三　七月，主編《小詩磨坊‧泰華卷‧7》，曼谷留中總會出
　　　　　版，赴曼谷主持發佈會及主題演講。

二〇一三　七月二十六日，雲林公誠國小四年級「童詩研習寫作」：
　　　　　〈詩，我會讀‧我會寫——傾聽《大自然的心聲》，分享
　　　　　寫一首詩的秘密和喜悅〉。

二〇一三　八月六日，臺北市樂齡學習示範中心講座：〈我的詩生
　　　　　活〉。

二〇一三　八月十日，佛光大學‧二〇一三全國巡迴文藝營「繪本兒
　　　　　童文學組」講座：〈繪本的異想天空——圖畫書的文本與
　　　　　圖象關係」。

二〇一三　八月二十九日，馮騁〈林煥彰與我的文學〉，在曼谷《亞
　　　　　洲日報》副刊「泰華文藝」第三五二期刊載。

二〇一三　九月，應攝影藝術家鐘永和邀請，為兩本攝影集：《海洋
　　　　　臺灣》、《美哉噶瑪蘭》蘭陽影像之旅，專題攝影展及出版
　　　　　寫詩，分別完成〈海洋短歌〉四行五首；《美哉噶瑪蘭》寫
　　　　　下：〈請記得坐在老榕樹下〉、〈母親臉上的魚尾〉、〈噶瑪蘭
　　　　　母親的呼喚〉、〈噶瑪蘭的鄉音〉、〈噶瑪蘭的故鄉〉五首。

二〇一三　十月四日，印尼棉蘭第二屆蘇北文學節，應邀演講；〈六
　　　　　行小詩的天空〉。

二〇一三　十月十二日，馬來西亞吉達州大年市新民小學演講，學生
　　　　　及家長分享會：〈詩歌創作與朗誦〉。

二〇一三　十月十三日，馬來西亞檳城州檳華小學邀請，中小學生及教師分享會：〈詩歌創作與朗誦〉。

二〇一三　十月十八日，馬來西亞霹靂州江沙市崇華國中分享會：〈詩歌創作與朗誦〉。

二〇一三　十一月十二日，新北市瑞芳區鼻頭國小邀請，專題演講：〈兒童詩的欣賞與寫作〉。

二〇一三　十一月十六日，桃園縣大溪鄉林鍾隆紀念館演講：從《月光光》到《布穀鳥》──談臺灣兒童詩的黃金時期。

二〇一三　十一月二十七，〈我喜歡的六行小詩──摸索尋找東南亞小詩的路向〉，在曼谷《新中原報》大眾文藝版，分兩天刊載。

二〇一四　二月，雪野主編《白鶴小姐和花襪子》，選入兩首童詩〈花和蝴蝶〉、〈樣子就是樣子〉；重慶出版社印行。

二〇一四　四月十八日，《花和蝴蝶》（童詩集・聯經版）獲頒「好書大家讀」年度最佳少年兒童讀物獎。

二〇一四　四月二十一日，康軒安排課文作家進校園；嘉義市蘭潭國小演講；〈我，愛玩詩〉。

二〇一四　五月十四日，臺北市仁愛國小「玩詩祭──演講及畫展」；〈我，愛玩詩〉。

二〇一四　五月十六日，臺北市明湖國小演講；〈我，愛玩詩〉。

二〇一四　五月十七日，臺南市國立臺灣文學館演講；〈寫詩，從玩文字開始〉。

二〇一四　五月十八日，宜蘭縣礁溪湯圍社區「村落美學講座」；〈撕貼，玩詩畫〉。

二〇一四　五月二十五日，泉州師院「第十屆東南亞華文文學研討會」演講；〈小詩六行，需要跳躍空間──以東西亞華文詩人一老一少小詩為例〉。

二〇一四　六月六日，康軒安排課文作家進校園；嘉義市嘉義大學附
　　　　　小「與作家有約」，和小朋友對話：〈我，愛玩詩〉。

二〇一四　六月二十六日，康軒安排課文作家進校園；臺北市吉林國
　　　　　小「與作家有約」，和小朋友對話：〈我，愛玩詩〉。

二〇一四　六月二十七日上午，康軒安排課文作家進校園；彰化縣員
　　　　　林國小「與作家有約」，和小朋友對話：〈我，愛玩詩〉。

二〇一四　六月二十七日晚上，黃大魚文化基金會邀請，宜蘭市百果
　　　　　樹紅磚屋演講：〈我，愛玩詩／我，愛戀故鄉〉。

二〇一四　六月二十七日，新竹綠禾塘・樸學教育基金會邀請，談
　　　　　〈老頭子做的事總是對的〉（安徒生童話）。

二〇一四　六月二十九日，臺北紀州庵《文訊》主辦：詩書共舞——
　　　　　詩與圖繪，與詩人李敏勇對談。

二〇一四　六月，應高雄市立美術館邀請，提供詩畫：〈青蛙〉、〈這
　　　　　就是春天〉、〈春天愛和我們捉迷藏〉、〈黃金蛋蛋人〉，於
　　　　　兒童美術館展出，為期一年半，並編印《詩與藝，手牽
　　　　　手》專輯。

二〇一四　七月一日，雲林縣教育局主辦，安慶國小承辦，雲林縣兒
　　　　　童文學營講座：〈童詩教學寫詩，從玩文字開始〉。

二〇一四　七月二十日，曼谷帝日大酒店留中總會寫作協會年會暨主
　　　　　編《小詩磨坊・泰華卷・8》發佈會，專題演講：〈詩，視
　　　　　覺圖象的作用——我的寫作經驗〉。

二〇一四　七月三十一日晚上，馬祖藝文協會邀請，牛角村海老屋講
　　　　　座，作家、文藝愛好者分享會：〈詩，視覺圖象的作
　　　　　用——馬祖文友分享寫作經驗〉。

二〇一四　七月，詩人白靈策劃、推動小詩寫作，邀集二十一位詩人
　　　　　撰寫有關小詩的論述，在《文訊》第三四五期製作「詩性
　　　　　的小宇宙」專輯，撰寫小文：〈我鍾愛六行小詩〉。

二〇一四　重陽節，宜蘭縣政府舉辦《幸福一〇〇分百》記者會，應邀撰寫祝福詩〈長者都是寶——謹向蘭陽尊敬的人瑞們致敬〉，並現場朗誦，向百歲人瑞致敬。

二〇一四　九月，花蓮市中華國小太平洋詩歌節「與課本詩人面對面」講座，主講〈海洋，我和天空〉。

二〇一四　十月二日，與金門籍書法家陳昆乾、版畫家黃世團、漂木藝術家楊樹森、水彩畫家北翠，在新北市三峽區插角里成立「插角藝術工作室」，固定每周三到工作室聚會、做畫活動。第二年元月十七至二月十六，在臺北公館胡思二手書店舉辦《玩藝——五人義賣聯展》，每人捐出兩幅畫作義賣，所得二十三餘萬元，悉數捐給金門家扶中心。

二〇一四　十月十四日，臺南市官田國小主辦，康軒協辦，課文作家進校園，對象：國小一至三年級及教師：〈我，愛玩詩〉。

二〇一四　十月二十六日，高雄市兒童美術館邀請演講，對象：國小學童、教師及家長；〈我，愛玩詩——從撕貼畫到一首詩的完成〉。

二〇一四　十一月一日，宜蘭縣文化局主辦，小魯文化承辦「繪本文學營」講座，談選供學員製作繪本的兩首與宜蘭有關的詩作：〈山那邊〉、〈遇見心中的一條河〉之創作理念。

二〇一四　十一月七日，臺中故事協會主辦「藝文講座」，對象：故事協會會員、志工、文藝愛好者；〈我，愛玩詩〉。

二〇一四　十一月八日，宜蘭縣文化局主辦，聯合文學承辦，宜蘭文學館「文學講座」；〈臺灣，我的血點〉。

二〇一四　十一月十日，高雄大樹佛光山佛陀紀念館、國立臺灣文學館主辦「名人講堂」；〈寫詩，折磨自己〉。晚上，佛光山普門中學增加一場。

二〇一四　十一月十八日，高雄市壽天國小邀請，康軒協辦，課文作家進校園，對象國小六年級「與作家有約」：〈寫詩，折磨自己〉。

二〇一四　十一月二十四日，桃園縣高榮國小邀請，康軒協辦，課文作家進校園，對象：國小六年級及教師「與作家有約」：〈寫詩，折磨自己〉。

二〇一四　十一月二十六日，新竹縣教育處主辦，竹東鄉中山國小承辦，對象：二十餘國小獲作文優秀獎百位學生及教師、家長；〈寫詩，折磨自己〉。

二〇一四　十一月二十九日，臺中市臺中教育大學附小邀請，對象：國小五六年級學生及教師：〈玩文字，玩心情，玩一首詩〉。

二〇一四　十二月九日，淡江大學歷史學系專題演講：〈甲午，馬不停蹄──話我塗鴉馬〉。

二〇一四　十二月十五日，新北市汐止區北峰國小聘請駐校作家，第一場專題演講，五六年級班級群：〈詩、貼畫創作〉。

二〇一四　十二月三十日，桃園縣員樹林國小邀請，低中年級「與作家有約」，各一場；〈我，愛玩詩〉。

二〇一五　四月十二日，花蓮松園別館邀請「民眾藝文講座」：〈玩，一切都為了遊戲〉。

二〇一五　四月十四日，花蓮縣瑞穗舞鶴國小邀請演講：〈玩，一切都為了遊戲〉。

二〇一五　四月二十二日，宜蘭縣蘇澳國中「與作家有約」，專題演講：〈閱讀，寫作與人生〉。

二〇一五　五月十五日，臺南市永康區大橋國小「與作家有約」，專題演講；〈玩，一切都為了遊戲〉。

二〇一五　五月十八日，新竹縣雙溪國小「與作家有約」，專題演講；〈玩，一切都為了遊戲〉。

二〇一五　五月，曼谷華文文學雜誌《桐詩文學》邀稿，在第四期以「林煥彰小輯」推出詩畫作品，包括封內、封底及內頁，大篇幅（九頁）刊登馬年馬畫和詩文。

二〇一五　六月六至十三日，馬祖介壽村英學語文班、馬祖藝文協會主辦「兒童藝文研習」巡迴詩畫教學：〈玩撕貼畫〉，包括北竿塘岐國小、南竿仁愛國小等。

二〇一五　六月十三日晚上，馬祖南竿牛角海老屋、馬祖藝文協會主辦藝文分享會：〈詩與畫──轉角對話〉。

二〇一五　六月二十二日，宜蘭私立中道中小學小學部畢業生專題演講：〈感恩與祝福──為感恩與祝福寫一首詩〉

二〇一五　六月，市立臺北大學中國語文學系，語文教學研究生陳尚郁完成碩論《林煥彰兒童詩觀及其動物童詩語言風格研究》，指導教授葉鍵得。

二〇一五　七月二十一日，彰化私立明道大學人文學院邀請，專題講座：〈撕貼畫‧拼貼詩──你也可以這樣玩〉。

二〇一五　九月二十二日，宜蘭新南國小邀請，專題演講；〈布演‧布詩──詩的想像和練習〉。

二〇一五　十月四日，宜蘭壯圍國小邀請，專題演講；〈布演‧布詩──詩的想像和練習〉。

二〇一五　十月十四日，黃鶴樓管理處主辦，武昌北湖小學二年級（黃鶴樓攬虹亭），課文作家專題演講；〈玩詩，寫詩──詩的想像和練習〉。

二〇一五　十二月七日，嘉義市民族國小邀請，六年級「與作家有約」；〈玩詩‧詩寫嘉義〉。

二〇一五　十二月十七日，淡江大學中文系專題講座：〈玩詩‧玩撕貼畫〉。

二〇一五　七月，應宜蘭縣文化局《村落美學》系列活動計劃，在出生地礁溪鄉桂竹林舉辦「林煥彰詩畫著作展」，為期半年，並舉行三場講座。

二〇一五　七月，主編《小詩磨坊‧泰華卷‧9》，曼谷留中總會出版，赴曼谷主持發佈會及主題演講。

二〇一五　七月，明道大學為閩南師範大學文學院開辦「臺灣藝文暨文化巡禮研習營」，應邀授課。同月，金門縣立燕南書院聘請院務發展顧問。

二〇一五　七月，今年歲次乙未羊年，出版生肖詩畫集第一本：《吉羊‧真心‧祝福》，臺北秀威印行；由此突發夢想，自己告訴自己，為自己許下一個心願：希望每年出一本生肖詩畫集，直到完成一輪為止。

二〇一五　十月十二日，應邀在武漢黃鶴樓前涼亭，為一班二年級小朋友談詩，他們上學年讀過二〇〇一年北京人民教育出版社編印的語文課文〈影子〉；是四十年前寫的童詩。

二〇一五　十一月八日下午，應曼谷留中總會文藝寫作協會邀請，主持「現代詩歌創作講座會」，擔任「詩壇泰斗洛夫與詩評家龍彼德對話」引言。

二〇一五　十一月，鶴山二十一世紀國際論壇邀請，擔任第三十五屆世界詩人大會顧問委員。

二〇一六　一月六至八日，福建少兒社安排，在北京清華大學、朝陽師範、第一師範等附小及北京小學巡迴演講。

二〇一六　一月八日，北京國際會展中心「二〇一六北京國際書展」《林煥彰童詩繪本》（五冊）新書發佈會及講座。

二〇一六　一月，插角藝術工作室第二次聯展，分別在胡思（公館店
　　　　　一月十六日-三月十六日）、雅博客（永安店一月二十三日
　　　　　-三月二十三日）兩家二手書店，並編印畫冊《玩藝》。此
　　　　　次展出畫家增加一位新同仁陳秀娟，也是金門籍。

二〇一六　一月三十一日，青年音樂家羅筠雅大提琴獨奏會《雅文饗
　　　　　宴》，和黃春明等應邀提供兩首詩：〈心中的搖籃〉、〈母親
　　　　　之河〉參與演出，並配合朗誦。

二〇一六　二月，應明道大學人文學院院長、詩人蕭蕭邀請，到明道
　　　　　大學展出「千猴圖」，舉辦「諸侯祝福‧千猴報到」演講
　　　　　及二水鄉獼猴保護園區生態觀察等活動。

二〇一六　三月二日，應邀佳里國小「佳里悅讀工作坊」為近百位小
　　　　　朋友談詩，並現場做猴子畫和他們分享，完成該工作坊謝
　　　　　美鈴老師給她學生的許諾：「寫百首詩，邀請林煥彰老師
　　　　　來佳里演講。」

二〇一六　臺北市私立新民小學邀請展，猴年生肖水墨「千猴圖」個
　　　　　展。

二〇一六　四月十七日起，福建少年兒童出版社邀請巡迴演講活動：
　　　　　同安實小新校區、同安實小、漳州龍文實小、平和金華小
　　　　　學、漳州角美區閱讀大會、福州教育學院二附小、福州錢
　　　　　塘小學、福州海峽讀者學堂、福建省少兒圖書館、閩江師
　　　　　範高等專科學校等及漳州薌城區作家座談、交流。

二〇一六　四月二十一日下午，在漳州平和小學演講後，由漳州平和
　　　　　縣臺辦、福建少兒社副社長楊佃青及林語堂紀念館館長等
　　　　　近十位地方人士陪同，到達五寨鄉新美村（舊名后巷）拜
　　　　　訪宗親，完成尋根之旅；日後寫一首小詩〈站在廢墟上看
　　　　　祖先流浪的起點〉。

二〇一六　四月二十三日，親近母語基金會主辦、徐冬梅主催「第十

二屆中國兒童閱讀論壇」，在南京大學國際廳舉行，先由
知名閱讀推廣人丁云老師示範「林煥彰童詩作品示範教
學」，再應邀面對全國各地一千四百多位閱讀培訓教師進
行童詩創作主題演講。

二〇一六 四月二十六至二十九日，青島文學館及嶗山地區五所小
學，巡迴演講，包括嶗山林蔚小學、漢河小學、華樓海爾
小學等，並參觀老舍紀念館。

二〇一六 五月十三至十七日，應邀出席漳州閩南師範大學、明道大
學、福建省作協主辦，在漳州閩南大學校區和龍人書院舉
行「二〇一六閩南詩歌節」活動，做有關專題演講、座談
及詩歌朗誦。

二〇一六 五月十五日，應邀出席漳州長泰縣龍人古琴文化村「二〇
一六海峽兩岸古琴論壇」。

二〇一六 五月二十五日，新臺灣人文教基金會、遠見天下文化教育
會合辦「媽媽教我的詩」少年兒童創意朗詩大賽，擔任評
審委員。

二〇一六 五月二十八日，金車文教基金會邀請，專題講座：〈玩詩
玩畫──詩畫一起玩〉。

二〇一六 六月一至五日，福建少兒社安排，成都人北小學總校邀
請，在成都人北各小學及金牛區、天府新區教培中心、蘋
果樹下培訓機構等十二場巡迴講座；包括人北西區、東
區，人北小學西區／教師交流、人北小學總校及分校、人
北華僑城分校、金牛區教培中心教師研習、天府新區錦江
小學、天府新區教培中心教師研習、天府新區萬安幼稚
園、天府新區萬安小學等。

二〇一六 六月十一日，臺中市政府文化局、臺灣詩學季刊、吹鼓吹

詩論壇主辦「讀詩畫──詩與畫的交響曲」，應邀朗誦〈猴子不穿衣服〉等四首詩，並展示《千猴圖》。

二〇一六　六月十三至十五日，由北京師範大學基礎教育對外合作辦學部主辦、廣州市黃埔區教育局協辦、廣州市黃埔區教育研究中心和廣州開發區第二小學承辦的「中國兒童閱讀提升計畫」專案總結活動，在廣州市黃埔區舉行研討會，邀請與會並作專題講座。

二〇一六　七月，出版生肖詩畫集第二本：《猴子・沒大・沒小》，臺北秀威印行。

二〇一六　七月，應馬祖藝文協會邀請，為期一周，在大澳口牛角灣「海老屋」，陸續寫下有關馬祖的系列詩作，以《馬祖詩抄》五首發表於次年二月三日《馬祖日報》副刊。

二〇一六　七月二十四日，主編《小詩磨坊・泰華卷・十》，曼谷留中總會出版，赴曼谷主持發佈會及主題演講：〈愛，讀同仁的詩〉。

二〇一六　八月十一日，國立臺東大學兒童文學研究所主辦「第十三屆亞洲兒童文學大會」，應邀擔任開幕專題演講貴賓，發表〈蹲下來，為兒童寫詩〉。

二〇一六　九月，應邀參加明道大學主辦「二〇一六濁水溪詩歌節」，詩歌朗誦活動；展示《千猴圖》。

二〇一六　十月，新北市文化局聘請，擔任文學推動小組諮詢委員。

二〇一六　《嘰嘰喳喳的早晨》（童詩）獲北京魔法童書會主辦，媽媽眼中的二〇一六中國原創好童書 TOP 一〇。

二〇一六　十一月一日，臺北市新生國小四年級「與作家有約」講座：〈蹲下來，回去看童年〉和小朋友對話。

二〇一六　十一月四日，淡江大學・二〇一六兒童文學課程第一堂：〈玩文字・玩心情・玩寫詩・玩創意〉。

二〇一六　十一月十一日，淡江大學・二〇一六兒童文學課程第二堂：〈蹲下來，回去看童年──為兒童寫詩〉。

二〇一六　十一月，澳洲世界華文作家交流協會聘請，為第三屆詩詞顧問。任期三年。

二〇一六　十一月，馬祖女詩人、畫家劉梅玉詩畫攝影集《寫在霧裡》，臺北秀威・釀印行；應邀寫序，為她每首詩都寫下七行之小詩，計五十二首，題為〈變奏戲言〉另類序文。

二〇一六　十一月十三日，應邀上午溫州市少兒圖書館、下午蒼南縣與同小書房親子講座：〈蹲下來，回去看童年──為兒童寫詩〉。

二〇一六　十一月十四日，上午溫州市籀園小學「與詩人有約──遇見花和蝴蝶」。

二〇一六　十一月十五日，上午溫州師範大學兒童文學所吳其南、黃夏青教授接待，遊江心嶼──中國詩之島。下午百里路小學演講，並展示《千猴圖》。

二〇一六　十一月一日，臺北市新生國小四年級班級群「與作家有約」，演講：〈蹲下來，回去看童年〉，和小朋友對話。

二〇一六　十一月十六日，上午溫州市馬鞍池小學、下午龍灣區第一小學演講。

二〇一六　十一月十七日，上午溫州市龍灣區永興第二小學、第一小學及下午蒲州育英學校演講。

二〇一六　十一月十八日，上午溫州市城南小學（會昌河校區），下午城南小學（城南校區）演講。

二〇一六　十一月二十日，上海書展，北京人民東方傳媒文化出版公司印行《嘰嘰喳喳的早晨》，童話詩繪本簡體字版，新書發佈會演講──兒童詩對兒童的意義（閱讀欣賞與寫作）。

二〇一六　十一月二十一至二十三日，溫州市甌海瞿溪教育集團興學
　　　　　校區：崇文校區、信達校區、甌江小學巡迴演講。

二〇一六　十一月二十五日，淡江大學・二〇一六兒童文學課程第三
　　　　　堂：〈夢拉開的，讓想像飛揚——為兒童寫詩〉。

二〇一六　十二月二日，淡江大學・二〇一六兒童文學課程第四堂：
　　　　　〈用心生活，詩寫人生——為什麼要為兒童寫詩？〉

二〇一六　十二月，國立臺灣文學館製作「臺灣兒童文學叢書」，將
　　　　　《紅色小火車》童詩繪本（圖／楊麗玲）列入第十號出
　　　　　版，計選編〈小貓走路沒有聲音〉、〈我自己也不知道〉、
　　　　　〈日出〉、〈妹妹的紅雨鞋〉、〈紅色小火車〉、〈春天的眼
　　　　　睛〉、〈影子〉、〈小獵狗〉等八首童詩，以有聲有影出版。

二〇一六　十二月，主編《堆疊的時空》乾坤詩刊二十週年詩選現代
　　　　　詩卷（二〇一二-二〇一六），並撰寫編後記〈一點一滴堆
　　　　　疊〉。

二〇一七　一月，編完《乾坤詩刊》第八十一期，卸下已兼任十二年
　　　　　總編輯編務，感謝中青代女詩人葉莎樂意接捧。

二〇一七　一月，出版生肖詩畫集第三本：《先雞・漫啼・大吉》，臺
　　　　　北秀威印行。

二〇一七　插角藝術工作室第三次「《玩藝》五人聯展」（方舟、林煥
　　　　　彰、黃世團、北翠、陳秀娟），編印畫冊；分別在雅博客
　　　　　（永安一月十五日-三月十五日）、胡思（公館一月二十二
　　　　　日-三月二十二日）、時空藝術會場（二月四-二十六日）及
　　　　　臺北商業大學承曦藝廊（三月一-二十八日）展出。

二〇一七　二月十四日，臺北市私立新民小學邀請，雞年生肖畫展及
　　　　　演講〈小雞愛玩——談詩談畫〉。

二〇一七　三月二日，臺北商業大學「林煥彰講座」：〈好時機，雞話
　　　　　人生——談詩談畫〉。

二〇一七　三月三日，臺北市立仁愛國小邀請「與詩人有約」，《機會在路上》詩畫個展及演講。

二〇一七　三月十一日中午，詩人方明邀請與詩人洛夫、管管、碧果、許水富、張堃夫婦等，在臺北八德路醉紅樓餐敘，洛老為將出版一本動物詩集，用紙條寫著：一、蛇；二、蟹；三、蝶；四、枝頭小鳥對話；五、飛蛾撲火；六、蟋蟀，邀我插畫；欣然受命，如期交卷。

二〇一七　三月十八日，臺北齊東詩舍邀請演講〈繪本與童詩〉。

二〇一七　四月，王珂、曾心主編「泰華小詩磨坊」同仁作品《小詩磨坊小詩精選》，個人部分收錄五十首小詩；南京東南大學出版社印行。

二〇一七　四月，國立臺北商業大學通識教育中心聘請擔任「百年校慶‧飛揚文藝──二〇一七北商大文學季」文學創作獎新詩創作組評審委員。

二〇一七　四月十八至二十一日，「陽春詩繪‧在南京」巡迴演講：南京丹陽埤城中心小學、拉小寶船校區、逸仙橋小學、同仁小學、理工大附小、中央路小學等；講題：《花和蝴蝶》春天該有的都會有、公雞母雞小雞說、林煥彰也說。

二〇一七　四月二十三日，南京東南大學文學院主辦、泰國「小詩磨坊」協辦「《泰華‧小詩磨坊》國際學術研討會」，發表論文〈從一個字到六行小詩〉。

二〇一七　四月二十五至二十八日，「陽春詩繪‧在廈門」巡迴演講：廈門呂嶺小學、檳榔小學、鐘宅小學、翔鷺小學、曾營小學、華昌小學康樂二小等；講題同上。

二〇一七　五月四日，臺北教育大學「五四講座」：〈新詩，我走過哪些路──我如何開始寫詩？〉

二〇一七　五月十二日，臺北市古亭國小「林煥彰講座」：〈愛情，是怎麼回事？〉（學校指定講題）

二〇一七　五月十六日，國立中興大學通識講座專題演講「老頑童的文學之路」，從《行走的詩》談起。

二〇一七　五月二十四日，江蘇常州市北區新橋實驗小學舉辦「海峽兩岸兒童詩研討活動「林煥彰講座」共三場：〈童心裡的詩篇——從童心出發〉。

二〇一七　五月二十五日，江蘇常州市鐘樓實驗小學演講〈玩文字・玩心情・玩創意——從童心出發〉。

二〇一七　七月四日，嘉義市文化局舉辦文學營兒童文學組「林煥彰講座」：〈玩文字・玩心情・玩創意——從童心出發〉，童詩寫作練習。

二〇一七　七月二十六日，宜蘭文化局邀請在大同鄉泰雅生活館上課：〈玩文字・玩心情・玩創意——童詩寫作練習〉。

二〇一七　七月三十日，主編《小詩磨坊・泰華卷・十一》，曼谷留中總會出版，赴曼谷帝日大酒店主持發佈會及主題演講：〈蹲下來，為兒童寫詩——我的童詩觀〉。

二〇一七　八月七日，擔任新北市二〇一七玩字時代國小組，決審評審委員。

二〇一七　八月十日，擔任第七屆臺南市文學獎兒童文學組，決審評審委員。

二〇一七　八月二十六日，擔任第七屆新北市文學獎兒童文學組，繪本類決審委員。

二〇一七　八月，臺南市政府邀請，擔任「第七屆臺南文學獎」兒童文學組，評審委員。

二〇一七　《文訊》承辦「二〇一七公車捷運詩文推廣」活動，選用〈雨天〉作為「公車詩文名家經典作品」，印製於臺北市

公車和捷運海報上，並發佈在臺北文學季網站、臺北捷運府中站裝置藝術、華視教育文化頻道等。

二〇一七　桃園市宋屋國小「梅林詩道」，選用當代詩人十首詩，在校園做成詩碑，其中收入最短一首小詩〈空〉，附詩人非馬英譯。同年校刊《宋屋兒童》第二十五期製作當期作家，林茵專文介紹〈不空之空——賞析林煥彰「空」〉，並刊載簡介、照片、中英對照及詩作〈小貓走路沒有聲音〉、〈妹妹的紅雨鞋〉及節錄札記〈詩，就是要不一樣〉等。

二〇一七　八月十六日，同時在臺北市胡思（公館店）、雅博客二手書店舉辦生肖畫《詩人紙上養雞場》（永安店）個展，為期兩個月。

二〇一七　八月二十三日，某次聚會，金門籍一位紅十字會捐血單位長期志工蔡鐵橋，出示一張金門八二三砲戰留下的有彈孔鋼盔照片，心情為之沉重，寫了一首〈我無言面對一頂鋼盔——金門八二三留下的見證〉，聯副對準這特殊日子見報。

二〇一七　九月二十二日，擔任一〇六年度宜蘭縣文化局蘭陽文學叢書補助出版評審委員。

二〇一七　九月下旬，與十餘位宗親晚輩去澳洲旅遊兼探親，走過坎培拉、墨爾缽、黃金海岸、雪梨等，寫了一些詩，陸續在國語日報刊載，有〈袋鼠不是每隻都有袋〉、〈神仙小企鵝要回家〉、〈小小無尾熊〉等。

二〇一七　十月十二至十四日，應邀武漢「光谷製造：家・人文」講座：〈遊戲，讀詩和寫詩〉及巡迴演講：漢陽崇仁路小學、弘橋小學、西大街小學、楚才小學、第三寄宿中學、物外書店總店「遊戲童年詩意成長」〈詩緣，圓一個夢——寫詩讀詩和孩子一起快樂成長〉。

二〇一七　十月十七日，應臺南市府城故事協會邀請，擔任研習會講座：〈愛詩・讀詩・寫詩——提升思考能力，修心養性，認識自己〉。

二〇一七　八月六日，大姊錦雲病逝，享年八十六；她從小照顧我，十分不捨，寫了一首悼念詩：〈濃縮的苦〉，在聯副發表。

二〇一七　十月二十日，福建少兒社邀請，福安市實驗小學陽泉校區、富陽校區校園巡迴演講：〈雲，有什麼好想的？〉

二〇一七　十月二十一日晚上，福州鼇峰書城演講：〈飛向夢的童話城——讀者見面會〉。

二〇一七　十月二十四日，廈門新安小學（民工子弟學校）演講：〈玩詩・玩文字・玩心情〉。

二〇一七　十月二十五日，廈門東孚中心小學（鄉村小學）演講：〈玩詩・玩文字・玩心情〉。

二〇一七　十一月十七日，擔任新臺灣人文教基金會主辦、國語日報社協辦「媽媽教我的詩」全國兒童創意朗詩大賽閩南語組，決審委員。國語類團體組有二組，使用我的童詩：〈與春天有約〉、〈冬天的基隆山〉，分獲一、二名。

二〇一七　十一月，雲門舞集「二〇一八新舞」《關於島嶼》首演，選用詩作〈我的島嶼〉（蔣勳朗誦）；受邀以貴賓身份觀賞。

二〇一七　十一月，第六十九屆香港學校朗誦節中文朗誦比賽誦材，選用童詩三首：〈星座連連看〉、〈未來的太空〉、〈我家的貓〉。

二〇一七　十一月，應邀淡江大學中文系兒童文學講座四堂課，每周一次兩節〈玩文字・玩心情・玩創意〉。

二〇一七　十一月二十一日，臺南市一〇六年閱讀推廣教育「作家入

校來聊書」，學甲中洲國小《我愛青蛙呱呱呱》、官田嘉南
國小《大自然的心聲》童詩分享。

二〇一七　十一月二十六日，福建少兒社安排廈門巡迴講座，北京師
範大學廈門海滄附屬學校體育中心校區演講：〈玩文字‧
玩心情‧玩創意——從童心出發〉。同日晚上，書香陽光
書店演講：〈雲的聯想——談童詩寫作〉。

二〇一七　十一月二十八日，臺南市政府一〇六年閱讀推廣教育「作
家入校來聊書」，白河區河東國小、永康區崑山國小巡迴
演講。

二〇一七　十二月，新北市府文化局和國立臺灣文學館合辦《新北現
代詩展》，編印專輯《芳菲燦然，盛開在詩的流域》，收入
第一本詩集《牧雲初集》書影和簡介。

二〇一八　一月，卸下已擔任十三年《乾坤詩刊》發行人的身分，感
謝創辦人藍雲邀請古典詩同仁中青代女詩人洪淑珍接任。

二〇一八　一月，攝影名家鐘永和《吉林霧淞在臺北下雪》攝影個
展，邀請寫《霧淞‧語花》三、四行系列小詩十六首，配
合展出；臺北飛頁書房。

二〇一八　插角藝術工作室第四次《玩藝》七人聯展（方舟、林煥
彰、黃世團、楊樹森、北翠、陳秀娟、馮依文），並編印
《玩藝》小畫冊，分別在胡思（公館店一月十五日-三月
十五日）、雅博客（永安店一月二十二日-三月二十二日）
展出。

二〇一八　臺北市私立新民小學邀請，《狗狗自畫像》狗年生肖畫個
展。

二〇一八　三月一日至四月三十日，臺北大學中文系亞太藝文走廊
《犬聲旺旺狗吠吉祥》生肖畫個展。

二〇一八　三月，《熟年誌》三月號，刊載晏子萍專訪〈文字淬鍊晶
　　　　　瑩剔透小宇宙──林煥彰詩裡玩畫畫裡玩詩〉。

二〇一八　三月二十七日，國立臺東大學兒童文學研究所「薪傳講
　　　　　座」，主講〈寫，他這個人〉。

二〇一八　五月，出版生肖詩畫集第四本：《犬犬‧謙謙‧有禮》，臺
　　　　　北秀威印行。

二〇一八　五月八日，府城故事協會講座〈撕‧詩，有幾種？──玩
　　　　　撕，玩詩，玩創意〉。

二〇一八　五月二十九日至六月二日，應邀出席漳州閩南師範大學、
　　　　　臺灣明道大學主辦「二〇一八閩南詩歌節」，主講：〈兒童
　　　　　詩歌創作與欣賞〉、〈詩歌閱讀與童趣分享〉。

二〇一八　六月十二日，印尼華文報《千島日報》「千島詩頁」刊載
　　　　　〈詩人瘋子〉，係我在微信讀苦覺一首六行小詩〈防風防
　　　　　瘋〉的回應，在不知情之下，他轉投了！

二〇一八　六月二十三日，宜蘭縣政府文化局主辦「蘭陽文學獎系
　　　　　列‧兒童文學講座」，講題：〈一棵樹，你看到什麼？──
　　　　　我為兒童寫詩〉。

二〇一八　七月上旬，應邀到武漢采風，並受邀於十四日周六晚上，
　　　　　在黃鶴樓大講堂開講，「跟著林煥彰爺爺登樓讀詩」活
　　　　　動；講題〈一棵樹，你看到了什麼？──和小朋友談寫
　　　　　詩〉。十六日《長江日報》民生新聞版，以〈八旬老人歸
　　　　　來仍是「少年」──臺灣詩人再登黃鶴樓為孩子讀詩」〉
　　　　　為題，特別報導。

二〇一八　七月二十九日，《乾坤詩刊》同仁舉辦「林煥彰八十歲生
　　　　　日朗誦會」，古典詩主編吳東晟編印《我有兩個小貝殼》
　　　　　祝壽八十歲生日朗誦詩抄。發行人洪淑珍、兩位副社長徐
　　　　　世澤和林茵及總編輯葉莎、主編吳東晟、責編曾念、季

　　　　閒、大蒙、林正三、宋熹、王婷、曾美玲、劉曉頤等同仁
　　　　朗誦及詩人音樂家朱介英、王俐人、李芸琪演奏。

二〇一八　七月二十二日，主編《小詩磨坊・泰華卷・十二》，曼谷
　　　　留中總會出版，赴曼谷主持發佈會。

二〇一八　八月，應佛光山文教基金會出版《二〇一八三好兒童歌
　　　　曲》（詞庫），邀請撰寫《三好兒童詩歌》，完成十首作
　　　　品。

二〇一八　八月，金門作家李福井出版《八二三砲戰——兩岸人民的
　　　　生命故事》，引用詩作〈解不開的一組密碼〉和〈我無言
　　　　面對一頂鋼盔——金門八二三留下的見證〉兩首與金門、
　　　　廈門兩岸對峙有關史詩。

二〇一八　八月，雷清漪編選《蝴蝶・豌豆花——中國經典童詩》，
　　　　陝西人教版，選入〈妹妹的紅雨鞋〉、〈影子〉兩首。

二〇一八　八月十六日起，在胡思（公館店）、雅博客（永安店）兩
　　　　家二手書店同時以《狗狗自畫像》個展，展出各二十餘幅
　　　　生肖畫作，為期兩個月。

二〇一八　八月十九日，飛長沙出席第十四屆亞洲兒童文學大會，做
　　　　主題演講：〈向兒童學習愛和真誠〉。

二〇一八　九月，應邀出席福建少兒社主辦「兩岸兒童文學交流三十
　　　　年暨童詩論壇」，發表演講：〈兩岸兒童文學的破冰之
　　　　旅〉。

二〇一八　九月，新北市政府文化局「第四屆玩字時代」徵選活動，
　　　　應邀擔任評審委員。

二〇一八　九月十九日，臺南永康五王國小教師童詩研習，講題：
　　　　〈玩，童詩童畫一起學〉。

二〇一八　九月，新北市市府邀請擔任第一屆新北市文學推動小組諮
　　　　詢委員；參與開了三次會議。

二〇一八　十月三日，臺北真理堂樂齡長者研習活動：〈玩，分享——從一支筆一張廣告回收紙到數幅畫作的完成〉。

二〇一八　十月十六日，臺北市國語實小「與作家有約」；講題是〈詩，季節和天氣的關係——和林玫伶校長對談〉。六年級班級群剛上過我的課文〈冬天的基隆山〉。

二〇一八　十一月，第七十屆香港學校朗誦節比賽誦材，選用詩作〈狂風怒吼〉。

二〇一八　十一月，《二〇一八中國大灣區詩匯年選》，收錄詩作〈我是粉紅小豬〉、〈思念的藍花藤〉、〈整理舊照〉、〈我與時間〉、〈海鷗的翅膀〉，附簡介。

二〇一八　十一月二十三日至十二月三日，應邀出席緬甸曼德勒第十三屆亞細安文藝營及巡迴講學；分別在曼德勒、臘戍、仰光等數所華校演講，講題：〈一棵樹一片雲，你發現了什麼？——談小詩的寫作〉。

二〇一八　十一月，《活著，在這一年》中英對照詩集，英譯黃敏裕；臺北秀威印行。

二〇一八　十二月五至九日，應邀在天津出席「二〇一八兩岸文學對話」，提交發言稿〈詩寫，我的一甲子〉；中華文化聯誼會、中國作家協會主辦，天津市作家協會承辦。

二〇一八　十二月，《詩，花或其他》（小詩／詩畫集），宜蘭縣文化局評選，列入蘭陽文學叢書・八十一，獎助出版；彩色精印。手稿、畫稿，悉數捐贈文化局典藏。

二〇一八　這一年，在臺灣、大陸出版八本著作：《大自然的心聲》（童詩繪本／繪者林純純／福州福建少兒）、《犬犬・謙謙・有禮》（詩畫集／臺北秀威）、《影子》（童詩／武漢長江文藝）、《詩，花或其他》（小詩集）／宜蘭縣文化局〉、

《妹妹的紅雨鞋》（童詩／百年百部中國兒童文學經典書系‧精選注音／武漢長江少兒）、《林煥彰截句——截句一一一，不純為截句》、《活著，在這一年》中英對照詩集，英譯黃敏裕（臺北秀威）、《我的貓是自由的》（童詩／長沙湖南少兒）。

二○一九　一月三日，應國立臺灣大學文學院中研所邀請，出席「我的詩歌創作、詩刊與詩社經驗座談會」。

二○一九　一月五日，應邀在礁溪二結有朋會館演講：〈蘭陽情，給故鄉的情詩——從蘭陽攝影大師鐘永和作品談起〉。

二○一九　一月六日起至二十一日，利用二○一八年靈鷲山桌曆做生肖畫《豬》，共完成二十幅。

二○一九　一月十六日，應武漢黃鶴樓管理處邀稿，為一則黃鶴樓的古老傳說〈辛氏酒店〉改寫成繪本故事：〈美好的黃鶴樓〉，如期交卷。

二○一九　一月，《蝴蝶‧豌豆花——中國經典童詩》，雷清漪編，收胡適、郭沫若、葉聖陶、徐志摩、冰心、俞平伯、汪靜之、郭風、劉饒民、田地、柯岩、樊發稼、高洪波、高凱、薛衛民、邵燕祥、顧城、朱自清、聖野、林徽因、林煥彰、張秋生、朱邦彥、陳順雷二十四家；其中葉聖陶、高洪波、聖野、林煥彰，各二首，其餘各一首。西安陝西人民教育出版社印行。

二○一九　二月，中興大學宋熹教授發現、拍照傳送清水眷村文化區利用〈小貓晒太陽〉童詩，作成詩碑。（使用單位未告知）

二○一九　二月二十二日，應邀到臺北古亭國中「與作家有約」活動，演講〈我的二○一九——詩寫創作與經驗〉。

二〇一九　二月，楊宗翰著《逆音──現代詩人作品析論》，第五章詩釋鄉土，二、論林煥彰；新學林印行。

二〇一九　三月三日，應新北市三峽歷史文物館邀請，提供新作生肖豬畫七幅參加：「諸珠大吉·插角玩藝」九人聯展。

二〇一九　三月四日，簽訂使用童詩〈電話〉，編入南一版國小國語主題書《閱讀小當家》，以五年為限。

二〇一九　三月四日，應國立臺北大學人文學院邀請，在該校圖書館舉辦繪畫及著作展：《我的六〇和八十》，為期兩個月。

二〇一九　三月，陳義芝評介〈沒有名字的碑石〉（早期詩作），收在其編著《傾心，人生七卷詩》，幼獅印行。

二〇一九　三月二十六日，應邀出席第十一屆世界華文作家代表大會，在臺北天母沃天旅店舉行，為期三天。

二〇一九　三月，《童詩三百首》（三冊），浙江師範大學兒童文化研究所所長方衛平選評，福建少兒社印行；大陸入選作家依序有：薛衛民、韓志亮、任溶溶、鞏孺萍、高洪波、邱易東、吳正陽、田地、閆超華、聖野、劉勝、郭風、石帆、藍藍、韋婭、王宜振、何瑞英、慈琪、張秋生、關登瀛、李東華、童子、姜華、寧拉、王立春、金波、吉葡樂、李姍姍、魯程程、檸檬、蒲華清；五首以上，有任溶溶、邱易東各十三首，金波、薛衛民各十二首，童子十一首、李姍姍九首、聖野八首，王立春、高洪波各七首，田地六首，王宜振、張秋生各五首。臺灣作家有：林良、林煥彰、孫晴峰、詹冰、楊喚、謝武彰、林芳萍、林武憲、王淑芬、林世仁、舒蘭、張嘉驊、陳木城、路衛、方素珍、山鷹。六首以上有林煥彰十五首、林良八首，謝武彰、林芳萍各七首，詹冰六首，五首的沒有。兒童作品有三十六首。

二〇一九　五月十九日，應邀到西安講學、授課，名家教師研習會；
　　　　　講題〈讓影子走遍天下──童詩，我的想法我的理念和經
　　　　　驗〉，從被選入「人教版」一篇課文〈影子〉（童詩）談
　　　　　起。

二〇一九　五月十九日在西安，中國兒童文學研究會詩歌教育委員
　　　　　會，聘請為該委員會導師團導師；無給職。為期三年。

二〇一九　五月二十二日，西安黃河實驗小學邀請，為該校教師談
　　　　　〈讓影子走遍天下──為兒童寫詩〉。

二〇一九　五月二十三日，西安經開第一實驗學校邀請，為四年級五
　　　　　六百位學生演講，〈讓影子走遍天下──談兒童詩的寫
　　　　　作〉。

二〇一九　六月一日，應邀浙江越秀外國語學院出席「第十屆東南亞
　　　　　華文詩人大會暨東南亞華文詩歌研究國際學術研討會」，發
　　　　　表〈我喜歡小詩──我在東南亞推動六行小詩的緣起〉。

二〇一九　六月一日，中華民國兒童文學學會、唐潮文創在臺北中山
　　　　　堂合辦「水果們的晚會──當國語課本遇上兒童文學」，
　　　　　受邀書寫「給小朋友的一句話」手稿參展；展出台灣地區
　　　　　國語課本中十二位作家，每位一個專屬展板介紹國語課文
　　　　　作品。這句話手稿同時製作精美書籤，贈送參觀的小朋
　　　　　友，為期兩個半月（6/1~8/18）。

二〇一九　六月一日，童詩集《我的貓是自由的》，獲上海市第六屆
　　　　　「上海好童書獎」，上海市精神文明建設委員會辦公室、
　　　　　上海市文學藝術界聯合會及兒童文學研究推廣學會聯合主
　　　　　辦。

二〇一九　六月六日，《豬年，珠豬亮相》生肖畫個展，雅博客二手
　　　　　書店（永安店）展出，為期兩個月，八月八日結束。

二〇一九　六月二十六日，應黃大魚文教基金會邀請，在宜蘭百果樹
　　　　　紅磚屋「文學下午茶」講座，主講〈分享詩畫的外遇〉。

二〇一九　七月，出版生肖詩畫集第五本：《圓圓・諸事・如意》，臺
　　　　　北秀威印行。

二〇一九　七月二十五日，參加斯洛伐克兒童文學之旅，為期十三
　　　　　天。八月六日返台。

二〇一九　八月十日，蕭蕭、卡夫主編《林深音廣・煥彩明彰》（萬
　　　　　卷樓圖書公司）出版，假紀州庵大廣間舉辦新書分享會。

二〇一九　八月十六日，《豬年，珠豬亮相》生肖畫個展，胡思二手
　　　　　書店（中山店）展出，為期兩個月，十月十六日結束。

文學研究叢書・現代詩學叢刊 0807019

林深音廣・煥彩明彰　林煥彰詩與藝術之旅

主　　編　蕭蕭・卡夫
責任編輯　呂玉姍
策　　畫　明道大學國學研究中心

發 行 人　陳滿銘
總 經 理　梁錦興
總 編 輯　陳滿銘
副總編輯　張晏瑞
編 輯 所　萬卷樓圖書股份有限公司
排　　版　林曉敏
印　　刷　百通科技股份有限公司
封面設計　斐類設計工作室

發　　行　萬卷樓圖書股份有限公司
　　　　　臺北市羅斯福路二段 41 號 6 樓之 3
　　　　　電話 (02)23216565
　　　　　傳真 (02)23218698
　　　　　電郵 SERVICE@WANJUAN.COM.TW
香港經銷　香港聯合書刊物流有限公司
　　　　　電話 (852)21502100
　　　　　傳真 (852)23560735

ISBN 978-986-478-292-5
2019 年 8 月 16 日初版
定價：新臺幣 580 元

如何購買本書：

1. 劃撥購書，請透過以下郵政劃撥帳號：
　 帳號：15624015
　 戶名：萬卷樓圖書股份有限公司

2. 轉帳購書，請透過以下帳戶
　 合作金庫銀行 古亭分行
　 戶名：萬卷樓圖書股份有限公司
　 帳號：0877717092596

3. 網路購書，請透過萬卷樓網站
　 網址 WWW.WANJUAN.COM.TW

大量購書，請直接聯繫我們，將有專人為
您服務。客服：(02)23216565 分機 610

如有缺頁、破損或裝訂錯誤，請寄回更換

國家圖書館出版品預行編目資料

國家圖書館出版品預行編目(CIP)資料
林深音廣.煥彩明彰　林煥彰詩與藝術之旅 /
蕭蕭, 卡夫主編. -- 初版. -- 臺北市 ：萬卷樓,
2019.08
　面；　公分. -- (文學研究叢書. 現代詩學叢
刊 ; 807019)
ISBN 978-986-478-292-5(平裝)
1.林煥彰 2.臺灣詩 3.詩評
863.21　　　　　　　　　　　108008636